A Friend Like Henry

友如亨利

A Friend Like **Henry**

[美] 努阿拉·加德纳 著

朱潮丽 译

天津教育出版社

图书在版编目（CIP）数据

友如亨利/（英）加德纳著；朱潮丽译.—天津：天津教育出版社，2008.9
ISBN 978-7-5309-5361-7

Ⅰ.友… Ⅱ.①加…②朱… Ⅲ.长篇小说－英国－现代 Ⅳ.I561.45

中国版本图书馆CIP数据核字（2008）第128856号

A friend like henry
Copyright © 2007 by Nuala Gardner
First published in Great Britain in 2007 by Hodder & Stoughton

Chinese Simplified Translations Copyright © 2008 by Tianjin Education Press
in conjunction with Beijing Hongwenguan Publishing&Planning CO., Ltd.throught
Andrew Nurnberg Associates International Limited.

本书中文简体字版由努阿拉·加德纳通过安德鲁·纳伯格联合国际有限公
司授权天津教育出版社和北京弘文馆出版策划有限公司在中国大陆出版发行。

版权合同登记号 图字 02-2008-98

友如亨利

出版人	肖占鹏

作　者	[英] 努阿拉·加德纳
译　者	朱潮丽
责任编辑	匡　威
特约编辑	肖　夏
装帧设计	弘文馆·刘婷瑜
版式设计	弘文馆·任　翀

出版发行	天津教育出版社
	天津市和平区西康路35号
	邮政编码 300051
经　销	全国新华书店
印　刷	三河市华业印装厂
版　次	2008年 9月第 1 版
印　次	2008年 9月第 1 次印刷
规　格	32开（870×1260毫米）
字　数	160千字
印　张	9.5
书　号	ISBN 978-7-5309-5361-7
定　价	23.80元

献给我深爱并引以为豪的儿子丹尔。

没有他的支持和参与，就不会有这本书的问世。

目录

序

　　我和丈夫杰米从未想过养狗。不是我们不喜欢，我小时候就养过一只。杰米虽然对狗不怎么习惯，也不排斥。事实上，只是不想在那个特殊时期养狗，那时的我们已不堪重负。儿子丹尔刚出生不久，就把自己深深地封闭在一个人的小世界里。周围发生的每件小事都令他害怕，他甚至无法将恐惧表达出来，也不理解我们的抚慰。跟他在一起的每一分钟，我们都处在矛盾的漩涡中，对他偶尔的怪脾气束手无策。他甚至不知道我们是谁，我们想尽办法与他沟通，结果总是徒劳无功，让人沮丧。

　　一次偶然的机会，我们发现丹尔与杰米表弟家的狗相处愉快，这让我们重燃希望……我们开始寻找属于我们的小狗。机缘巧合，六周大的亨利引起了我们的注意。不是我们选择了他，而是他选择了丹尔。我不知道当时的亨利是否已经能够理解小丹尔的困苦并预料自己可以帮助他，他的可爱、耐心和纯洁让我们最终了解了儿子不为人知的性格。一切超乎想象。亨利的到来彻底地改变了我们的生活。

1

告白

当助产士把初生的婴儿放到我怀里时，我不禁喜极而泣。他纤小而干净，体重大概只有五斤三两。我庆幸自己只用了两年的时间，从一段失败的恋情中解脱出来，遇到了心目中的白马王子，现在又荣升为一个母亲。

"上天真的待我不薄。"我边想，边擦干了眼泪，开始端详手中的这个小生命。

就在看到他头部的那一刻，我的心猛地抽搐了一下。

曾就任圣路加妇产医院助产士的我曾见过一次这样的病例：有个婴儿因为头部严重变形被送入新生儿特护病房。直到现在我还记得自己当时的震惊和听到同事对话之后的恐惧："这孩子不可能毫发无损地从那里出来，否则真是奇迹。"那孩子后来究竟如何我没有留意。而现在，我清醒地知道儿子的头部变形更严重，简直糟糕透了。

他的后脑勺很平，几乎被拉长到了肩部。头部，包括脸上，都有瘀伤。我马上意识到他会被送入新生儿特护病房接受检查，为了安慰丈夫杰米，我勉强地挤出一丝笑容告诉他："那是因为早产的原因。"

几个月前，我们就起好了孩子的名字，和其他所有父母一样期待着这一刻的到来：如果是男孩，就叫丹尔；如果是女孩，就叫艾米。尽管名字很简单，但他的到来却充满戏剧性。1988年6月11日星期六，也是怀上丹尔的第35周，我开始出现宫缩症状。当时我正在布置公寓里新翻修的浴室。　因为离预产期还太早，我断定只是膀胱感染。接受过医疗培训的我知道这并无大碍，但为了以防万一，杰米还是把我送到了医院。我被留院观察。宫缩还是不紧不慢地持续着，很有规律，也很明显，我不禁暗暗吃惊。一切都没有什么实质性的进展，直到第二天的凌晨5点，羊水破了，我才真正地意识到孩子会在未来24个小时内出生，这一系列的早产症状完全排除了感染的可能。

　　我竭尽全力，胎儿还是无法分娩出。早上7点左右，上夜班的一个姐妹对我进行了检查，告知我她的猜测——可能是臀先露。尽管之前的检查结果排除了这个可能。住院后36个小时，痛苦、筋疲力尽的我接受了X光检查，猜测得到了印证。杰米当时正在办公室吃着培根卷，听到消息立即赶来，陪着我进行剖腹产手术。终于，在6月13号的上午11点04分，丹尔啼哭着来到了这个世界。

　　造成丹尔头部变形的原因是预先不知他是臀先露，分娩时，他的头卡在了我的胸腔内。这造成我不能自然分娩。只有时间能够证明这一损伤是否会给他留下后遗症。

　　1986年一个星期五的晚上，我又被罗琳拉去格林诺克备受欢迎的

"东京·乔"音乐吧。我们彻夜地喝酒跳舞，不经意间我发现吧台旁边有个男子一直盯着我。他一头黑发，身材高大，独自一人，似乎自得其乐。当他跟我打招呼时，一股浓烈的伏特加酒味扑鼻而来。

"你长得很迷人，"他微笑着呢喃道。

他当时的状态实在不敢恭维，但出于礼貌，我委婉地回答他，"你也不错"。他停了一会儿，仿佛考虑是否还要继续这个话题，然后摇摇头，歪着身子说："该回家了。"尽管喝得烂醉如泥，他仍不失礼貌，颇具幽默感地说希望清醒后能再次见到我。

不知道是因为我的魅力让他无法抗拒，还是他完全忘记已经说过再见了，在离开之前，他又返回来邀请我去参加第二天晚上他同事家的一个聚会。出于某种莫名的原因，我对他有些着迷，期盼能了解他更多。

第二天晚上，我在聚会上见到了他——看样子似乎还未从昨夜的宿醉中恢复，决定和他随便聊聊。

"还记得我吗？"我试探地问道。"酒醒后的你蛮不错嘛！"猜想离开"东京·乔"后他把我们的对话忘得精光，我给了他小小的提示，希望能回忆起我们昨晚的相遇。 他先是微现茫然和惊愕，不一会儿就认出我来。我也因此而释然。

我和杰米一拍即合。整个晚上我们都在一起，有说有笑。我们决定提前离开，去他住的地方——位于洛克斯伯格大街一个已有90年历史的红砂岩公寓楼的顶层。那是他第一个单身公寓，刚搬进去不久。

尽管年近30，可我们还像十几岁的孩子，一边听音乐一边聊天，最后在沙发上依偎着睡到天亮。在互相交换电话号码后，我们依依不舍地吻别。我回到了圣路加妇产科医院的护士之家，而杰米去了国家半导体公司，他是那里的微芯片设计工程师。

几个月后，我惊奇地发现，和杰米在一起，很有安全感，也很开心。我们变得如胶似漆，即使是工作时间，也期待在一起。随之，在某个周六晚上的小型酒吧聚会上，我们互诉衷肠。当时我们都喝了不少酒，从酒吧离开的时候下了大雨，两人的衣服都湿透了。我们互相着迷于对方，旁若无人。杰米讲了几句俏皮话引得我哈哈大笑。就在那时，他突然抱住我对我告白。对一个抱定独身主义的人来说，这显然是一个不小的跳跃。我抓住这个时刻，告诉他我也爱他。

那个圣诞节，我成了他第一个带回家与加德纳家族共进晚餐的女友。我们的交往得到了他父母的认同。1987年6月，在认识杰米8个月后，我搬进了他的公寓。

这所公寓迫切地呼唤着女主人的到来，我们开始翻新房子。这是一项"艰巨"的任务，所有丢弃或搬进的东西都要往返于65阶楼梯之间，前15阶还是旋转式的。当然，楼梯在随后几年带来的麻烦还远不止如此。

虽然身心疲惫，翻新过程还是充满乐趣，这归功于"杰米亲友团"的大力支持和帮助。他们会在凌晨一点登门拜访而不觉任何不适。对于他们提出的咖啡、蹭饭和酒水饮料等要求，我们都会一一满足，作为回报，他们更卖力地帮我们装修房子。杰米的父亲吉米是个经验丰富的电焊高手，也常来帮忙。几个月后，一所不起眼的旧公寓面目一新，重拾维多利亚时期的建筑风采。更重要的是，这是我们的家。银行积蓄因此所剩无几，我们的快乐却丝毫没有减少。

圣诞郊游后的聚会在这所公寓举行。我们与"亲友团"及家属一起庆祝了房子翻新的成功。老乔治宣布这个昔日的"垃圾场"如今变成了"宫殿"。老肯尼和约翰·特纳鼓动所有人都在新地毯上尽情跳舞至深夜。

我和杰米都为对方痴迷，约法三章以捍卫我们的感情。互相信任、互相尊重，严禁说脏话。我认为情人节送花没有任何意义，也不必因为忘记而道歉。杰米允诺每年至少会找一个浪漫日给我送花。他的确没有食言，在每年除夕午夜钟声敲响时都会送我一大束玫瑰。

我们的信任与日俱增，互查邮件，共享财产。我把用了两年的福特卖了，卖车的钱用在装修房子上。杰米也很大方地按照法定程序把房子改为我们的共有财产。

在家务上出现纠纷显然不足为奇。男人的本性让杰米认为，组建家庭可以让他得到一个会操持家务的女佣。一天，我在浏览杂志的时候看见了一个物品，由此想到了对策。我很快下了订单。在等待物品送达时，我有意告诉杰米，由于医院繁重的工作，我们可能要雇个佣人。他不相信这真的会发生。几天后，我在门厅迎接他下班回家。

"我已经找到女佣了，"我向他宣布，"她正在客厅等着我们。"

杰米没有想到我会做得这么极端，顿时表现出我所预料的尴尬，他向我保证以后会更体贴……我不顾他的请求，"残忍"地坚持要他亲自跟女佣玛丽亚解释。他几乎要跪下来求我，但我还是把他拉进客厅，让他看见了等待中的玛丽亚——一台真空吸尘器，外表设计成了维多利亚家庭女佣的样子。杰米看了以后，威严地宣布自己将是"她"的主人。我们捧腹大笑，我想他一定认为终于找到了我跟他的共同点。

我们的关系如我预想的那样发展顺利，但每天在格林诺克和圣路加之间的奔波开始让我疲惫不堪，再加上换班制工作模式，我们见面的时间几乎少得可怜。马上就要30岁了，我越来越关注自己生物钟的变化。工作更是增加了我的焦虑。每天把新生命递到一对对夫妻手中的时候，我越来越期盼自己的孩子。

一天晚上，在我和杰米一起喝掉一瓶酒后，他突然表态："希望这是你最后一次喝酒了。"

"我可能会再喝点，"我抗议着，"绝不会多喝。"

在他仪式般地将我的避孕药扔进厕所后，我知道了他的用意。结果，不到一年，我就无比欣喜地成为了一个孕妇。

作为一名称职的助产士，我很小心地遵守着孕期注意事项，保证胎儿的健康成长，还将工作量减至一星期两个夜班。上夜班时，医院也会很通融地让我睡在护士之家。虽然很想杰米，但显然这样的安排比挺着大肚子来回奔波，对胎儿更为安全。

不久，我的肚子变得很大了。让杰米忍俊不禁的是，我会随时随地地跳起踢踏舞，比如在超市的通道上。他会亲昵地叫我"水桶"，引来旁人的侧目，惊讶于竟然有人这样称自己的爱人，直到他们看到我转身后的大肚子。

除了跳踢踏舞，我还做了一切有助于胎儿健康成长的运动。结果怎样呢？现在的我抱着新出生的儿子，无法摆脱内心深处的不安。我的助产士朋友芭芭拉和艾琳娜都竭力安慰我。令人欣慰的是，丹尔的检查结果终于出来了，一切正常。悬在心中的石头终于落地。我很高兴能够用母乳喂养他，希望他可以健康活泼的成长。

接下来的几天，每天都有朋友和家人来探望，带来很多补品和礼物，为我们庆贺。杰米的旧玩具——维尼熊，已被我洗干净补好，放在丹尔的小床边，好像“守护”着他，我们给它起了个名字叫泰迪·加德纳。

丹尔出生十天后，我们回到了可爱的小窝。杰米请了一个星期的假。我们尽情享受着团聚的快乐，全然不知即将来临的艰辛和痛苦。

2
奇怪的孩子

就早期表现而言，丹尔似乎堪称一个完美宝宝，很多方面都表现与众不同。他顺从温和，很容易照顾。他不怕生，一点也不依赖我，任何人都可以抱他。亲朋好友经常夸他很乖。我不得不承认我有时都怀疑这是否正常。白天，即使长达5小时没有吃奶，他也不哭不闹，我必须摇醒他或者把他抱起来喂奶；晚上，也能很安详地入睡。他很少哭，只是一哭起来不是让人生疼的哽咽，就是歇斯底里的嗷嗷大哭，样子很痛苦。他醒着的时候会用小手抓婴儿床上的小毯子，我们常通过这一点判断他是醒着还是睡着。

没有什么可以打扰他。电话和电视的声音也不能引起他的兴趣。记得有一天，我出去买东西，让杰米照看他。回来时，家里的摇滚乐震天响。杰米在厨房慢悠悠地煮咖啡。

"丹尔呢？"我大声问，这些震耳欲聋的声音让我心有惊悸。

"在休闲室里玩白蛇玩具呢。"

我火烧火燎地冲进去"拯救"儿子，却发现他正静静地坐在婴儿椅里，边玩边弹跳着身体，完全没有理会周围的吵闹声。直到我关小音乐，把他抱起来，他才大哭起来，显然是不高兴受到打扰。杰米觉得丹尔不介意音乐是件好事，可这次经历让我觉得寒心。

在保健视察员进行第二次例行访问时，我说出了自己对丹尔健康的疑虑。视察员觉得听见一个母亲抱怨自己的孩子太乖这件事很奇怪，安慰我说不会有事，"应该庆幸自己有这么个快乐的乖宝贝。"某种程度上，我赞同她是对的，可内心还是深感不安。当然这些并不影响我对这个小生命的疼爱和呵护。

丹尔还是一如既往地不让人费心，似乎跟周围的所有事物、所有人都很融洽。他偶尔也笑笑。我时常把他抱起来，上下晃悠，发出怪声音，逗他笑。可他的笑看起来很不自然，好像只对自己笑。有一次，杰米把他放在膝盖上，跟他说周末要一起去安德鲁郡。每次杰米说起安德鲁郡，丹尔就会笑得很灿烂。我们喜欢看他在我们的逗乐下笑，所以常用这些神奇的词语逗他。

跟他的笑一样，丹尔的眼神也让人觉得有飘忽的感觉，很不自然。他偶尔发出的婴儿的呢喃以及爽朗的笑声，还是让我感到宽慰，虽然我们不知道他到底在笑什么。

我做了几乎所有能做的事来激发他，希望他跟其他孩子一样开心、快乐且有活力。他的小床边挂着拨浪鼓和各种玩具，有一拉就会叫的多斯娃娃和会唱"巴拉拉，巴拉拉，小黑羊"的小羊。喂奶时我也常哼这个小曲。维尼熊泰迪·加德纳依然坐在床边守护着他，旁边多了一个叫"快乐泰迪"的小熊。婴儿床的羽绒被上印有火车和跟小羊玩具配套的小羊图案。当时我并不知道那个火车的图案会在以后有那么大的影响，也不知道这条羽绒被有多特殊。

我的父母，丹尔的外公外婆——麦琪和乔治，经常过来帮忙照顾丹尔，让我和杰米有时间出去吃顿饭或看场电影。麦琪乐于逗丹尔玩耍，唱歌给他听，或者整晚的陪他一起玩游戏。丹尔喜欢她自编的小曲，很喜欢听她反复哼唱，从不厌烦。渐渐地，我们发现他只有躺在婴儿床里，有人摇着床，才能入睡。他好像对这样的摆动十分上瘾。我的母亲总能想出奇招。她轻轻地把丹尔抱在怀里，把脸温柔地贴近他的小脸，一边轻轻地摇着，一边哼着小曲，他不一会儿就进入了梦乡。即使在丹尔大声啼哭后，母亲也会很快让他停止啼哭哄他入睡，我却束手无策。她对孩子的耐心和疼爱永远没有底限。

白天，我让丹尔坐在婴儿弹乐椅上，把他从一屋推到另一屋，边做着家务边跟他说话，想办法引起他的注意。有时，他会随意地玩着椅子上那串五彩大木珠。其他时间，他就坐着，仿佛非常乐于享受这种无所事事的状态。为了更好地刺激他，我把珠子换成了体操玩具组合，主角是迪斯尼动画里的人物。但丹尔似乎并没有因此而提起兴趣，只是偶尔会用手或脚有意无意地碰一下玩具，不像我所见到过的其他孩子那样深深地陷进对玩具的游戏中去。

在这个时候，我们当地的两个保健视察员倡导成立了一个母乳哺育小组，把新妈妈聚在一起，互相交流育儿心经。我很高兴能有这么个机会与其他妈妈沟通，他也可以跟其他孩子在一起玩，我觉得这对丹尔的成长大有益处。开始的时候，一切都很正常。其他妈妈都很高兴碰到像我这样有丰富知识的助产士。我目睹了其他孩子的成长，并且发现丹尔在6个月大的时候就已经能够独自坐起来，跟其他孩子一起坚持端正的坐姿。当时的我没有意识到这一切在不久后就会改变。

丹尔已经6个月大，我觉得可以恢复工作了，但暂时只能是兼职。在当地的因弗基普养老院，我找到了一份照看老人的工作。本想从事保健视察行业，但在因弗基普工作可以让我缓冲一下，等待更好的机会。

丹尔的爷爷奶奶、外公外婆常来帮我们照看他，这让我可以每周换班3次。他们觉得丹尔很好照料。那些熟悉的玩具已经让他非常满足，特别是那个红色的橡胶车，他常把它含在嘴里。在杰米母亲那里的时候，他会玩一玩锅碗瓢盆，而且一玩就是很长时间。桃乐西奶奶会把他放在婴儿毯上，在上面放一些锅碗瓢盆和纽扣。他把纽扣从一个盆放到另一个盆，不断重复这一过程，很自得其乐。现在回想起来，当时他的玩法没有任何想象力和意义。其他孩子会把纽扣放在坛子里摇一摇，或者很享受地摆弄其他的玩具，而不是简单地把它含到嘴里。

丹尔在这样的玩法中自得其乐，他旁若无人的状态却让我担心，我们必须大声叫他、抱他、在他的眼皮下拍手，才能引起他的注意。他常常会因为我们的打搅哭起来，好像很排斥。他不在意抱他的人是谁，似乎对他而言，那只是一个能够让他依偎的怀抱，没有分别，我跟他的交流完全没有作用。除此之外，我还发现他不像其他孩子那样张开手臂要求被抱，或者用小手指向他感兴趣的东西。他11个月大学会爬的时候，我只记得他不停地从我们身边爬开，完全忽视了我们要跟他一起玩所做的努力。

因为他常用嘴含玩具的坏习惯，我学会必须不时地更换他手里的玩具，否则，玩具一定会被他搞坏。一旦发现一个玩具已经被他玩得过劲，我就会把它收起来一段时间，给他另一个玩具。这样他可以玩很久，我们学会了用跟他嬉闹的方式转移他的注意力。他特别喜欢挠痒，一玩就是几个小时。

除了挠痒环节的嬉闹外，丹尔似乎对我们或其他人丝毫不感兴趣。他完全忽视了我们教他说话的努力。我们夸张的面部表情对他没有任何影响，我们费尽心思教他叫"爸爸""妈妈"，可是他从来没叫过。他好像连最简单的语言也听不懂。

我们还是让他理解了最基础、最有用的两个词："是"和"不"。在我们的不断努力下，丹尔终于开始喜欢"是"这个词，因为它常让他得偿所愿。他对"不"很排斥，不管我们怎么努力，他就是对这个不能满足他要求的词不作任何反应。好像他喜欢"是"的音调，而讨厌"不"的发音一样。

有一天，我不得不抱着非要手拿着铮亮的炖锅玩的丹尔，去探望镇上的一个朋友。我说多少遍"不"，他就是拒绝把锅放下。最终，在大街上，我慢慢习惯了旁人因为丹尔奇怪的行为而投来的不解眼神。

对儿子的成长我还是充满疑虑，在他的例行检查中我曾多次向保健视察员谈及我的担忧。因为他还小，我做的只有"先等等看看"。

丹尔开始狂迷恋水，对去当地的游泳池乐此不疲。他会玩得很疯，却只是自娱自乐，对周围的一切都漠不关心。他也很喜欢洗澡。一岁时，我想让他摆脱奶嘴，以防影响他说话，但苦于没有什么好的办法，因为我知道如果强制把奶嘴拿走的话，他会咿呀呀地哭闹个不停。一天晚上，给他洗完澡擦干身体的时候，丹尔自己把奶嘴扔进了厕所，帮我解决了这个问题。我让他看着奶嘴被冲走，然后说"没了"。我们常在当地池塘边喂完鸟儿后说这句话，丹尔已经听得很熟悉了。不知道为什么，他觉得非常有趣，咯咯大笑起来。我也很开心，因为这是我跟儿子共同度过的欢乐时刻。后来他常常嚷着要一个新的奶嘴，我从来没给过他。

从那时起，我们必须记住要把马桶盖随时盖上，因为丹尔会把所有东西都往里扔。我们给他洗澡时，只放了"潜水员丹"这个玩具。那是一个穿着游泳衣的小人，会顺着弹簧板滑到水中。不幸的是，有一天，丹尔在我盖上马桶盖之前把它扔进了厕所，"潜水员丹"仍难逃"被冲走"的命运。但他似乎很享受看着自己的玩具被冲进下水道。从那里以后，每当去海边的巴特里公园，我和杰米往水里扔小石子逗丹尔开心的同时，也不忘互相提醒要注意丹尔的玩具，以防他把它们丢到水中。

丹尔14个月大的时候，我们去了北部的奥德恩镇度假，住在一个安静的私人旅店里。在那里，丹尔开始学走路。到达的第一个晚上，丹尔边爬边试图站起来。我们笑着鼓励他，轮流帮助他。第二天吃完饭后，我们正在考虑是否要去村边散步时，丹尔帮我们解决了这个两难局面。他站了起来，从杰米坐着的吧台旁边走到了两米以外的我这边。那个星期，他学会了走路。中间没有什么过渡阶段。对他而言，这似乎轻而易举。

他走路在慢慢进步的时候，我注意到他走路的姿态非常奇怪，向保健视察员反映了这个情况，她却很不在意。随着时间的推移，丹尔踮着脚走路越来越明显。后来他花了差不多十五年的时间才改掉了这个毛病。除了我们多年的努力，真正帮助他摆脱这个毛病的是我们一个老朋友，他非常了解丹尔的问题。

意想不到的是，丹尔学会走路后，我们的困难加倍了。一天，在母乳哺育小组活动上，我愉快地看着一个坐在玩具车坐驾上的宝宝和她旁边的妈妈时，丹尔蹒跚着走到那个宝宝旁边坐了下来。他小心翼翼地摸着她的手，很专注地观察着她……突然，他拿起旁边的一个玩具车打了那个宝宝的脸。可怜的小宝贝一下子大哭起来。还好，她没有因此而受伤。

那个孩子的妈妈非常宽容，安慰我说丹尔还小，不知道自己在做什么。虽然这样，可能还因为丹尔的其他反常举动的缘故，我还是有一种不安的感觉，仿佛是自己伤到那个宝宝一样。而且，不是所有的妈妈都如此宽容。因为强烈的负罪感和担心类似事件重演的恐惧感，我再也没去参加那个小组的活动。

我没有时间细想这件事。此后不久，我们驾车沿着海边的一条路兜风，我和杰米坐在前排，丹尔安静地坐在后座。杰米郑重地说："我想现在该让你成为一个诚实的女人了。"（指发生了性关系后迎娶）没有繁复的告白，就是这样一句简单的话，对我而言这就是求婚。我欣然答应了下来，还不失风趣的说有了丹尔，再去登记不失为一个有效迅速的方法。

1990年4月6日我们去格林诺克镇的结婚登记处进行了登记，在联合酒店举办了婚宴。作为结婚礼物，杰米的朋友乔治把他那辆黑褐色60年代的福特借给我们用作婚车，还主动请缨担任我们的司机。说实话，我觉得那辆车比我更抢眼，更受关注。

婚礼当天，我穿着最喜欢的天蓝色礼服，与车的颜色很协调。杰米的表弟帕米拉为我们制作了结婚蛋糕，颜色跟我的裙子一样。到酒店的时候出现了点小插曲。 因为没有人穿白色婚纱，酒店主管分不出哪个才是新娘。最终，他朝我走过来，小心翼翼地问："请问您是新娘吗？""当然。"我笑着答道，"我的礼服跟蛋糕的颜色很搭配。"

6点左右，我的一个同事带着丹尔来了，说丹尔很好照顾，几乎整个下午都泡在澡盆里。她要做的就是不时地加点热水，让他暖和些。丹尔就是如此着迷水：他能不受任何影响地在别人家的浴池里玩耍，用茶匙一滴一滴地从水龙头接水，然后把一个杯子灌满。谁要是阻止他的话，他就会抗议。这样一来，也让我们有时间去朋友家串门了。

丹尔整个晚上像蜥蜴一样粘着我，甚至我和杰米跳舞的时候，他也在我们中间，抓着我的绸缎裙。他似乎很喜欢丝绸的质感，常围绕在我的丝质睡裙和围裙边，有时还会抓着它们睡觉。总的说来，他在婚宴上的表现不错，我们和宾客共度了这个非常开心的婚礼。

似乎觉得婚礼还不够，杰米在第二天又给了我一个惊喜。我听说过新郎带新娘去意料之外的旅游胜地度蜜月，可谁也猜不到杰米给我准备了什么。他让我穿得暖和点，然后把我带到了……不是机场，而是格拉斯哥的佛希尔体育场，观看他所在的"约翰石"足球队又一次获得胜利的比赛。随后，我们在豪华酒店享受了一晚。而后重新回到温馨的小窝，继续我们的生活。

丹尔奇怪的走路方式没有影响他的活动，而他似乎没有穷尽的精力，让我们很头疼。不管在家还是在外面，他常常跑着，却又不同于其他活泼好动的孩子。他的跑是重复性的，似乎只是形式，没有任何目的性。他经常开心或紧张地呢喃着在整个屋子里乱跑，碰到墙，稍作停顿又跑回来。他可以这样持续几个小时，却丝毫没有疲倦感。由于经常这样，家里的墙都开始脱漆。他不怕冷，不怕淋雨，常常穿着睡衣在雨天到处跑，经常淋得像落汤鸡似的。如果有人试图阻止他，他就会大发脾气。

在不进行"火战车"（1981的一部影片）般的跑步活动时，他会玩起转圈游戏，就像滑冰选手那样不停地在同一个点顺时针转圈，眼睛往左，让我们看不到他的眼珠。他能转很长时间而不感到头晕。晕了他就会停下来歇一会儿，然后继续。

丹尔最大的本领还是攀爬。这本领加上他对危险的无知无畏，造成了很多麻烦。我们不得不把窗户边的餐桌移到别处。由于我们住在顶层，如果丹尔爬到桌上，稍不注意失去平衡的话，后果不堪设想。

如果把丹尔感兴趣的东西收起来，必须不让他知道放在哪儿。因为他一旦知道，就会想尽办法拿回来。记得有一次我把剪刀放在休息厅一个架子的上层。在离开不久回来时，我发现丹尔像登山者一样紧紧地靠着那个架子的顶端，伸手去拿那把剪刀。他踩着大象玩具爬到了电视机上，然后慢慢地顺着架子一层一层往上爬。我还记得他把厨房里的抽屉用作梯子，爬到厨柜的上面。跟刚学会走路的小孩一样，完全没有危险意识。我觉得他有着某种天分，能像大一点儿的孩子那样把抽屉当成工具用。

让他吃饭也是一个很大的挑战。丹尔很少会感到饥饿。为让他吃点东西，我费尽心思，比如把饭做成是汽车和米老鼠的模样，或者在餐具上大下功夫。这样做有时也管用，但掉到地上和沾到他衣服上的远比他吃下去的多。此外，他还是营养师的克星，除了腊肠、薯片、鸡米花和比萨饼外，别的食物他一概不吃。我绞尽脑汁让他吃些别的东西，可惜都未能成功。喂他青豆和胡萝卜时，他全部都吐出。更苦恼的是，只要觉得食物不对味儿，他就会按照自己的意愿把它们统统吐掉。

我尝试让丹尔像同龄孩子那样用餐具用餐，他会把饭和他的米老鼠塑料刀叉一起扔过来。丹尔喜欢用手吃饭，就这么简单。

饮料方面让我们省心些。他不喜欢加糖饮料，偏好水或者牛奶。这对他的牙齿是件好事。他每次会喝一大杯水，而且可以持续很长时间。麦琪奶奶让他有了突破，说服他喝无糖奶茶。直到16年后的现在，他都不会拒绝。

在他两岁时，我觉得应该让他跟同龄人在一起。我们每天都尝试跟他沟通交流，可是收效甚微。我希望其他同龄人能够帮助他，同时，我却无法摆脱这样忧虑：儿子是一颗不定时炸弹。说不定何时何地，他就会"爆炸"。

3
"树"

在离家一英里的皮特路我找到一个亲子俱乐部,不知何故丹尔对这个地方很不安。送他去的第一天,迎接我们的是一张张面善的脸,这让我放下心来。同事安妮和她的儿子看到我们时似乎也很高兴。

我领着丹尔熟悉那里的玩具,试着让他认识几个同龄的小朋友。可在我稍不注意,转头和安妮说话时,他把一个比他小的孩子推到地上,抢一个玩具消防车。没等我跑到他身边,他又拿这个消防车往另一个孩子脸上压去,和几个月前他在母乳哺育小组的做法如出一辙。在接下来的时间,我不得不紧盯着丹尔,确保他能安全正常地,和有勇气上前跟他玩的小朋友一起玩耍。但这似乎不太可能。不是我阻止他引起他反抗而声嘶力竭地尖叫,就是其他孩子被他伤到或被丹尔抢了玩具而哇哇大哭。安妮好心地想上前帮忙,让我有时间坐下来喝杯水,可丹尔就是不依,坐在地上不肯起来。

意识到我的尴尬和绝望,安妮和其他妈妈都安慰我说这是因为丹尔第一天来,还不习惯新环境。我对丹尔的过激行为感到非常头疼,终于明白必须时刻保持高度警觉,才能确保他和其他孩子都不受伤。

这一次，我不会像上次在母乳哺育小组时那样轻易放弃了。

第二次去时，轮到我准备玩具和饮料。由于必须一直待在丹尔旁边看好他，安妮帮我解决了这一切，在接下来的一个半小时，我不厌其烦地教丹尔怎样与同伴相处，可最后我还是以失败告终。

我坚持带丹尔去亲子俱乐部，但听到了越来越多来自其他妈妈的谴责和不满：一些委婉的"我觉得你太惯着他了"，"他好像不知道他错了"，以及很直接的"你怎么不打他呢？"随着时间的推移，我学会了礼貌地回避她们的质问。

离开亲子俱乐部，丹尔还想继续玩，我带他去了家附近的威柏公园。我工作忙的时候，乔治外公和麦琪外婆会领他在这儿玩上几个小时。我很快意识到这是个艰巨的任务。

丹尔在公园里的行为跟他在亲子俱乐部差不多，由于公园活动范围很大，他会随意乱跑，还不让我牵住他的手。如果我硬是这么做，他就会坐到地上，表示反抗。最后，我，杰米和我父母制定了一个"三米规则"：我们中间必须有一个人在离丹尔三米的地方，在他要跑开的时候抓住他。丹尔似乎很喜欢这个追逐"游戏"。有时过路人也帮我们捉住他，不让他乱跑。

丹尔常会在公园里玩上几个小时，整个过程由他自己安排。如果突然有事必须离开，就算要下暴雨了，和他说多少次"得走了"都没用。唯一有效的办法就是，不征求他的任何意见，抱他离开。他自然会大发脾气，使劲挣扎，用力踢我，大声尖叫，用手指抓我的脸，甚至咬我，以表示他的愤怒。走到楼下时，我已经累得筋疲力尽。就在这时，我还要面临一个挑战——那几十阶楼梯。

开始的旋转梯是最难的。丹尔不停地挣扎，如果我一不小心我们就会失去平衡，摔下楼梯。因此，我必须学会一个让我们母子平安到达楼顶的技巧。

无论去哪儿，我都会背上"救生包"，里面装有尿布，换洗的衣服，丹尔最喜欢的玩具，糖果以及其他可以安抚他的东西。爬楼梯时，我把包背在肩上，空出两只手，用一只手把丹尔横抱起来，靠在我的腰部。他拼命地挣扎，使劲地扭动，最终我控制住他的双手，让他的脸不面向我，防止他咬我。接着我们开始爬楼，我用右手抱着他，左手紧紧地扶着楼梯扶手，慢慢地爬上65级台阶。

有时，丹尔的愤怒和力气大到我无法作好爬楼前的基本准备。如果幸运，听到丹尔尖叫的邻居会跑来帮忙；如果有两个大人的话，事情就变得简单多了：一人抓住他的手，一人抓住他的腿，把他抬到家里。

我的父母麦琪和乔治也学会了这个办法。一旦丹尔在某个商店或银行"搞破坏"，他就会被抬出来。久而久之，这也成了格林诺克的一道"风景线"。

杰米觉得丹尔的所有怪异举动都是源于他的早产，相信随着时间的推移，事情会有好转。我对未来却深感忧虑：丹尔是否真的能完全从生产时的脑部损伤中痊愈？是否会有什么未知的不幸降临在他头上？如果他只是发育缓慢或者学习上有什么困难，我会竭尽所能引导他，关键是，当时的我无法预测未来会发生什么事。

我想向保健视察的领域发展，认为离开现在的养老院回到国立保健服务中心工作对这一转变会有帮助。如果可以减少夜班次数，我跟丹尔相处的时间就会多些。作为一名资深护士，我很快就如愿以偿了——转到列文斯克列格医院工作，一个星期只上两天夜班。我照看的是处于评估复原看护阶段的病人。他们大都因为中风丧失了语言和理解的能力，我的工作就是帮助他们复原。我的母亲和杰米的妈妈都非常支持我，会在我上夜班的时候轮流照顾丹尔，这让我可以在上完班后补睡6个小时的觉。

由于丹尔安静睡觉的时间不会超过1个小时，我和杰米基本上不会享受到安稳觉。他会在清晨时醒来，然后静静地四处乱爬。我们必须准备一个"婴儿报警器"，提醒我们他醒了，以防他做出任何危险的事情。

我睡觉的时候，麦琪外婆和乔治外公会带丹尔去公园玩，顺便带上午餐，因为丹尔的缘故，回来吃午饭的可能性很小，他们会在那里待很长时间。丹尔却很高兴，因为那里是他的迪斯尼乐园。他喜欢一阶一阶地爬台阶，然后从旁边的滑梯上滑下来。不管当时在玩滑梯的孩子有多少，他都会野蛮地插队，把其他孩子推开。对他而言，他们只是阻止他前进的绊脚石。滑下来后，他会很快爬上台阶，根本不理会先来后到。荡秋千也是一样。如果不能如愿或者没有空余的秋千，他就会大发雷霆。

丹尔常会在这些器械上玩一个多小时，然后开始吃午餐，他吃东西的原因只是补充自己的能量，根本没有享受野餐之意。吃完午餐，他会马上跑向公园的英雄纪念碑，肆意地绕着石碑乱跑，爬铁索，跟麦琪外婆一起玩捉迷藏。有时，这会引来路人的非议，认为那是对战争英雄的不尊重，但是他们不知道的是，我们正绝望地试图刺激和鼓励着一个满两周岁却没有说过一个词儿的怪孩子。这个公园对丹尔来说也是个重要的学习园地。在他喜欢的地方，我们教他东西会相对容易些。对于处于困难时期的他，离开这个重要的学习园地，绝不是一个最佳的选择。

麦琪外婆是创造突破的那个人，就是那个突破给了我们无限希望。母亲的恩情让我无以为报。她只是一个来自都柏林贫穷大家庭的普通妇女，13岁辍学，就开始工作了。由于当时在爱尔兰生活艰难，她就搬到了布莱克浦（黑池，英国中部城市），开始在酒店的餐厅打工，后来成为服务员。麦琪外婆习惯了极其辛苦的工作，加上熟谙一些健康常识，她的这些教育对丹尔的成长而言意义非凡，尽管她本人似乎并没有意识到她的贡献和所起的作用。

一天，麦琪外婆正劝丹尔离开公园时，他设法甩开了她，重重地撞到了一棵树上。丹尔当时撞懵了，显得很害怕。为了安抚他，麦琪外婆假装教训那棵树，她使劲摇着一个大树枝说："坏树，不准欺负丹尔。"

在第二次要离开公园时，麦琪意料丹尔又会像往常那样发脾气，紧紧地抓住他的手。出乎意料，丹尔没有任性撒娇，而是把她拉到那棵树边。虽然他一语不发，麦琪已经猜到他是想要她再像上次一样摇那个树枝，为了让他能乖乖地离开，麦琪决定满足他的要求。就这样，可怜的母亲在那里摇了差不多一个小时，丹尔才满意，后来也乖乖地离开了公园。"摇树"成了威柏公园之行的必要程序，这对手臂来说倒是不坏的锻炼机会，所以一切都相安无事。

离开那棵树后，他会在一直停在公园门口的大蓬车边逗留半个小时，一会摸摸它，一会又瞪着它，对毂盖和轮胎表现出极大的兴趣。幸亏这是回家的必经之路，母亲很清楚他迷恋够了，玩够了，自然会跟她回家。

一天，麦琪外婆正在任务式地摇树时，一个重大的进展出现了。她边摇边耐心地说："树，丹尔，树。" 在过去的几次公园野餐中，她一直都很耐心地"摇树"，丹尔的反应只是高兴得上蹦下跳而已。他是这么喜欢看那树枝上下摇晃，伴随着树叶不时地落下。 麦琪外婆依旧重复着："树，丹尔，树，"然而就在那天，她听到了以前从未有过的回应。

"树，"丹尔大声欢快地喊道。"树！"

经过不懈的努力，母亲终于在丹尔26个月大的时候教会了他说的第一个词。她高兴地回应："是的，丹尔，是树！"

那天晚上，母亲带丹尔回家后，神秘地对我说："我想我有个小惊喜给你。"深受吸引的我看着她抱着丹尔走到厨房的窗边，指着窗外："看，丹尔，那是一棵……"

在一个小小的戏剧化的停顿后，我听到了丹尔的回答"树"，这让我不禁喜出望外，激动地留下了眼泪。按捺住内心的狂喜，我拿起他的一本书，指着一棵枫树的图片。他又回答："树。"

我轻轻地拥抱他，眼泪在眼眶中打转。"棒极了，丹尔。是的，那是一棵树。我喜欢听你说'树'。你是一个好孩子。树，树！那是树！"让我更开心的是，丹尔看到我如此高兴似乎也很快乐。我不停地夸他："好孩子，那是树。" 很想让他知道我是多么喜欢听他说话。

我微笑着对站在一边的母亲说："如果这真的是上天的安排，那就这样吧。如果我们可以教会他说一个词，我们肯定可以教会他更多。"

丹尔似乎对自己刚学会的这个新词也很满意，我们很快意识到教他更多词汇这个任务是多么艰巨。他对"树"这个词的认识仅限于表面，用它指代所有绿色的东西，不管是真树，盆栽，灌草，还是水田芥和椰菜。尽管如此，这个重要进展仍不可忽视。

受了母亲的启发，我决定放弃向保健视察领域的发展。因为那意味着我要全职工作，这对于想要帮助儿子的我来说是不可能的事。我继续留在列文斯克列格医院工作，依旧是一周两次夜班。母亲用事实向我证明了能跟丹尔沟通的可能性。纵然前方路漫漫，我希望自己能尽可能地陪在他身边。这个突破也让我意识到，对丹尔的教育必须从理解开始。也就是说，我们自己的语言也必须简化到他能够理解的水平。之前所用的方式只是我们自己想当然——试图用我们的思想逻辑来对丹尔进行词汇的狂轰滥炸显然不妥。这次，麦琪外婆受丹尔引导，用他能够接受的方式——不停地重复摇树以及强调这个词，终于找到了一个与他交流的好方法。

这不单单是一个词，而是一种全新的方法，在今后的日子里我们和儿子丹尔将用相同的方式创造一个个如同"树"般美妙的成就。

4
爆发

丹尔已经讲出了一个宝贵的词，我想方设法让他知道如果他想与我们交流，我会随时候命。虽然这听起来似乎有些极端，但我和杰米达成协议：当丹尔和我们在一起时，不打开家里的任何有声设备，包括电视机、收音机和音乐播放器，电话也保持自动应答模式。任何来电都不能影响我们跟儿子之间的交流和共处。

少了这些设备的打扰，我们倾注全部心思在丹尔身上。我发现，他会给我很多"信号"，要求我陪他一起玩。有时他会走到厨房看我在干什么，然后跑开，有时会跟我有瞬间的眼神交流。如果我对这些"邀请"表示出兴趣，丹尔就很乐意让我参加他的游戏。我感觉到，与他说出第一个词的那段时间相比，这个新方法渐渐让我们步入了正轨，虽然进步和成效缓慢。

麦琪外婆一如既往地给予全力的支持，这也确保了丹尔一周七天、每天15个小时都有专人照顾。

皇天不负苦心人，我们的努力终于有了成效。从父母住的地方可以看到整个格林诺克中央火车站，丹尔喜欢和外婆一起看火车。从公园回家，他会拽着外婆去火车站的入口，而她也会适时地教他一个简单的生词。她的付出得到了回报，丹尔常会应声回喊："火车，火车。"就这样，他的词汇渐渐增多！

丹尔对车轱辘饶有兴趣，我们又教他另一个新单词。我会毫无顾忌地和他一起坐在马路边上，研究他感兴趣的车，不时地做出一些简单的评论，常常以实物来教他物品的表达以及他正在做的事："这是车轮。丹尔在摸车轮。"接着，他拉我去看另一辆车，我故意不走，引起他的注意："车，丹尔。你想去看那辆车吗？"他会使劲拉我去，而我不厌其烦地重复着，让他在每一次拉我时都知道他想要去看的东西叫车。

终于有一天，他学会了第三个单词——"车"。我激动万分地应答他："是的，丹尔，车。让我们一起去看车。"看着喜出望外的我，他一遍遍地重复着这个词。为了进一步达到增强沟通的效果，我给他买了一辆同他指的那辆车一样颜色的玩具小车。他开心地接受了我的表扬和礼物。

看着丹尔的小车越来越多，我很高兴，但从内心却不能否认他在说这些词的时候纯粹只是条件反射，不带任何感情色彩或有与我们交流的意向。另外，虽然丹尔玩得很开心，玩的方式却没有任何意义和想象力，只是单纯的排列，从没有尝试发动引擎。如果无人打搅，他会换着顺序排列那些车，玩上几个小时，完全沉浸其中。让人很难想象他究竟获得了什么样的乐趣。我试着和他一起玩，但只要拿起一辆车，他会大发脾气；如果我不小心踩到小车，他会暴跳如雷。我只能在他不注意的时候偷偷行动。

尽管进展缓慢，对于我们而言这已经是进步了，但其他人却不像我们这样乐观。越来越多的亲戚朋友向我们诉说他们对丹尔异常举动以及缺乏与人的交流能力的担心。不久，随着挑战与日俱增，我们也被迫接受了这个事实，就目前情况而言，仅靠我们的力量是不够的。

那一次，我正在银行排队缴费。丹尔把宣传架上的所有小册子都拿下来，到处乱扔，引起其他顾客和银行职员的不满。我阻止他，让他和我一起排队时，他一屁股坐在地上，歇斯底里地大哭起来。他不明白为什么我们要排队，当然也不会听我解释为什么要跟我一起无所事事地站着。

我放弃了缴费，把扭动哭闹的丹尔带出了银行。路过的两个民警误认为他发病了，好心走过来问："你还好吗？需要我们叫辆救护车吗？"

"不，不用，我们没事，谢谢，"我迅速回答，并试着让丹尔平静下来，"这很正常。"

他们没有对我们置之不管，而用警车把我们送回了家。那天很幸运，爬楼梯的时候，我只需要拿着包，而两个警察帮我把丹尔费劲地送进了公寓，他一直哭闹不止。

"我可以应付了。"我对他们说，并向他们致谢。

他们表示非常理解我的处境，善意地对我说丹尔的行为可能不正常。

"或许您可以考虑下获取某些帮助。"他们离开前建议。

那天晚上，一个朋友琳达·瑞丽来访。她正好是那家银行的助理经理。凑巧的是，出于兴趣，她正在学习英国手语。她小心翼翼地告诉我丹尔的行为跟聋哑儿的行为有某些相似，并表示："如果不是聋子，那一定在其他地方出现了问题。"

经过深思熟虑和来自琳达、警察、朋友和家人的建议，我们决定带丹尔去医院进行听觉检查。但琳达的断言让我们迷惑不解。丹尔的确可能无视旁人试图跟他沟通的努力，但如果真是聋子，他又怎能学会那仅有的几个单词呢？更奇怪的是，丹尔在50步外都能听到巧克力饼干和薯片拆封的声音。我预感，即使丹尔真有问题，一定不是听觉，做个检查就能印证。

1990年的10月，听力检测员宣布两岁半的丹尔听觉完全正常，但似乎对某些疼痛很敏感。有趣的是，卫生检查员在她的笔记本记录上两次都提到丹尔看似是个"非常固执的小孩"。那时的我还不了解丹尔的真正情况，却强烈地感觉到他不是固执，而是害怕、困惑和迷失，就好像他已经不堪负重，周围人狂轰滥炸般的语言说教，甚至他们的存在都让他备感压力。这在丹尔结束亲子俱乐部生活的那天暴露无疑。

丹尔在亲子俱乐部似乎所学无几，甚至对其他孩子而言是一个威胁，而他语言上的进步让我一如既往地带着他参加这项活动。一次活动结束后，我们正收拾玩具，一个妈妈发现丹尔还紧紧攥着一个从玩具柜里拿出的黄色小茶匙。

"他不能拿走那个。"她命令说，"把这个玩具和其他玩具一样放到柜子里去。"

"我想现在还是先不要……"我正要说。

"孩子们是不允许把玩具带走的。"她打断我的话，"这里的规定你应该知道。"

"这只是个小茶匙而已，"我争辩道，"保证在下次活动时把它完好无损地带回来。"

她完全不理会我的请求，坚持要丹尔把茶匙放回原处。我恳求她，解释说我知道这里的规定，但如果现在硬是把茶匙拿走只会引起丹尔的一阵哭闹。朋友安妮也一旁帮忙说情，保证茶匙会完好归还，可是无济于事。这样一来，我只能强行从丹尔手里拿走茶匙，无论动作多么轻柔、进行多少解释或者补偿都无法阻止他的情绪崩溃。

当我从丹尔攥着的手里拿走茶匙的那刻，他一屁股坐在地板上大声尖叫，把头往地板上撞，尖叫声让人感到恐怖。我急忙抓住他，阻止他撞头。安妮也在一旁忙手忙脚。而其他妈妈的反应是："我们已经忍无可忍。不要带这个孩子再来这里！"

安妮提出送我们回家，对丹尔来说她还是一个陌生人，当安妮试着帮我把他放到车上时，我分明感觉到了丹尔的紧张和压力。我只好婉言拒绝安妮，说自己可以去汽车站等公交。我意识到，丹尔的愤怒竟然达到了不能容忍我和安妮说话的地步，顿时让我们觉得不知所措。最后，她把我们送到了那条马路的尽头。很显然，安妮的存在让丹尔焦躁不安。道谢后，我对她说我们要在路边稍作休息，同时让丹尔安静下来。她十分体谅我的苦心，离开前叮嘱我一定要寻求援助措施。我答应她回家后就会与保健视察员取得联系。

如果没有安妮的善解人意，我真不知道是否还有力气回家。身心疲惫的我靠着路边的墙坐下来，哄着哭闹的丹尔，可是无论怎样，他就是哭闹不止。最后，我只能抱起这个任意踢闹、外星人般的孩子慢慢走回一英里以外的家。

丹尔用手指抓破了我的脸，血顺着脸颊流下来。如果我提前把他的指甲剪短，这原本是可以避免的。令人头痛的是给他剪指甲和理发简直比登天还难。理发时，我只能用被单将他捆住，让我的理发师妹妹快速理剪才能完工。我不喜欢看到他蓬乱的头发，因为在外人看来，那将会意味着孩子的妈妈不够称职，或对孩子的外表毫不关心。

回家的路上，很多人不是投来异样的目光，就是给我提些亲子俱乐部的那些妈妈曾提过但没被我采纳的建议。

我们终于到达了公寓那栋楼的底层，终于可以从那些批判的眼神和评论中解脱出来，回到属于自己的个人空间，我再也控制不住，瘫在又冷又脏的地板上，绝望地哭起来。我用双手紧紧抱着丹尔，任凭眼泪肆意地流下。他已经安静了许多，但对我的压力和忧郁却毫无察觉。这场发泄也让我恢复了一些体力，能够抱着丹尔爬上了那些楼梯。

一进门，我马上打开杰米爸爸给丹尔买的《迪斯尼跟我学唱歌》的光盘，终于让他完全安静下来。想到他已经哭闹了两个小时，一定是渴了，于是喂他喝了一大杯水。光盘让我有了一个偶然的新发现：丹尔经常反复看，全然没有厌倦的样子。他很喜欢光盘放完时发出的那种嗡嗡声以及电视机上的白屏。这些都能哄他开心，我们趁机也有片刻的休息时间。可我们知道这非长久之计。如果时间长了，可能会产生负面效果。　他大发雷霆时，这个光盘也起不了多少作用。而那天，他也哭累了，我也没做出反对，他自然安静下来观看。

趁着这个空档，我回到卧室寻找片刻的宁静。憋了这么久，我的情绪再次崩溃，眼泪不由自主地流了下来。我从来没有这么绝望地哭泣过。但不一会儿，玻璃摔碎的声音以及丹尔的大笑声把我从悲伤中拉了回来。破碎声，笑声，破碎声，更大的笑声。我马上冲出房间找到他，发现他正赤脚站在橱柜旁边的一堆玻璃碎片里。在他举起下一个杯子准备砸的时候，我全身的血液似乎都凝固了。我赶快过去抱他，他也看到了我，平静地向我这个方向走来，丝毫没有顾忌他有多危险，差点就踩到玻璃碎片上。确定他没有受伤后我略感宽心。之前的折腾已经让我筋疲力尽。不能再这样下去了，我深深地呼了口气让自己平静下来，决定寻求援助。

接到我的电话后，保健视察员在1990年12月7日，即丹尔两岁半的时候到我家给他做了评估。视察员对丹尔的总体表现没有什么建议，也认为丹尔的语言能力很薄弱，提议带他去看一位语言治疗师。她在报告上记录说丹尔集中力很差，却能用积木堆起一座高塔。我不能确定她的这句评价是否涵盖了丹尔玩儿童积木这一本领的全部：他曾用积木堆出过曼哈顿大厦和多座不同颜色不同形状的高塔。

我一直好奇他是怎么做到的，一般孩子只是随便堆积而已。除此之外，在不看图纸的情况下，单凭研究那些碎块儿，就能拼出一些难度超出他年龄范围的拼图，有时甚至是倒着的。我们把他的这些能力归因于他不像其他孩子那样玩腻了就丢，而是不厌其烦地玩。让我不安的是，保健视察员只用一句话记录了我们请她来的直接原因——丹尔在亲子俱乐部的坏脾气：不喜欢跟同龄人玩。

尽管我们为此苦恼，得到专业人士的建议后才略感释然。我们期待与语言治疗师的见面，希冀这就是我们所期待的转折点。丹尔被公认为是一个可怕的孩子，不能参加同龄孩子的任何活动。我也因此完全与外界隔绝，只与我和杰米的父母见面。

我们必须想办法摆脱那可怕的几十阶楼梯。虽然很爱这所房子，我们还是决定把它卖掉。带人看房基本都在丹尔不在的时候，因为担心他过激的反应。如果有人来看房，我们其中一个会带丹尔出去散步，另外一个陪买家看房。当时正值寒冷潮湿的十二月，出去散步简直是受罪，似乎也增加了丹尔发脾气的频率。

急切寻求帮助的我给健康中心的语言治疗部门打了电话，我们被告知9个月后才能进行治疗。显而易见，我们无法继续等待。在我的一再恳求下，那个秘书对我的难处表示理解，几天后打电话通知我有人取消了预约，丹尔的检查安排在圣诞节后的三周内。

1990年圣诞节前夕，我和丹尔应邀去参加由因弗基普疗养院员工举办的儿童聚会，我曾在那里就职。费了九牛二虎之力才把丹尔带进那个门。他似乎完全被这个聚会吓呆了。我抱起他时，他紧紧地依偎着我，把头埋在我的胸前大哭起来。我竭尽所能容忍着，但丹尔的行为仍然影响到了其他孩子和一些在场的长者。我不得不决定提前离开。

巴斯特太太帮我从圣诞老人那里去拿礼物送给丹尔，可对于丹尔来说，圣诞老人也是坏人的化身。最后，我们只好先去办公室里暂避。她严肃注视了我们片刻后，温和地对我说："我见过像他这样的孩子。"我断定她的话不是好兆头，心也随之往下一沉。

她曾经听说过一些关于丹尔的事情，现在又亲眼目睹了他的行为。巴斯特太太告诉我，丹尔与她从前接触过的一些孩子颇为相似。她深呼了一口气，缓缓地吐出来："是些自闭症患者。"

当时的我不知道这究竟意味着什么，对我而言，这已无异于告知我的儿子身患绝症。之前在护士培训和助产士培训时，我从未听说过"自闭症"这个词。单是听到这个词就惊骇不已，而且至今也没有听任何专家说过类似的病症，可见情况很严重。对我来说，要接受现实并非一件容易的事。巴斯特太太帮了我一个大忙，我知道得越早，就能越快知道该如何帮助丹尔，了解他的症状。

查询与"自闭症"相关的资料成了我的日程安排之一。在当地的图书馆阅读有关的书籍，让我发现每本所描述的情况似乎都与丹尔相似。我不禁震惊了：那些我自以为是丹尔自身性格的行为，包括抓婴儿床(我们曾觉得这特别可爱)、刻板重复、吃东西反胃、转圈甚至奇怪的走路姿势，都是典型的自闭症症状。我越来越觉得这些书的作者都是以丹尔为案例。

几天后，我把图书馆的相关资料都看完了，把我的发现平和地告诉了杰米。他无论如何也接受不了这个事实，坚持认为我们儿子只是患有他母亲曾跟他说过的胶耳。只要及时诊断医治，就会康复。我完全理解杰米不肯接受事实的原因，告诉他我知道这个事实时也很害怕，却不能无视"自闭症"的各种症状都与丹尔的所有问题相吻合。遗憾的是，杰米依然拒绝承认。

尽管心神不宁，我还是坚定地认为，丹尔是我最心爱的儿子，我会竭尽全力帮助他。

我的震惊，与杰米不肯接受此概念，并没有影响我们准备欢度圣诞节的打算。丹尔仍然无法理解圣诞节这个概念，我们尽力让它特殊化，准备了一个他会喜欢的礼物。

丹尔现在最喜欢的动画片是《米奇和大豆杆》。逛街时，我们一眼看中了那个一拉就会说话、两英尺高的米奇娃娃。我们知道他喜欢米奇，而且这个米奇还能说几个短句，我们鼓励丹尔做出应答。

"你好，我是米奇"让他知道每个人和事物都是有名字的。

"我爱你"让他理解什么是爱。

每晚丹尔睡觉时，我和杰米都会轮流和他躺在一起，或是抱着他哄他入睡，告诉他我们有多爱他。丹尔可能似懂非懂，而我们目的就是让他知道我们对他的爱。米奇能否能真的起到作用，还需要时间来证明。

在家时，我们尽量会保持屋内的整洁和安静，防止过度的吵闹对丹尔产生压力，希望他能从某些特别的日子里领悟到什么。圣诞节当然也不例外。圣诞树和亲朋好友的卡片是必不可少的。我们买了一棵圣诞树，让丹尔参与整个挑选和装饰过程。在我们的鼓励下，他挑了些火车的装饰和金属箔。我们将把礼物悄悄地放在圣诞树下，确保丹尔会在圣诞节早上看到。我们还神秘兮兮地告诉他圣诞老人会在午夜来访。否则，我们担心他会被搞糊涂。

一般只在体力完全耗尽后，丹尔才会上床睡觉。对我们而言，"睡觉战斗"会在晚上九点拉开序幕，然后一直持续到夜间十一点甚至凌晨。平安夜这天也不例外。丹尔直到十一点一刻才在杰米怀里酣然入睡。

身为母亲，却不能给孩子讲故事哄他睡觉。我清楚记得每每那个时候，内心巨大的悲哀和失落感。因为每次试着与他分享这个美妙时刻时，他总表现出毫无兴致，折腾的整个过程倒让他变得异常兴奋。

那天晚上，我们把丹尔轻放到床上，给他盖上米奇毛毯，把快乐泰迪熊放在他枕头旁边。知道一两个小时后他会醒来。

我们开了一瓶葡萄酒，看着来自海湾的圣诞颂歌仪式。应该是放松消遣的心情，而当时的我们却与这些军人感同身受：由于不同的原因，我们的生活都是如此不稳定，对未来同样充满了疑虑和担忧。

5

四处寻医

温馨的平安夜即将到来，我们在临睡觉前把丹尔的礼物——装有米奇的大盒子置于圣诞树下最醒目的地方。我们拆开了自己的礼物，这样第二天早上的焦点就会在丹尔上。而且，众所周知，圣诞老人只给小孩子送礼物。

圣诞节前夜，丹尔像往常一样醒来几次，摆弄他的小汽车，在屋里四处乱转。我像往常那样告诉他，现在不是玩的时间。我不开灯，强调天还很黑，我们必须睡觉。我一遍又一遍地重复："爸爸在睡觉；麦琪外婆在睡觉；乔治外公在睡觉。因为现在是晚上。"然后自己也躺下来装作睡觉的样子。丹尔终于放弃了开灯或者玩耍的念头，钻到被窝里和我们一起睡觉。但不一会儿，他又坐起来，开始背我们称之为"诗"的几个词："汽车，树，火车，酱。"他呢喃地重复了好几遍，然后倒头睡下。这个寻常的举动毫无意义，他却很自得其乐。但听到他讲话，肯发出声音，对我们而言，怎样都是一种欣慰的享受。

圣诞节的早上，我们摇醒丹尔，把他从床上拉起来，让丹尔去打开他的礼物。他对圣诞节并不怎么感冒，我们却很兴奋。出乎意料的是，他看到米奇的表现很平静。但当我向他演示米奇的"特异功能"后，事情有了转机。

从那以后，他去哪儿，米奇就会跟到哪儿。他会牵着米奇的手拉着它一起走，好像米奇在跟他一起走。有时在外面散步，他会突然激动地活蹦乱跳，大声喊"奇！奇！"起初，我不明白什么意思，后来发现丹尔是在说米奇：因为米奇无处不在。甚至是商店橱窗里摆放的画着米奇的杂志封面，丹尔都会发现。虽然只能说出名字的一半，他终于开始意识到米奇是有名字的。我期盼着丹尔叫我"妈妈"的那一天。

无论做什么，我都会让米奇成为其中一员，这样一来，就实现了我们买它时的初衷，既是丹尔最喜欢的玩具，又是他学习想象力和其他技能的工具。这只小老鼠接受着丹尔朋友和模范的待遇。它和我们一起野餐，有权选三明治，总是第一个玩滑梯。丹尔接受这一点后，排在第二个。他慢慢学会了在公园排队玩。因为理解能力不及其他正常的孩子，让他学会先来后到及其他类似的基本社交技能，可能需要几个月甚至几年的时间。我们在不同的社交场合向他演示排队的必要性，让他理解这一概念，学会排队。与往常一样，我们的举动招致旁人的侧目和不满，对此我早已不在乎了。

终于盼到一月去看语言治疗师的这一天。虽然对丹尔会被诊断为自闭症患儿这个既定的事实做好心理准备，我还是异常紧张，就诊的前一天晚上祈祷自己的判断是错误的。

杰米也焦虑万分，想陪我一起去。他现在换了工作地点，到东基尔布赖德，路程有35英里。我不想让他的工作因此受到影响，预想这只是以后繁多检查评估的一个开始，因此坚持单独和丹尔一起去。

语言治疗师虽然年轻却很专业，这让我放下心来，丹尔显得不太高兴。她详细地询问了我们与丹尔相处的生活，表示出极大的同情和理解。令人宽慰的是，她把我当成一个平等的专业人士而非过分焦虑的妈妈看待，对我在处理与丹尔沟通时的所作出的表现予以肯定。她在笔记中记道："母亲对此付出了巨大的努力，意志也很顽强，但成效甚微。"在她的笔录末尾对丹尔的评价是："无法进行检查和评估，因为整个过程他都在哭闹。"她推荐我们去高地小学的学前语言机构（PSLU）。

那天晚上，我极力安慰杰米。虽然语言治疗师确定了丹尔病症的严重性，但至少眼下会有一个合适的诊断治疗。想到丹尔即将开始接受系统性治疗，我和杰米紧绷的神经终于有了一丝放松。

令人宽慰的是，我带丹尔去高地学校的学前教育机构时，丹尔的情绪很好，安静而顺从，十分配合那里的两个语言培训师。对这次诊断我还是忧虑重重，尽我所能地将丹尔过去的生活情况如实陈述了一番。这一次，我发现这两个治疗师并不太相信我所讲述的，尤其是我努力与丹尔沟通的那段情节。我的猜测得到了印证。一个治疗师在结束检查时说："请在四周后进行复查。此外，您尽可能帮他扩大词汇量。"我跟他们解释说，在过去的时间里，我们一直都在努力这样做，他们还是无法相信我们付出的巨大努力，只是让丹尔学会了那六个单词。

医院的工作我曾经接触过无数中风后丧失语言沟通能力的病人，对基本沟通交流的诱导技能，我是再熟悉不过，可是现在这些技能却一无所用。两位治疗师的建议让我半天回不过神来。真是讽刺啊！有着丰富临床经验的我，却让几个语言治疗师来教授基本的沟通技能。

当我向杰米提及此事时，他也表现出同样的恼怒和沮丧，但我们觉得四周时间也不长，耐心等等也无妨。我也不想因为自己有医疗经验和资格，触怒到他们，甚至被列为扰乱这个关键治疗阶段的黑名单里。

我对丹尔还是一如既往的悉心引导，他的行为变得越来越难以控制。从他醒来到睡觉的每一天，对我都是一个挑战。一个人的力量开始变得微不足道。很多次，我被迫中途来到母亲的住处。她的公寓正好位于格林诺克购物中心附近。在那里，除了母亲对我们悉心的照料，我们还能保留些隐私。因为丹尔一直都没学会如何上厕所，每次都由我陪着他去。我教了他很多次，他就是无法理解这个过程。所以每次上厕所，我们都要偷偷摸摸。我的救急包里总是带着足够的婴儿尿布。

任何触碰式的尝试都会吓着丹尔。为了减轻他的焦虑和疑惑，我每次都按照一定顺序给他穿衣服，比如总是从右边开始。我知道这样会让他有顺序感和安全感，可他总是僵硬着四肢不肯穿，次数多得让我担心自己会伤到他的骨头。好不容易大功告成，他又迅速地全部脱光，很明确地表示自己更喜欢光着。我从来不任由他这样，而是重复着继续给他穿上。

后来我想到，这可能是因为丹尔对某些布料过敏，所以以后给他买的衣服都是棉质、柔软的，而非毛质、粗糙的。情况果然有了一丝好转。我还意识到如果某款衣物他喜欢穿，最好多买几个号。这样一来，即使衣服小了，还有稍大的可以备用，新衣服必须先洗几遍，让他察觉不到是新的。他喜欢穿带有他的英雄——米奇图案的衣物，因此他的大多数衣服都是米奇牌的。这让很多人都误认为丹尔几年来穿的是同一件衣服，不过重要的是，这个方法对丹尔确实有效，这就足够了。

穿鞋始终是个大问题。每次因为他的脚变大了换鞋，或是换不同风格不同季节的鞋，整个过程都如噩梦般。我每次都去同一家鞋店，去之前还要提前打电话询问店里顾客多不多，因为每次买鞋换鞋都是挑战，他的脾气大得令旁人恐惧，虽然如此，每次买鞋后，我都会给他一个奖励。

一天下午，趁母亲带丹尔去公园玩的空隙，我给丹尔买了几件衣服。回到家后，为了让它们显得旧些，也正好发泄我烦躁的情绪，我对它们又踩又踢。杰米回来时，看到我正往丹尔的新外套上乱跳，以为我疯了，但明白后随即加入了我。我们在屋里把那件外套踢来踢去，像孩子一样没心没肺的大笑。在那段艰难的日子里，这样轻松的时光并不多。

四周的时间似乎特别漫长，我们终于等到了丹尔复诊的这一天。我们如期见到了上次的两位治疗师。当他们发现情况没有好转时，建议我们带丹尔去看教育心理学家，会通知我们预约时间。

复诊完的第六天，丹尔的情况突然变得更糟了。每次发脾气，他就把自己的头往墙上或者地上撞，吓得我魂飞魄散。当我挡住他时，他会用牙齿咬他自己，或是我的手和胳臂。仿佛要把皮咬下来一般。他似乎感觉不到什么叫疼痛，只是单纯的难受。让我无法忍受的是，眼睁睁看着心爱的儿子难受着，却束手无策。

我沮丧万分地给我的母亲打电话。然后把尖叫中的丹尔塞进了出租车，含着眼泪，绝望地请求司机："求求您把我送到我母亲那里，我的孩子有点问题，我必须马上找人帮忙。"司机开始还有点畏缩，但很快改变了态度。他用平时两倍的速度把我们送到了母亲住处，帮我把丹尔从车里抱出来。这时，我的父母已出来接我们了。

对丹尔目前的状况，父母与我一样深感不安。由于丹尔时不时地撞头，我们一致认为应该寻求专业人士的帮助。我给其中的一个语言治疗师打了电话，由于紧急情况，他们迅速为我们约见了教育心理学家。后来我发现，我的求助被语言治疗师记录为"不合作"。这个词在医疗行业使用很普遍，在我看来，很多情况下用得并不贴切。但现在竟然有人把它套在了我头上，这让我感到万分愤怒。好像父母为了合作，必须眼睁睁看着孩子在自己面前自我毁灭一样。如果我真的那么做了，显然我仍然会被扣上另一顶帽子：因为未能及时寻求专业人士的帮助，我一直心存负罪感。

1991年2月27日星期三，在高地小学的学前语言机构，一名助手带着丹尔去了保育室，我和杰米坐下来跟语言治疗师格雷斯以及教育心理学家玛丽·史密斯谈话。我们诉说了对儿子的担心，他们都承认我们的压力的确很大。

突然，我再也无法掩饰自己惊慌的内心，直截了当问玛丽·史密斯："丹尔的确患有自闭症吗？"

她犹疑了一下，平静地回答说："我们也在做类似的猜测，恐怕是这样。"

我的心一阵冰凉。我已经做好了最坏打算的心理准备，始终不能面对这一刻，不可言喻，我内心深处的恐惧被专业人士认可了。与此同时，我也奇怪地感到了某种程度上的轻松，无法避免的终于还是发生了。我记得当时自己说了正式诊断的重要性，以及听到他们回答时的困惑。他们说："我们不喜欢给孩子贴标签。"随后继续解释丹尔的沟通问题，他的有些行为已经"属于自闭症的范畴"。我竭力掩饰自己的悲伤心情，却看到杰米的内心挣扎。他必须面对一个他一直尽力逃避、拒绝承认的词。

尽管专家说了些关于贴不贴标签的问题，我和杰米都一致认为眼下最重要的让丹尔进行一个正确合理的诊断，尽快根据他的病情进行教育和治疗。为此我们提出了转到约克山儿童医院的请求，那是当时唯一一家能够确诊类似病例的医院。那个心理学家答应了，解释说目前还没有接待类似丹尔病症的专门科室。最近已决定在高地建立这么一个机构，专门接收三个患有"自闭症疑似症状"的学前儿童，目的是尽量帮助这些孩子健康成长，让他们融入现存的较大的学前教育机构中去。（学前教育机构的孩子相对来说语言问题稍轻微些。）学校在这之前从未进行过尝试，现在有三个同龄的孩子都患有自闭症，校长决定试一试，看看是否可行。

令人欣慰的是，丹尔也被邀加入这个"周一班"。沮丧随之而来，丹尔每周只有周一的一小时十五分钟的时间待在那里，加上很多公共假期都在周一，他实际接受治疗的时间少之又少。但丹尔需要更多这样的时间，以及一个能够教他与其他同龄孩子一起相处的育儿所。他们的回答让我和杰米失望不已："我们没有这样的地方。"

随后我们见到了学前语言机构的校长。她很友善，对我们的遭遇深表同情，并带我们一起去接丹尔。在与照看丹尔的那位老师谈话时，我不安地看了一眼杰米。他站在那里，双眼迷茫地望着窗外。

离开前，玛丽·史密斯建议我们联系一个叫做吉姆·泰勒的人。他是艾洛亚市斯楚安自闭症儿童学校的校长。斯楚安自闭症儿童学校由苏格兰自闭症儿童机构管理，是当时唯一一所研究儿童自闭症的学校。

离开学前语言机构后，我们实在无法独处，就去了我父母那里。我记得当时在回家的路上，我和杰米都一语不发，依然处在震惊中。丹尔坐在车的后座，安静得让人意识不到他的存在。

到了父母家，我悲伤地投入妈妈的怀抱，抽泣着说："是自闭症。丹尔患有自闭症。"

她像平常一样，丝毫不气馁地抚慰我："是吗？没关系，他永远是我们的丹尔，我们会尽最大的努力帮助他。"

回家的路上，我们依然保持沉默。我猜想杰米是否已经接受眼前所发生的一切。晚上睡觉时，我听到从丹尔屋里传出奇怪的声音，走过去，竟发现杰米蜷缩在丹尔的床上，紧紧地抱着他，伤心地哭着。我不忍心，跑过去抱住杰米，一遍又一遍地向他保证我们一定会挺过去的。

"我们不会放弃，"我安慰他，"不管付出什么代价，我们都要让丹尔康复起来。"

过后，丹尔安静地排列着他的小汽车，我和杰米坐在起居室喝茶，冷静地想起发生的事。对我而言，这次经历让我回想起从前一直忽略，但现在看来似乎讲得通的一段记忆。我清楚记得小时候，父母带我们回母亲的老家，她的弟弟汤米总遵循自己怪异的行为方式，而整个家都必须忍让。汤米从来不与任何人说话。现在回想起来，他应该患有严重的自闭症。

丹尔的行为在很多方面都与我的舅舅汤米很相似。但他们身处不同的时代，那时还没有自闭症这个词。我不能让儿子像舅舅那样成长，或像别的患有自闭症的孩子那样被忽视。我坚定的信心让杰米也振作起来。

杰米知道我会不遗余力地帮助别人，提起了我怀孕时在鲁克郡医院的一段经历。小产和死胎是一个普遍的现象，其中一个病例却给我留下了深刻的印象。在我怀孕期间，肚子还不是很大的时候，被派去照看一个打了镇静剂的年轻妇女。她的孩子早产，在生产时胎死腹中，而她最大的希望就是孩子能够平安出世。所以当时的她极需一个有经验的助产士陪着她。我没有告诉她我怀孕了，希望她没有注意到我略凸的小腹。在得到她的信任后，我照顾着伤心欲绝的她，最终说服她产下了那个死胎。当时我的换班时间早过了，筋疲力尽的她迷糊着跟我说，她不想看到那个孩子。我告诉她我们还会再见面，然后她睡着了。庆幸这一切都结束了。

第二天在轮班结束后，我去看了她。她正独自待在指定的房间，拉开窗帘，表情显得悲伤而麻木。她很快就知道我是她的助产士，也注意到我怀孕的身体。我掩饰住自己的尴尬，努力找话题和她聊天。然后问她是不是已经做好了与她孩子说再见的准备。

"我真的吓坏了，"她轻声说，"现在一切都太迟了。"

我安慰她不要害怕，我已经把孩子打理好，送到太平间。他很干净很美。我告诉她，她有权看一看孩子。

在去位于医院后面的太平间取那个婴儿的时候，我遇到了一个门房，他对此表示："我从来没做过这样的事。"我用热水给那个婴儿洗了澡，给它穿上了棉质的婴儿服，戴上了配套的帽子，然后把他放在医院的婴儿车里，推到了那个妈妈的房间。我主动提出如果她希望的话，我可以为这个孩子行施洗礼（作为一个助产士，我可以这么做）。她摇摇头说："我只想看看我的孩子。"

当我把孩子放进她怀里时，她崩溃了，眼泪肆意地流下来。我扶着她让她看着自己漂亮的宝贝。她说孩子味道很好闻，也留意到我给他洗了澡。她吻了他的额头，说了再见，表示真的很高兴有这个机会。我告诉她，孩子本身没有问题，她已经尽了自己最大的努力。我含泪拥抱着她，她很感激地说了声"谢谢"。而我也感谢她让我有机会参与到她孩子短暂的生命中。从医院离开时，她祝福我一切都好。

如果我没有做那些事，这个年轻的妈妈就会失去抱住她孩子、和他说再见的机会。讲述这件事，我并非想吹嘘，而是我明白，作为专业人士，有时我们必须挺身而出。因为你会对病人的生活有着重要的影响，你的所作所为甚至会影响他们的一生。这件事也让我知道，无论如何，没有什么比失去孩子更恐怖的了。

那天晚上，虽然很不安，杰米还是拜访了我们的朋友约翰·特纳，告诉他不能像往常一样和他一起去上班了，并讲明了原因。约翰很支持，主动提出他会通知我们其他的朋友，他帮了我们的大忙，因为我们实在没有力气一个个地打电话作解释了。

尽管在早些时候，我还坚定地安慰着杰米，但其实我和他一样虚弱和崩溃。第二天，我打电话给保健视察员说明了情况。尽管对我的遭遇深表同情，她对自闭症并不了解，因此无法帮我们找到其他有着类似情况的家庭。我陷入大海捞针般的绝望，哭了整整一个晚上，还是无法入睡。次日，我向医生要了些安眠药。可是收效甚微，接连几个星期里，我都无法正常入睡。

深知我们的不安和烦躁，杰米的妹夫彼得以我们的名义，帮我们联系了斯楚安自闭症儿童学校的校长吉姆·泰勒。 他在那个星期六的下午亲自造访了我们。当时，苏格兰自闭症儿童机构没有分支，所以吉姆总是在自己闲暇的时候，亲自去病人家中了解情况，无论他们住在苏格兰的任何地方。

尽管情况很不乐观，吉姆的来访还是让我们感到很欣慰。他从大体上介绍了自闭症的情况。自闭症患者常会有三大困难：社交、沟通和想象力。有些可能还有学习的困难。

社交方面，患者往往反应冷淡，对周围的事漠不关心；沟通方面，患者有语言和非语言的双重困难，因此很难理解别人的手势、面部表情和声音的语调以及单个词语本身的意思；想象力方面，他们的思想很局限，很少有创新性的活动，表现在游戏时没有进步和变通。

吉姆肯定了正式诊断对于自闭症患者损伤治疗的重要性。我们问他"自闭症范畴"的具体涵义，他告诉我们，他认为有些专业人士用这个词和其他的一些词汇，包括"自闭症症状""自闭症倾向""自闭症特性""自闭症属性""沟通混乱"和"自闭症气息"等，来表示对病人症状的不确定性。

事后回想，我感觉自己已经能够判断一个人是否患有自闭症。尽管病情有严重和不严重之分，但如果一个人有这三个方面的缺陷存在，那就表示他很有可能是自闭症患者。在我看来，某些专业人士采用模糊概念来回避这一判断，会妨碍患者的及时治疗。这也是后来我们为丹尔寻医看病时深切体会到的。

6
地狱般的夏天

四周后，也就是1991年3月27日，我和杰米穿上精致外套，哄着给丹尔穿上看上去很体面的衣服，然后出发去格拉斯哥的约克山儿童医院。我认为我们应该尽量穿得精致体面，让医生们知道我们也是专业人士。但我隐约担心，会重复上次那样的遭遇。

在评估的第一部分，丹尔并没有做心理医生给他布置的任务，而是径直走到屋子角落的水池边，用力将水龙头拧开。我关上它，站在水池边阻止丹尔，一次一次强调："不可以这么做。"最终，这些努力没有白费，丹尔开始回头做他的"作业"。心理学家肯定了我对局面的控制，表示我在丹尔身边表现得很不错。

接下来我们看了儿科医生，同样也做了很多测试，包括我试图跟丹尔交流时，他的反应。医生吃惊地发现，在测试中，丹尔只有一次回过头来，表示在听我对他说的话。儿科医生与其他同事讨论期间，让我们出去休息片刻。

不久，我们又被叫了进去。医生给我们画了一张图表，描述丹尔在不同阶段不同领域的发展水平，指出整个过程有点滞后。她表明这不属于自闭症的范畴，希望丹尔一年后回来复查。

这次检查结束时，我的脑袋一片混乱，又是轻松，又是疑惑，担心自己在没有特定帮助的情况下，怎样在这一年里独自照顾丹尔。听到医生说丹尔没有患自闭症，这固然是好事，可为什么那些书上对丹尔状态近乎惟妙惟肖的描述会是错误的呢？

医生推荐我们寻求一些护理方面的帮助，强调其重要性。当时我们不知道，她们的这个建议根本不可行，因为在评估期间，这个儿童医生给教育心理学家玛丽·史密斯打了电话，得知丹尔正在语言班学习，对此表示了肯定，但似乎并没注意到时间方面的不足（一周一个多小时，这显然不够。）我们来这里的目的是为了确诊丹尔的病情，显然我们还是没有得到答案。

我担心孩子以后会有什么影响，提出要见一位遗传学家。她同意了，预约时间却排在了一年后。

一些关于儿童自闭症的早期作品中，比如20世纪50年代的布鲁诺贝蒂赫姆的研究成果，把这归咎于妈妈没有和孩子处理好关系。他用了"冷淡""漠不关心"以及"冷酷妈妈"等字眼。虽然这一理论最终被贝纳德·里姆兰德以及南希博士推翻，我震惊地发现，在40年后，这样的思想在医疗部门依然很盛行。我起初并不知道约克山儿童医院的医生在她的记录中这样写道："我和心理医生都认为加德纳太太对儿子的态度冷淡漠然。"和"相对来说，父亲对儿子丹尔的问题及处理似乎相对热情些。"

几年后当我得知这个情况时，几乎崩溃。在丹尔出生和在新生儿看护病房的那段时间，也就是医学上经常说的关键阶段，我自问已经尽我所能与他进行沟通，加强我们母子的亲密关系，特别是我成功地对他进行母乳喂养长达9个月。但这些情况以及我打破丹尔周围禁锢的努力，在专业人士看来都是无用功。反之，一旦我在他们面前如果表现出一些情绪，她们会认为我是一个过于焦虑的妈妈。

为此我和杰米都深感愤怒和屈辱。我们原本对这次检查和诊断寄予厚望，认为它将为我们无头苍蝇般的求助画上休止符，没想到结果完全相反：两个专家一致认为"双亲与孩子间的矛盾冲突是导致孩子行为困难的根源"。也就是说，我们是丹尔不正常的症结所在。

丹尔开始在学前语言机构上课时，我又一次"自掘坟墓"。某天我去那里看丹尔及他们的处理情况，发现他们的方法跟我与麦琪外婆的几乎如出一辙。只是学校里的节奏更缓慢。一切都朝着好的方向发展着。让我不能忍受的是那里的工作人员一个劲儿地教导我"试着用玩具与丹尔交流"或"别给他太多选择"等等。我抱着学习的态度与心理医生讨论丹尔的问题以及相关的教育方法，竟然发现心理医生对我的评价是"她一副很专业、很漠然的样子"。我接受过医疗培训，但似乎不能用专业和技术口吻讨论儿子的状况。

在跟吉姆·泰勒见面时，他邀我们去斯楚安自闭症儿童学校看看其他孩子的治疗情况。带着对约克山医院诊断的疑惑，以及无论如何要帮助丹尔康复的决心，我们准备接受他的邀请。

到达那里后，一位老师带着丹尔去玩火车玩具，让我们有时间与吉姆进行交谈。尽管吉姆告诉我们他还没有足够的资格诊断自闭症，但在整个谈话过程中，他把丹尔当成是自闭症患者看待，给了我们无比宝贵的建议。我们告诉他丹尔着迷于某些事物，比如排列玩具车、重复看某张特定的动画片和最近对火车的痴迷。

"别担心。"吉姆建议说，"你们要充分利用他对这些事物的迷恋。"

他告诉我们不要像某些父母一样试图阻止孩子的这些迷恋，而应把它们当成丹尔学习和对付自闭症的工具。我和他讲述了麦琪外婆如何教他说"树" 的方法。

"就是那样。"他说，"这正是我想要说的。"

一个像吉姆这样经验丰富的人承认我们所用办法是正确的，这在我听来，如同天籁。

吉姆还表示，有自闭症的儿童需要独处的时间，沉浸在自己的世界里，因为这会让他们减少忧虑，避免过度负担。我们告诉他，丹尔常会在杰米父母家的花园里跑来跑去玩他的牵引式飞机。在那里，只要他的这个要求得到满足，他就很少发脾气。

"很好，"吉姆说，"你们应该让他有更多这样的时间。这对他今后的发展有好处。"

"可是我们总不能一直让他待在自己的世界里吧？"杰米问。

"如果是那样，他会很开心，"吉姆说，"但他永远学不会照顾自己。如果要让他在我们的世界里生存，你们必须介入，挑战自闭症。"

吉姆建议我们使用一些视觉上的帮助，比如马卡顿手语体系、火柴人图画（《火柴人》作者艾瑞克·加西亚，后被改编为电影。 主人公罗伊是一名患有精神强迫症的骗子，他和野心勃勃的搭档弗兰克联手，经营着小打小闹的骗子生涯，依靠罗伊高明的骗术，屡屡有人受骗上当。）认知卡片以及一些照片，来帮助丹尔理解，例如用一张树的卡片让他知道我们要去公园。 我立刻意识到这样做，就可以让丹尔知道下面会发生什么事儿，恐惧感随之减少，脑海里迫不及待地开始设计这些卡片和图片。有所准备总比没有强！

我们跟着一个年轻小伙子参加了一堂语言治疗课，观察如何教授基本的语言。我很快就得到启发，知道怎样把日常用语分成几个部分教丹尔。杰米有点云里雾里，我却已经有了很清楚的认识。接着我们去了一个大休息室观察那些在休息的孩子们。这也是一个很好的教育机会。

老师会让盘子传递一圈，强调每个孩子的名字——"马丁，吃个橘子"，让他们知道老师在和自己说话。盘子传递的高度与眼睛平行，可以吸引孩子注意力，产生自然的眼神交流。自闭症儿童常常不愿意或是不自然地与他人进行眼神交流，所以这点特别重要。对于丹尔，我已经悟出最好的办法，就是和他说话时蹲下来，让自己与他的视线平行。

孩子们在这个环境下表现出的舒适感，给我留下了深刻的印象。但丹尔似乎并不开心，一直都趴在桌子下面咕哝。大家都没有注意他的行为。

吉姆告诉我们："除非他是在伤害自己，不然不要轻易去打扰他。"忽视他一些不恰当的举动，关注他正确的行为并给予奖励。

那天我几乎"审问"了吉姆和其他老师，目睹并学到了很多有用的东西，迫不及待地想把它们用在丹尔身上。

我们的确考虑过是否要把丹尔送到斯楚安学校，但我更希望能用新的知识帮助丹尔，杰米也表示就目前而言，这也许是最好的选择，可以让我的努力和学前语言机构的教学相辅相成。这次拜访将最终改变丹尔的未来。我们离开时，对吉姆·泰勒和苏格兰自闭症儿童机构充满了崇敬之情。

我觉得自己又获得了新动力。无论如何，我必须继续下去，让丹尔接受正确的教育和帮助，满足他不同于其他孩子的需求。无论那些医生和教师怎么说，丹尔始终是我第一个儿子，这堵自闭症的墙是不可能把他与我们分开的。

回家后讨论这次旅程时，我和杰米一致认为，为了不间断对丹尔的教育，我最好在周五上夜班，周六回家后小睡一会儿，让杰米陪着丹尔去公园或者逛街。我们觉得丹尔会对这个安排很满意，因为他和爸爸在一起时确实比和我在一起时轻松。有时看到这一幕不免有些惆怅，我想可能是因为我和他在一起的时间相对较长，还经常逼他做不想做的事，比如早上起床穿衣服。

杰米和丹尔有了他们的"快乐星期六"，每次基本上都以吃汉堡王（汉堡王是美国最大的快餐连锁之一，和麦当劳、肯德基号称三巨头。）结束一天。每一周，杰米都会问丹尔想吃什么，但每次都没有回应，他只能给他买些他喜欢吃的鸡米花和薯片。

一个周六，杰米欣喜若狂地跑回家，"诺拉！"他大叫着，把我吓了一跳。

"怎么了？"我问，以为发生了什么可怕的事。

"我问他是否想吃鸡米花？"

我开始抗议说这没什么大惊小怪的，杰米急切地打断了我的话。

"他回应了。他第一次真的回应了。"

他是怎么回应的呢？我们的儿子第一次非常清楚地说了句："不，爸爸，要汉堡。"

这也是丹尔第一次叫杰米"爸爸"。从那以后，他总是按照自己的意愿说话，我们从来不强迫他说我们想听的，比如说"爸爸晚安"。我们仍然欣喜若狂，因为丹尔知道杰米是谁。在为杰米高兴的同时，我不禁有些黯然：是否会有他叫我"妈妈"的那么一天。

丹尔的词汇量不断增加，尽管有些词不是我们希望他学的。一天，我的助产士朋友卡罗林·琼斯邀请我们一家去参加她女儿的洗礼仪式。我们有点担心让丹尔出席这样的场合，但卡罗林和她的丈夫莫里斯知道丹尔的问题，很周到地把地点定在巴尔弗朗一个美丽村庄里。我们欣然前往，顺便散心。

前往的途中，丹尔一如既往坐在后座，保持沉默，几乎让人忘记他的存在。我们常让他坐在后座的中央，这样他可以同时看到我们，我们也可以通过后视镜看到他，从而进行任何可能的交流。我们经常放些类似于《公车上的轮子》等儿童歌曲，可以让他兴奋起来。

经过了几条蜿蜒的小路，我们终于开到了平坦的大道上，正准备加速，一辆庞大的谷物收割机突然不知从哪里冒出来，径直冲向我们。杰米及时地踩了刹车，由于慌乱和惊吓，他不经意地大骂了一声

"靠"。丹尔依然沉浸在他的恍惚状态，似乎没有留意这个小意外。

到了教堂，招待员让我们坐在前排，但我们还是选择了坐在后面，这样方便离开。我们的担心似乎是多余的，丹尔很听话地入座了，一直不声不响。仪式开始了，一切都有条不紊地进行着。丹尔专心致志地听着牧师的话，我们似乎与平常家庭没什么区别。正当牧师要给那个孩子头上涂油时，丹尔似乎突然"清醒"过来，用他最大的声音说了一声"靠"。说一遍好像觉得不过瘾，又继续连喊几声"靠！靠"，丝毫没有停下来的意思。杰米赶忙抱起他匆忙地跑出去，我尴尬地低下头，虽然也有点忍俊不禁。

在墓地，杰米试着把丹尔的注意力转移到树上，他却很执著。教堂里，牧师的讲话中不时穿插着丹尔的"靠"。仪式结束后，我们回到卡罗林和莫里斯的家，出于尊重和礼貌，大家都对此闭口不提。

我们"安全地"熬过了这一关，事后我们大笑了一场。但同时我们也意识到，丹尔有着自闭症的另一症状：回声性语言。他会在某个时间即刻重复一个他刚听到的词或短语，甚至在几周后突然无意间想起，以他听到的口吻不断重复。

在周一的课上，他对汽车和火车的兴趣帮他慢慢适应了这个环境，工作人员建议让他也参加周二的课。遗憾的是，他不接受。工作人员在笔记中记录，由于丹尔年龄小，理解能力弱，当他的看护有点累人。她们决定，等暑假后丹尔稍微大点时，就可以参加学前语言机构一周四天早晨的课程。

与此同时，尽管我请求了多次，心理医生本人也在笔记中承认中断课程可能会让丹尔的情况倒退，但在这个班六月末至八月中旬停课期间，我们找不到类似的托儿所临时替换。我很清楚心理医生的意思，这也是我千方百计想要寻求支持和帮助的原因。

除此之外，我也需要有个自我调节和休息的时间。从一月份把他放到那个班开始，丹尔一周大概有十个小时可以在学前语言机构接受教育，让我也有了片刻的喘气机会。可是现在，我却要独自一人撑过这个漫长的暑假。

我夜以继日地挣扎着，尝试将我从斯楚安学校学来的知识付诸实践，但丹尔的回应还是少得可怜。我知道自己永远不可能让丹尔学到他在托儿所时，跟同龄人在一起时学到的东西。对他一对一的教育已经达到饱和，却收效甚微。更糟的是，没有托儿所那边看护支持的这几个月，我的体力、精神和情绪肯定会全线透支。如果不是还要工作，让我有离开丹尔休息片刻、补充睡眠的时间，我绝对不可能撑过这个"地狱般的夏天"（我和杰米现在还是这样称这段非常时期）。

在很大程度上，搬家也放大了我们所面临的问题。我们找到了肯购买位于洛克斯堡街公寓的买主，终于摆脱了昏昏噩噩的几十阶楼梯，买了格洛克镇上的一座老式大别墅。

别墅位于繁华的阿什顿路边，对面有公交车站，上、下班，出门都很方便。这个别墅最诱人的地方还是周边美丽的风景。宽阔的克莱德河穿过这条公路，往屋里望去，似乎我们就住在河边。丹尔喜欢沿着河岸跑，往河里扔鹅卵石。

搬家的那天，杰米的父母来照看丹尔。麦琪外婆和乔治外公帮助我们收拾东西。我们神速地搬进了新别墅，屋里到处堆满了没拆封的大黑袋和盒子。

晚上，丹尔一回来就跑进客厅的大窗边，很"有气势"地宣布他对这扇窗户的所有权。从这里可以欣赏到克莱德河的全景，每隔半小时，河面上就会有游艇、邮轮驶过，河上的立交桥上总有汽车长龙、卡车以及时不时的救护车开过。丹尔用一种特殊的视角观察这些交通工具。

送吉米和桃丽丝离开后，我让杰米去看一下丹尔。一会儿，他摇着头回来，一副又好气又好笑的表情。

"什么事情让你这样啊？"我问他。

"上去看看就知道了。"他神秘一笑，跟着我一起上了楼梯。

眼前的场景：一大排小汽车从屋前一直排到屋后。丹尔还从一个打开了的袋子里找出了我的隔膜帽当"铁轨"，挤了一段凝胶当"火车"。我也不禁笑了起来，转身准备离开。杰米回过头对丹尔说："儿子，你好好享受乐趣，我们是无福消受了。"

杰米的话确实风趣，丹尔玩"汽车"的想象力有了进步，这是有"代价"的。由于丹尔的特殊情况，以及我们长时间的身心疲惫，属于"我和杰米"的时间完全成为过去式。令人啼笑皆非的是，知道杰米明白丹尔现在是我们婚姻的主轴，让我安心不少。

丹尔喜欢站在窗边看外面的景色。出于对儿子的了解，将窗户和门都装上最牢固的锁，是非常有必要的。吉米爷爷带着他的工具箱，熟练地完成了这项任务，这样一来，整个屋子对丹尔来说就安全多了。虽然有些地方还需要稍加整理和修饰，而迫在眉睫的是，我们首先得先住进去，然后再进行慢慢的翻新工作。

搬到这里后，我们会经常听到丹尔看着蒸汽轮船经过时发出惊喜的尖叫声。这时，我总是陪在他的身边随他一起跳上跳下，看他激动地向轮船挥手。试问我怎能错过这样一个与丹尔一起玩耍的机会呢？

我们原以为这次搬家的决定是正确的，直到后来才意识到乔迁早期周边地理位置对我们生活的影响。

在离别墅大约200米的路边，有个卖日用品和报纸的小店，我会偶尔带丹尔一起去，牵着他的小手悠闲地走过去是不太可能的。每次如果他知道我们是去那里，就会朝那个方向冲，我追赶着紧随其后。到了以后，我们会顺利地买好东西，接着麻烦也来了：丹尔腻在那里，不愿离开，每次都以我抱着尖叫中的他返回家里而告终。

一天，我叫杰米带着丹尔去买份报纸和新鲜面包。没想到他们一去就是两小时，让我担心了好一阵。

事后才知道，离开那家店时，丹尔坚持向右拐，走上一条陡峭的盘山公路，直通格诺克的最高处。这段路大约有一英里，我们房子后面的那条路也是一英里，他们走下陡峭的维多利亚路到达阿什顿路。这是最后的半英里。这条路线成了丹尔回家的必选，如果不迁就他的意思，结果必是大哭大闹，令人头疼。

为了不走那条绕远的路，我必须提前穿过车来人往的马路，避开那家店。我紧紧抓着丹尔的手或是抱起他，另外一只手拿着米奇和救急包。救急包这段时间已经越来越重了，丹尔把平日的玩具车也装到里面，还有一些其他的日用品。在我稍不留意没抓紧他时，他会趁机摆脱我（这样的事情屡次发生，在杰米和他妈妈的身上也不例外），一个人跑过繁忙的街道，一猫九命，丹尔的命似乎比猫还多几条。我清楚地记得有一天，在桃丽丝送他回家时，我们听到了一阵令人惊悚的紧急刹车声。亏得是那位司机技术不错，否则丹尔的小命就没了。

　　我在这个漫长的夏天最后一次独自带丹尔出门是在那一天。天气明媚，所以我打算带丹尔溜达到格诺克火车站看火车，然后再去逛公园，最后回到我父母家。我还是一如往常费了半天工夫才把丹尔收拾好，然后带着米奇和救急包出门了。

　　因为决心不走那条绕远的路，我决定先过马路。丹尔一手拿着米奇，一手牵着我的手，让我感觉一切很顺利，不用像往常一样抱着他。站在路边等红绿灯时，我时断时续地说着："丹尔，我们看，我们看……没车……快走！"我们开始过马路，走到路中央的时候，丹尔突然尖叫，使劲把我往回拽。他把米奇掉在街头了。还没等我反应过来，他一屁股坐在地上，使劲用头撞地。为了不妨碍交通，我急忙把救急包放一边，试图抱起丹尔，但失败了。我所能做的就是坐在他旁边，护住他的头。他使劲拽我的头发，掐我的脸，用脚踹我。汽车司机们都生气地狂按喇叭，停在我们周围。一些行人也围上来看热闹。

　　最后，还是那家报刊店的店主给我解了围，他疏散了路人，替丹尔捡回了米奇，然后帮我把他扶起来。一位好心的女士帮我拿回了包。事情发生的整个过程我听到了很多路人的冷嘲热讽，比如"那孩子要好好揍一顿""真是太不像话了"等。我再也无法容忍，愤怒地向他们回击："你们居然对一个残疾的孩子横加指责，这才是真正的不像话，令人恶心！"

虽然我不喜欢"残疾"这个词，但在当时那种情况下确实起了作用，马上就有很多人从鄙视转成了同情，上前来帮忙。即使这样，在其他的一些场合，这个词说出口后，反而会受到反驳"他这不是手脚都好好的吗？"自闭症常被称为"看不见的残疾"，因为患者往往在生理上没有任何残缺的症状。有时我会试着解释说丹尔有"沟通问题"，但换来的常常是对方的一脸茫然，"现在看起来也没问题啊。"在大多数人看来，我的儿子就是一个被宠坏了的淘气包。

面对这些的时候，丹尔自闭症的迟迟未诊断更增加了我的压力和悲哀。我清楚地知道丹尔有严重的自闭症，却不能对任何人说，因为没有正式确认。但最后，在当所有解释都失效的时候，我决定就告诉人们他有自闭症。

虽然很多人不知道自闭症，但它一出口就得到了预期的结果。有些人会表示同情，然后离开，有些人问我到底什么是自闭症，有时甚至是丹尔还在大哭大闹的时候。

那一天，在我愤怒地回敬了那些路人后，报刊店的店主把我和丹尔带回他的店，关了店门。他和他的助理帮我让丹尔稳定下来，给了他一大盒巧克力让他吃，缓解这种郁闷状态。丹尔完全稳定后，他又把我们送回了家，并祝我好运。我诚挚感谢了他的所有帮助，但他说："不客气。你真的需要帮助。"我不会忘记他的善良，好几次都有人像那天那样表示出同情和理解，主动上来帮忙。

在店主走后，我锁上了门，一个人绝望地哭了起来。我希望自己能找到走出这个低谷的方法，甚至……我有时会想到死。我是这么爱丹尔，也知道他不能照顾自己，但我真的恨他的自闭症。

我让他看他的光盘，让他在属于他的世界里遨游，把他拱手让给了自闭症。我已不能再向它进行挑战或者战胜它了。我的心又沉重下来了，希望这一切都能结束。

我看着丹尔拿着车在地上玩，眼泪如决了堤般掉了下来。丹尔起身，走到我面前，毫无同情心地大笑了起来，完全不能理解别人的感受。就在那一天，我猛地发现，虽然付出了那么多，自闭症却依然在吞噬他。我只能干坐在一旁，看着丹尔渐渐远去。

我极其痛苦地拨通了母亲的电话。她和父亲一起过来看我们，向我保证她会找到办法，会尽一切努力用任何方式支持我。如果没有我父母，我绝对熬不过这一关，也不可能撑下去。

7

苦战（一）

这个漫长的暑假终于接近尾声了。8月20日，三岁又两个月大的丹尔回到了高地小学的学前语言机构（PSLU）。评估阶段长达6星期，学校把格诺克区的课程安排在上午，这样，丹尔一周有四天早上要去上课。

每天早晨帮他打点好，送到学前语言机构的专车上。这种过程像噩梦一般。不管他睡得多晚（常常是在午夜以后），也不管醒来多少次，在早上7点半的时候他都会睡得很香。而我要在这时叫他起床。显然，我必须拉他起来，在他哭闹的时候给他换尿布、洗漱、穿衣服、喂他吃早饭。很多个清晨，我都会在8点45分把衣冠不整、依然大哭大闹的他递给车上的好心人。

有几天，好心的丽兹和伊斯贝尔会来我们家，帮我打点丹尔送去专车。她们是那么的冷静，耐心十足。在丹尔稍微安静些的时候，你就会看出他很喜欢这两位阿姨。我对她们的帮助感激不尽，她们表示出极大的理解，知道要照顾丹尔不容易。仅是这一点就让我很感动。

中午，丹尔回来后，我就得想方设法给他找乐子，哄他开心，直到杰米六点钟下班回来。每次到家后，杰米都会马上接我的班，他也向我坦白说进门前他常会在车里养精蓄锐，深吸几口气，为即将来临的挑战做好准备。

幸好在学校，丹尔的状况有所改观。他很快适应了新语言班，在与人交流方面有了实质性的进步，开始跟周围的孩子进行交流了。一天两个小时、一周4次，一星期加起来的时间8个钟头。我以前常常恼怒那里的员工从来不肯定我所做的努力，把我当成一个一无所知的家长来教育我。一星期有160小时，我、杰米和我们的父母用一贯以来的方式教丹尔，但学校的教员并没有认同这一点，他们把我们的家庭教育部分轻描淡写地记录为"配合"和"努力"。我常常会想，如果要他们跟丹尔待上两个小时以上，他们会如何处理那些令人头疼的事情。

在家跟丹尔一起，我如同囚犯，没有任何自由。所以在8月底，我向学前语言机构的语言治疗师提出了想找个托儿所，让丹尔下午待在那里，跟他们诉说了这个暑期来的可怕与不堪回首的事情。她的回答却给了我当头一棒："我觉得我们曾对他有可能患有自闭症的担心是多余的。"

"为什么这么说？"我尽量克制住自己，询问道。

"丹尔在培训班很有进步。"她简洁地回答。

"对于这点，我也很开心，"我试图反驳，"可是他的进步不足以大到可以排除自闭症的可能性吧？"

尽管表示丹尔的整体能力确实"低"，她仍是认为丹尔没有自闭症。

不久后，我和杰米又有了一次跟语言治疗师交流的机会。这次加入我们讨论的还有一个教育心理专家。我们竭力告诉他们对丹尔自闭症确诊的重要性以及其对他今后教育治疗的影响，但那位教育心理学家的回答却让我们刻骨铭心："加德纳太太，我觉得您希望您的儿子得的是自闭症。"在很多情况下，对方诸如"我们知道您想让您的孩子得到最好的照顾"的评论会让人心存释然。但时间却让我清楚了解丹尔的情况并非如此："事实上，您错了。我只是希望我的儿子能像其他孩子那样有自己正常的生活和机会。"

让丹尔得到确诊显然是不可能了。我和杰米的愤怒和沮丧的情绪也在升级。他们对丹尔的教育和治疗方法完全属于自闭症的治疗范畴，却一再否认丹尔得了自闭症。1991年11月学前语言机构员工对丹尔治疗状态的讨论会上，他们告诉我和杰米今后对他的治疗目标是，尽可能增加眼神交流，提高他的指示能力以及扩大词汇量。附加目标包括提高他与大人和小孩的沟通能力，以及他进行创新想象的能力。这些教育方法无疑从侧面反映了丹尔这些能力的缺乏。

也是在这次讨论会上，其中的一个员工指出杰米的双颊上有很多刮痕，好像被一个凶猛的野兽袭击了一般。当杰米解释说这是丹尔在发脾气时抓的时，所有员工都是一副不可置信的表情。我很庆幸自己在剪指甲方面有强迫症，我指甲的长度显然不会造成这么严重的伤害。

当前的情况让我和杰米，以及专家间有很多的争执。"我不明白你为什么这么在意那个标签，"他会说，"目前最重要的不就是让他得到些帮助吗？"

"可是如果病症标签没有贴对，他得到的帮助会是无益甚至有害的。"我试着解释，这样下去，丹尔会被送到普通的托儿所，被大家视为有严重的智障，然后回到原点，跟其他有不同程度残疾的孩子一起上特殊学校。

我绝望的发现自己是一个人在战斗，没有人理解我的感受和恐慌。我怕丹尔的病情会继续严重恶化下去，超出了我的控制范围。就现在而言，我觉得除了在学前语言机构一周4天、一天两个小时学习外，丹尔应该下午的时候在托儿所和其他没有沟通困难的孩子在一起。这样，他就可以在一个安全而且受控制的环境下把他从学前语言机构学的东西付诸实践，向其他孩子学习。不幸的是，学前语言机构不这么认为。

除了学前语言机构的两个小时以及在路上的1个小时，整整21个小时我要独自面对丹尔。我不停打电话请求，却被不停告知："我们没有这样的地方和资源。"最后，我的坚持还是有了结果：一个家庭老师会每隔两周来家里待一个下午，帮助"母亲照顾丹尔，陪他玩儿"。一开始我不能接受，这绝对是对我的一种侮辱：我知道怎么照顾丹尔，我需要的是一个可以照顾丹尔的托儿所。显然这已经不可能了，我能做的就是接受所能得到的任何帮助。

即将到来的家庭老师叫特里，是一个对特殊孩子和自闭症都很了解并且经验丰富的小学教师。她可以见证我和丹尔待在一起时的痛苦，证明丹尔急需进入托儿所，可以让丹尔有接触另外一个人，接受一对一教学的机会。事实证明，特里是一个善解人意的老师，给了我很多帮助。在所有这些专家中，她显然就是我的救世主。

她每隔两周上门的时间显然不够，我仍然觉得每天都备受煎熬地活着。就在这期间的一天，发生了一件让我欣喜若狂的事，我正在用吸尘器清理客厅，丹尔坐在最高的一阶楼梯上看着。突然，我听到丹尔大声地叫我："妈妈。"

震惊和狂喜之余，我把吸尘器关了，看着我儿子的眼睛，很兴奋地说："丹尔，妈妈在打扫屋子。"

他没理会我，我颤抖地重新打开了机器。同样的事情发生了："妈妈！"我又关掉了吸尘器，比上一次更加兴奋了。

这个过程持续了半个小时，我清理着同一块地方，丹尔在每次用"妈妈"打断我后笑个不停。最后我跑上楼梯抱紧他："是的，丹尔，我是你的妈妈，你是我心爱的丹尔。"然后我们就玩起了他最喜欢的抓痒游戏。

自那以后，丹尔只会偶尔叫我"妈妈"。叫杰米"爸爸"，只是随着他的兴致。我们都期盼着有一天，当我们跟他说"丹尔，晚安"时，他也会回应"妈妈晚安，爸爸晚安。"听到了这声"妈妈"固然值得庆祝，但丹尔对我依然没有什么怜悯和爱意：他会一边说"可怜的妈妈"， 一边愤怒地踢我打我。更具体的说，他也会像叫我们一样叫其他没有生命的东西。比如有一天，在我们走进客厅的时候，他就对立在一边的吸尘器说："你好啊，吸尘器。"

在这段日子，带丹尔出去已是不可能的事了。带他去镇上会吓到他的。商店、咖啡厅和超市也已经去不得。买双鞋一件看似很简单的事情也会变得如噩梦一般。唯一能去的只有格林诺克的富润购物中心。即便是去那里，我也不能一个人坚持下来。只有在杰米或者我母亲陪着丹尔乘上下扶梯玩的时候，我才能抽身买些东西。母亲机灵的脑子总能让这种情形有所改观。

一天，上完夜班补觉后，我去威尔公园跟麦琪外婆和乔治外公碰头。在他们旁边有一个老式的婴儿床，是姐姐琳达的孩子小时候用的。

"这个东西放这儿干吗？"我问我的母亲。

"这是丹尔新的交通工具。"她向我眨眨眼说，"我们今天带着它去了很多地方。丹尔很喜欢呢。"

丹尔刚好能坐进这个小婴儿床，我猜测他之所以喜欢可能是因为它带给他的安全感。以前学前语言机构员工给他的一个弃用的头盔也让他变得温顺不少，只是我制止了这样做，因为我不能忍受他以后一直要带着头盔出门。就婴儿床而言，随着他慢慢长大，他自然会在坐不进去后自己放弃的。后来我发现，只要事先告诉他要做的事情，他会很听话地在婴儿床里跟着我们去任何地方。只是婴儿床实在太大了，只能放在我的母亲那里。话说回来，尽管有了婴儿床的帮助，我们的生活仍然如炼狱般难熬。

我们的房子靠近阿什顿路有一个人花园，用一米高的围栏拦着，有个可以锁的门。我有时会坐在窗户旁边喝着提神茶看丹尔在花园里沉浸在这个属于他的世界，有时也会和他一起玩。他会痴迷地在花圃里挖洞，然后停下来把手交叉在眼前仔细端详，嘴里咕哝着他的"杰作"："汽车，数，火车，香肠。"

　　有一天，就在我一人在家看着丹尔闷得发慌的时候，电话铃响了。我没像平时一样让它持续响着直到进入语音留言，而是接起了电话，因为我实在是想跟人聊聊天了。打来电话的是我的好友埃莉诺，我很高兴地跟她聊了起来。不知过了多久，我突然意识到要去看看丹尔，于是向她解释并挂了电话。可是进了花园，我怎么也找不到他。我大声地喊着他的名字，发疯似地四处找他，然后惊恐地发现围栏上有一处歪了，显然丹尔从那里爬出去了。心慌伴随着阵阵胃痛，我搜寻了周边的两个花园，找了任何一个他可能会在的角落，却丝毫没有任何结果。就在我找完第三个花园准备去报警的那一刻，我注意到身后的一个隐蔽处，便走过去查看。丹尔就站在那里，大笑着说自己被找到了。我用力抱住他，全身颤抖着，深深呼出一口气。回家的路上，在跨越一个个围栏时，他一直笑个不停。

　　那天晚上在杰米回家的时候，我告诉他我们得花钱加固花园的围栏。说着事情的经过以及之前的一些遭遇时，我意识到自己很讨厌住在这个房子里，它显然不适合患有自闭症的丹尔住。于是我们决定尽快把它卖了，再寻住处。

　　自那恐怖的一天后，丹尔便迷上了"失踪"，虽然他自己不知道"失踪"这一概念。他只是一厢情愿地认为我们会知道他在哪儿。一天晚上，我和杰米在家翻天覆地找了他一刻钟，这次事件让我们知道他不会走远：看不见他，却可以闻到他。最终，尿布的气味暴露了他的隐藏点——客厅橱柜后面的一个小柜子里。

满足丹尔的即时需要也随着他的倔强和多变性变得越来越困难。在我刚刚理解了他的意思试图满足他时，他便立刻又改变了主意。他似乎不知道别人是不能随时猜透他的心思的。

打个比方，如果他想要面包和黄油，他会拉着我去冰箱旁边指指上面的面包图片。我便会在面包上涂上一层黄油，折好给他。通常情况下，这会让他很满意。可是有一天，每当我给他一片折好涂好的面包，他就大发雷霆，把它们撕扯开扔掉。最后，冰箱只剩下三片面包，地上满是丹尔扔掉的面包碎片。

我用几分钟的时间想了想我从斯图安寄宿学校校长吉姆·泰勒那里学来的方法，小心翼翼地开始了新一轮的尝试。这一次，我放慢了每一个步骤的速度，让丹尔仔细看着。

我把面包从袋子里取出，没问题。拿起刀，没问题。用它把黄油抹在上面，没问题。我时刻关注着丹尔表情的变化，但一切都很正常。接着我把抹好黄油的面包放在手掌上准备以他喜欢的方式折的时候，他笑了。他从我手里拿过面包，自己折好，然后满意地走开了。他所想要的就是这样，自己亲手折叠这片面包。他觉得我应该会知道这一点，而他这些善变的举动和想法却让我更加度日如年。

就餐的时间也让人感到恐慌。也不知从什么时候开始，他变得不喜欢腊肠加烘豆了，如此的变化非常频繁，而且丝毫没有征兆，丹尔似乎被控制了一般。睡觉时候的战斗更加规模化了。你可能会想，这样的力量消耗，丹尔肯定会筋疲力尽，可事实是他就是不睡觉，我也没法儿睡觉。一天早上，杰米睡醒下楼发现我睡在门厅的地板上，旁边睡着丹尔。

只有工作让我有时间喘口气。母亲和桃乐茜会来帮忙照看丹尔。可是我和杰米不想用他们的好意让自己有片刻的喘息，因此杜绝了一切类似于跟朋友喝酒或者看电影的活动。反正到现在，我们也已经丝毫提不起精神和兴致去做这些事了。我们甚至没有胃口吃饭，经常喝百特罐头汤，苦笑地称其为我们的"救命汤"。

我开始变得焦躁不安，常常整晚失眠，不是应付丹尔，就是担心第二天自己将会面临的挑战。杰米目睹这一切，却无能为力，因为他首先得保证自己有足够的体力工作挣钱，而且他看到我这样也毕竟不是一次两次，能做的甚微。情况继续恶化，甚至到了杰米一下班到家我就已经准备好出门的程度。我一秒钟也不想跟丹尔多呆。我常常在周末的时候去父母那里睡一晚，我和杰米的感情也渐渐破裂。我们开始讨论分居的问题，有一次我甚至在一气之下说出："可以，你走。带着丹尔跟你一起走。"

绝望的我变得不理智又不自制。我只想尽快逃出这个牢笼，尽快摆脱这一切。我记得自己曾请求杰米分居，他同意说会照顾好丹尔，让我放心。因此，我就去了朋友洛林那里。

"好消息，"我故作兴奋地告诉她，"杰米和我分居了。"接着在她的厨房里激动地表示今后的日子终于会好过些了。"丹尔根本不会想我，因为他连我是谁都不知道。"

洛林震惊地握住我的手："别这样，诺拉。你根本不知道自己在说什么。"她想要给我一个安慰的拥抱，被我推开了。

"我很好，洛林，真的。"我不无烦躁地说，"相信我，这是最好的选择。"

但是洛林还是走过来，温和地抱住我。

我终于伪装不下去了，于是在她怀里不可抑制地抽噎了起来。

冷静下来后，我便离开了洛林家，再三表示自己已经没事了，虽然我的内心已变得麻木不堪。我回到家，整个人像血被抽空了一般。杰米也处在深深的绝望中。我们再没提分居的事，因为实在是经不起更多的折腾了。我们所知道的只是，在家的一分一秒都是煎熬，让人无法忍受。

在为数不多的几次外出购物中，我开始买一瓶瓶的扑热息痛，偷偷地藏在家里。我绝望、愤怒、孤独、无助，觉得自己一无是处。只有在拉文斯格莱格上班的时候，我才得以保持原来的自己。我的同事都知道我的遭遇，尽最大的努力帮助我。可就连他们在一天晚上看到我的时候也震惊了。那一天早晨，在我试图控制住丹尔给他收拾好去上学校专车时，他很用力的把头往后一仰，撞到了我的脸上，把我的嘴角撞破了。因为没有及时处理，伤口感染了。同事马上把我送到了医护室，给我打了止痛剂和抗生素。

我永远忘不了1991年11月14日星期四的那个早上。没有什么特别的原因，但我就是感觉自己再也支撑不下去了。我像平常一样，把丹尔送上专车，漠然地看着它开走。

我失去了我的孩子，虽然不是胎死腹中的形式，但仍是失去了他。我败给了自闭症。我再也受不了了。我想这也是我逼着杰米允诺自己会照顾好丹尔的原因。我需要知道他能做到。

我走进厨房，拿出那几瓶藏好的扑热息痛、医护室拿来的剩余止痛剂，和之前在诺克斯堡街住时买的一些安眠药，倒好一杯水，把这些药丸放进一个小碗里碾碎。作为一个护士，我知道这样会让药品更容易吸收。

在我用两个勺子将它们碾碎的时候，开始计算达到药效所需要的用量。我完全麻木了，只有一阵奇特的释然。我开始对正确的剂量更加在意。要达到目的，我必须尽量减少失败以及留下后遗症的可能性。这个艰巨的任务让我瘫倒在了厨房的地上，靠着墙角，眼泪无声地流了下来。

"必须得有效，"我思量着，"我不想再醒过来。我必须得把量算对了。"

但最后我还是算不对。我绝望地让自己平躺在地上，身体冷得发抖。为了克服这种寒冷感，我像婴儿一样蜷缩起来，眼泪依然在我的脸上肆虐。我大脑里一片混乱——为什么我就是算不对一个这么简单的一个剂量呢。我觉得应该让自己站起来，无论如何也要继续把药片碾碎。

起身的时候，我注意到了洗衣机和干洗机之间的缝隙里有个被遗忘的玩具。那是杰米亲手做的一辆棕色木质卡车，上面用粗体的白色字写着其所有者"丹尔"。我爬过去把它拿起来，然后把它紧紧地抱住，好像它就是丹尔一样。我前后摇晃抽噎着哀嚎："老天爷，为什么要这样对我和我的儿子？为什么他们都不帮我？为什么他们都不帮他？到底为什么啊？"

等我渐渐冷静下来，我意识到自己差点就做了一件傻事，后果不堪设想。自己不能就这样离开丹尔和杰米。他们是需要我的，我也需要和深深地爱着他们。此刻，所有这些念头都在我的脑袋里转悠，讽刺性地伴随着一些医学常识：如果剂量没有算准，我不仅达不到目的，而且将会得永久的肾肝功能衰竭或者大脑损伤。

我记得自己在清理那堆东西时的愤怒。我把药粉冲进下水道，然后到休息室里让自己镇静下来。内心深处传来护士加德纳的一个声音，要我给卫生视察员打电话寻求帮助。我记得自己跟她说话时的语无伦次，到最后只是一味地乞求她过来帮帮我。她认同我当时"不安以及无以复加的情绪"，并且质问我。

在意识到她是想确认我是否会伤害丹尔时，我突然清醒了。"我不会伤害他的，"我对她说，"那样做意义何在？不，我当时是想自杀。"我放下电话，为她的到来作准备，虽然很虚弱无力，但还是心存希望：至少这次专家会意识到事态的严重性，会开始聆听我的话了。

卫生视察员很快就到了我家。我仍然极度慌乱，双手哆嗦着要给她泡茶。她注意到这一点，温和地对我说："不用了，诺拉。没关系的。"

这一句话让我完全崩溃了。我极度悲痛地把头埋在自己的双臂里，抽泣着说："我就是受不了了。我爱丹尔，但我需要帮助，他也需要帮助。"

她认为我需要休息，说会安排丹尔在这个周末去当地的儿童病房。她给我的医生打了电话,安排让我稍后接受诊断。医生叫卫生视察员打电话给一个儿科咨询医师,安排丹尔住院的相关事宜。她还很奇怪地让我自己同那个咨询医师通话。当他问我是否会对丹尔做出伤害行为时,我又一次为自己辩解:"如果真有这样打算的话,我根本不会做现在这些事。我可能会伤害的人只有我自己。"接下来,我便在一旁听卫生视察员竭力说服咨询师,说我必须离开丹尔休息一段时间。

这些努力的结果是,说好在这个周末,我带着丹尔去儿童病房接受那个咨询师的检查和诊断。

送走卫生视察员后,我给母亲打了电话,告诉她事情的经过。她哭着安慰我说到时会跟我一起去医院:"不管发生什么事,我都会在你身边的。一切都会好起来的。"

至今,我仍能清楚地回忆起当天发生的一点一滴。我取出一个行李箱,仔细地想了想丹尔需要的东西。我站着把他的两条睡裤,还有带着米奇图案的两条裤子熨平。眼泪仍然无法控制地在脸上流淌。一般情况下我都不会熨这些的。在给丹尔带玩具时,我做了很激烈的思想斗争,最后决定带上快乐泰迪,因为丹尔很喜欢抱它。一切收拾完毕后,我们便带着丹尔和他的朋友米奇出发了。

我很排斥带丹尔去医院,因为知道这肯定会吓到他,可是现在我也得替自己的健康着想了。我得让自己恢复健康,才能继续帮他。我还自以为然地想,这次医生们看到丹尔的糟糕情况,一定会确诊他得了自闭症。

8
苦战（二）

在这样的状况下去医院，让我和母亲都很吃惊。但由于有母亲在，丹尔一路上倒是不吵。到了医院的病房后，他完全沉默了，异常地顺从。儿科医师和一个年轻的护士把我带到了旁边的小屋，让母亲在门口等着。我记得自己当时觉得很奇怪，但也没有精力和心思去细想这事，更不用说向医生提出质疑了。

我试着向他解释跟丹尔相处的困难以及需要一个正确的诊断对我和杰米的重要性。但在看到他示意给护士把丹尔的外衣脱了，以便用探伤器进行检查时，我整个人都凝固住了，感到反胃和不适。我清楚地知道现在没有必要听丹尔的胸腔，护士脸上的表情也告诉我，他们这是在检查丹尔身上是否有打伤的痕迹。而我站在旁边，就如同一个罪犯。

最后，那个咨询师说听见了我的请求，稍后会跟我和杰米聊一聊。我设法让他知道我不想让丹尔住进病房，因为那会让他感到抑郁和不安的。于是，他通知配药师给丹尔开点镇静剂，这样我们可以稍作休息。我不希望给丹尔服镇静剂，可目前看起来这是最好的选择了。而且，我们可以借此让医生对他进行诊断，得到一个合适的看护场所。这比起让他一个人孤单地呆在医院要好一些。我不希望他离开，只是急切需要别人的帮助。

在妈妈看着丹尔的时候，我去取丹尔的药。咨询师开的是一种药性很强的安眠糖浆，要求我先喂他5毫升（约有30毫克的药剂），如果没有作用，再喂5毫升。丹尔通常需要10毫升的量。我后来发现医生给配药师的建议是如果这种药不行，就换药性更强的，每天睡觉前给他服10到30毫克。这在某个侧面承认了我们在家所遇到的困难，可是我依然很震惊于医师会考虑在丹尔这么小的孩子上用成人的安眠药。

另外，我还被医师告知希望去看一下精神病医生。就我当前脆弱的精神状态而言，这也是可行的。但我仍然感到后怕，这些所谓的医生竟然宁可通过化学手段来约束我儿子，也不愿意如我所希望的那样给他找个下午的托儿所。后来我还发现教育心理医生在笔记中记录：孩子在高地小学状况很好，接受结构性教育。事后想想，他们当时完全忽视了我对看护场所的请求，只是单纯地认为丹尔在高地小学已经接受了足够的教育和治疗。这一点在卫生视察员的笔录中陈述得更为直白。她在几天后去那个语言班观察丹尔作了如下记录，"（我要）和看护人员保持密切联系，一起筹备为孩子们建立希尔兰德托儿所。"

为什么他们还需要筹备呢？为什么当时就不能直接设立一个呢？直至现在，我仍然对这些充满了困惑和费解。就好像所有人都把我的求助总结为我会伤害丹尔，咨询师的笔记中就提到："卫生视察员打电话告诉我，如果不把孩子送进看护病房，加德纳太太就会对其施暴。"与之呼应，卫生视察员的记录是："去班上看了孩子的情况，没发现如母亲所说的怪异行为，虽然孩子确实有些沟通困难的问题。"

就在我试图自杀的当天晚上，杰米和我都震惊地呆坐在屋里，痛苦地意识到情况的严重性。白天我没有跟他打电话，因为我知道这样只会让他感受到身处城市另一方的无助，会影响他的工作，继而影响我们所有人的生活。因此，在他晚上回家以前，他对那天发生的一切可怕事情都一无所知。当我告诉他事情的经过后，他完全被我脆弱的精神状态吓到了，因此在之后给了我更多的支持。

时至今日，想到给丹尔服药的这段经历仍是让我万分痛苦。他是绝对不可能自愿吃下去的，我们也不知该如何跟他解释，于是只能牢牢地抓住他逼他服药。

在晚上9点左右，丹尔通常是在休息厅跑来跑去，玩他的"火战车"。我会在这期间把药放在塑料注射筒里。杰米负责抓住丹尔，让他躺在地上，然后跪下来，让丹尔的头靠着他的膝盖。我在另一边用腿固定住他的手，给他灌药，然后合上他的嘴巴确保他吞下去。

丹尔尖叫着恸哭，我在一边看着他这么痛苦，眼泪直往下流。直到现在，我和杰米都还记得丹尔接受这种折磨时所感到的恐惧。

仿佛这种折磨还不够，镇静剂并没有很快起效。看着丹尔在屋内蹒跚，杰米痛苦地用手捂住自己的脸，我的眼泪仍是不可遏制流着。丹尔变得越来越没有方向感。杰米靠近了些，随时准备冲过去防止他撞到家具上。最终，丹尔会突然倒在地上昏睡过去。我们就上前给他换尿布，穿上睡衣，把他抱到床上。他的打呼噜声如同一个老人。为了避免这样强烈的药性给他带来副作用，我确保他侧卧着，让枕头支撑着他，使他呼吸畅通。

第一天晚上，我在他睡着后在他身边坐了一会儿，抚摸他的头和脸，伤心得几乎窒息。离开之前，我轻吻了他的脸，轻声说："对不起，孩子。我是这样爱你。"

下楼的时候，杰米已为我们俩泡好了咖啡。我们各抱一个抱枕麻木地坐在沙发的两端，说不出一句话。这个可怕的寂静让我局促不安，好像我们是在第一次约会，双方都进入了无语的尴尬。我们俩如同陌生人一般呆坐着，在需要去看看丹尔时才感到有些释然。他的呼吸受药物的影响变得轻了些，整个晚上我去看了他好几次。

早上8点钟的时候，我发现丹尔在自己的床上又蹦又跳，仿佛什么事都没发生过一样。他变得比平常更加兴奋，怎么跟他说他也不听。

我和杰米一致对这个治疗方法持反对意见，发誓要尽快让丹尔从中摆脱出来。除了给我们所有人带来不安和痛苦外，如果继续下去，丹尔肯定会对其产生抗体，然后需要更多的剂量，这样会妨碍他在学校学习接收新东西，甚至导致他大脑退化。这个阶段，学前语言机构的员工注意到他"对托儿所的活动没有丝毫兴趣，很难集中……"显然，这就是催眠药的后遗症，它虽然在晚上解决了他的睡眠问题，却在白天严重影响了他的学习。

漫长的三个星期后，丹尔下午仍然没有地方可去。工作人员也没有告诉我事情到底进展得怎么样了。与此同时，在咨询了多次儿童医生后，我跟丹尔被要求一起去看精神病医生。我天真地以为医生会对丹尔正确诊断，给予我相关的帮助。后来我发现，在儿童医生给精神病医生的笔录中提到："母亲的情绪暴躁善变，孩子随时可能有危险。"

我们与精神病医生约好了就诊时间。在等待期间，我们仍是需要过那个圣诞节。精神和身体上的双重疲惫让我没有心情给任何人寄贺卡，但杰米还是要坚持寄了几张，以保持我们跟朋友间的联系。我甚至绝望到选择圣诞节在医院加班也不愿在家里呆着。

节礼日（英国法定假日，在圣诞节的次日，如遇星期日推迟一天）的下午，我跟杰米在要不要修理圣诞树的灯饰上发生了争吵。圣诞树看上去跟我们一样郁闷和可悲。杰米不想修："费这劲干嘛呢？"

"是啊，费这劲干嘛？"我嘲弄道，开始撕我们收到的卡片。这时，杰米失去了往日的平静。他拔出了那棵树，原封不动地把它扔到了后门。直至现在，提起那年，我们仍会把它称作是"圣诞树漂走的一年"。

专家的医疗报告记录了他们对我们撑过这个节日的惊讶。我清楚地察觉，如果他们能耐心听我讲述，就应该知道我们能够"存活"下来的原因就是因为杰米不上班，不至于让我一整天都独自与丹尔共处一室。

新年来临之际，我们也迎来了一个巨大的突破：希尔兰德托儿所即将成立，丹尔可以在下午去那里，接受他所急需的特别教育。这样的安排让我可以更好地与他沟通，有可能让他渐渐融入同龄人中。后来我在读教育心理医生的医疗笔记时发现，提供这么个地方主要就是为了让"加德纳太太可以有更多的时间不在丹尔身边"。

我们在约克山医院的第二次就诊如第一次一样一无所获。整整一年后，医生仍是将丹尔的状况归咎于我们："很不幸，丹尔父母在跟他相处时有极大的困难，我认为，他的父母可能给了他很多负面的回应和影响。"我不知道该怎么跟医生说明白，虽然与她沟通丹尔的状态时，我们或许确实有些"不安和抑郁"，但在跟丹尔相处时，我们最忌讳的便是这种情绪。她在总结这次就诊时提到丹尔在过去的一年里已经有了极大的进步，说我们不愿承认他发育迟缓，反而希望他有自闭症。

医生对于丹尔有进步的总结无疑是对的，但令人恼怒的是，她完全忽视了我们在此期间所做的努力。丹尔在没有看护条件下的进步证明他在帮助下是可以有更大突破的。这次的经历让我们知道，要帮助丹尔，必须让他先得到一个正确的诊断。

期待了一年，这一天终于到来了。丹尔会在一月中旬去希尔兰德托儿所。在开学前，我和丹尔去那里参观。我们被领到"第二教室"。我注意到里面有几个有着明显障碍的孩子，包括两个自闭症患者，但大部分都是些正常的孩子，聚集在一起玩耍。这便是丹尔急需的一个环境，也是我一开始的愿望。

教室里有很多看护人员。丹尔在这个屋子里也没有陌生感和胆怯。学前语言机构、母亲和我所做的工作最终可以在这儿得到补充。

丹尔找了个角落，自己玩了起来，也不介意旁边有孩子和看护人员，似乎永远可以这么自在地待着。我高兴地坐上托儿所的巴士回家，途中与一个员工聊了起来，表达了自己对事情如此顺利进展的欣喜和释然。她给了一个我永生难忘的回答："您已经很幸运了。有些家长有两个这样的孩子。"

在丹尔逐渐适应这一切以后，我慢慢开始从中受到很大的益处，有了些空余的时间，于是决定给丹尔的卧室来个极简的布置修改，让他在感官上不要有任何负担。只要有一线机会让我们能避免睡前战争，我们就永远不会放弃。

我们尽可能地让丹尔参与到这个过程中来，拿了三个壁纸图案让他选择：小丑、花和淡蓝色粗彩条。不出我所料，他选了彩条。我们给了他一个小衣柜、一个放灯的床头柜以及几个他经常玩的玩具。在衣柜里，我只挂了一件衬衫。在柜子下面的抽屉，我也只放了一双袜子、一条裤子和一件汗衫。如果放得太多，丹尔会把里面的所有东西都拿出来，扔得到处都是。等他慢慢学会不这样捣乱了，我再逐渐增加里面的衣物。

翻新完毕后，丹尔的屋子看起来整洁漂亮。屋里只放了一些必需品和几个玩具，外人可能会觉得这样很寒碜。令人庆幸的是，屋子的翻新让我们帮助丹尔成功摆脱了镇静剂。

睡觉前的战斗还是一如从前，但不管多晚，他最后都会回到自己的小床去睡。我们给他买了张双人床，这样我们其中的一个人就可以躺在他身边哄他睡觉。大部分情况下都是杰米做这事。他把丹尔抱在怀里，不停地告诉很爱他，直到丹尔睡着。大床带来的另外一个结果是：丹尔在睡前要把他所有的玩具都堆到床上，包括他的脚踏三轮车。他会很兴奋地把它们排列到午夜。早上醒来时，我们常发现他躺在我们中间。如果真如医生所说，我们给他的只是"不安和负面的回应"，为什么他还会这样从我们这儿寻求慰藉？

1992年2月，我带着丹尔去格林诺克的拉克菲尔德分院看精神病医生，算是让丹尔得到诊断的又一次尝试。妈妈作为精神支柱跟我们一同前往，并允许与我们一同进屋。丹尔满足地在角落里玩着小车和农场小动物。这让我可以不受干扰地跟医生说话，真实描述与丹尔在一起生活的困难和他本身存在的一些问题。我以为这是此次拜访的重点，后来发现自己完全错了。那个医生记录道："每次我试图跟他一起玩，都被他拒绝了。他的妈妈和外婆没有任何这样的尝试，他们之间没有什么真正的交流。"这一次，不单是我，连一直以来给了我和丹尔无数次支持和关爱的妈妈都受到了一个陌生人的责备。

我跟这个医生说我的自杀念头寻求帮助时，她质问的语气更重了。我再也控制不住，于是脱口而出："请问您这是在指控我虐待儿童吗？您到底有没有打算帮助丹尔，给我一个正确的诊断呢？"这样一来，此次探访也就不欢而散。那医生提出让我再次前来跟她讨论自己跟丹尔之间的焦虑和紧张，被我一口回绝了："我最不想要的就是喝茶闲聊和同情。我会找到一个地方确诊我儿子的自闭症，不管是什么代价。"

母亲在听到这些话后震惊了，很快过来维护我："丹尔把我们每个人都逼到了极端，但是他绝对不会有危险。"医生看上去并不信服，妈妈又作了进一步辩解："很显然，我的女儿是想自杀，而非要伤害丹尔，这不就是证据？"

事情仍旧是毫无进展。对于这次见面，医生的记录是"丹尔发育严重迟缓，有极大的沟通的障碍"。最让人不安的还是，她还说我跟孩子交流时有困难，担忧我与丹尔之间的关系。

回到家，我仍旧是愤怒得说不出一句话，当我冷静下来跟杰米说明了发生的一切后，他与我一样愤怒和苦恼。我们都觉得受够了，但是又作了最后一次尝试，我们一起设计出了一套方案来应对这次会面，我们想知道他们到底准备怎样把丹尔的问题完全归结到我身上。

在1992年3月与儿童医生见面时，杰米故意附和他所说的话，我仍有些他们所期盼的"词不达意"。这位医生建议丹尔住院接受一系列检查。我惊慌的发现医生居然想给丹尔插管，然后做各种测试。套管是一种细长塑料针管，无限期地插在病人的手臂上，以便于接触到静脉来做血液测试。在要做的测试中，有一个还要求丹尔忌食，完全不在乎缺乏食物和水会给丹尔带来怎样的压力。另外，测试还包括对头骨和脊骨的X光，先不提其辐射，单是这个过程就会让丹尔吓呆。医生说完这些，还试图安慰我们："应该不会有什么大碍的。"他还清楚地告诉杰米我得跟丹尔一起呆在医院。我从他的坚持中意识到，其实这些测试也是为了检查我是否有虐待丹尔的行为，但是我还是装作很配合。

医生自己在笔记中记录这些检查"实际上是对约克山进行的测试

的补充"。但是我却对丹尔的反应很担心，深怕他会因为这些没有必要的测试受到精神和身体两方面的伤害。

我们特别向医生提出了自己对丹尔有自闭症的担忧，跟他说了我们去斯图安学校见吉姆·泰勒的经过。他的反应竟是："他懂什么？只是个老师，而且那个学校也不是专门的自闭症患者的学校。"我们客气地表示感谢，然后让他去准备我跟丹尔的住院事宜。回家后，杰米就给那个医生写信说我们不会去医院了。

费了这么大劲，绕这么个大弯，让我们感到非常气馁。丹尔的病况记录进一步证实了我们的担心。如果任由这样发展，丹尔是绝对不可能过上正常人的生活。 那个儿科医生在跟我们见面后也跟他同事承认丹尔"看起来不像是个精神发育缓慢的孩子……我建议的各种调查都将证明这一点。您也可以提出您的观察和发现。如果真的能成功将针管插到这个孩子身体里去，那将是不小的成就，因为他肯定不会自愿服从的"。

在去约克山医院看遗传学医师的时候，我们都很震惊。不出所料，那些侵害性测试是没有必要的。在听了全面的家族病历报告后（我在其中曾提及汤米叔叔以及家中其他有语言困难和障碍的亲戚），医师总结说："现今还没有对丹尔语言障碍的合理解释，基因很有可能就是造成丹尔如今状况的原因之一。"接着他便说了对我们来说极为关键的一句话："现今没有测试和检查可以确诊出丹尔的状况。"如果我们想再要个孩子，做些简单的基因测试来检测基因突变和染色体异样等就可以了。在最后这一点上，遗传学医师表示我们的下一个孩子受类似丹尔症状影响的概率只有10%。

　　每次回想起来，杰米和我就不禁战栗，不知有多少个跟丹尔有着同样症状的孩子经过了一系列没有意义且可怕的医学检查和测试。而我本人被单独列出冠以患有"闵希豪生综合征"（注：闵希豪生综合征患者常夸大其词，捏造各种疾病和病历史。患有闵希豪生综合征的人，很多都有精神上的问题）的原因在很大程度上是由于我曾受过的医疗培训。他们竟然认为我有欲盖弥彰之嫌，而我这样做的目的是为了引起大家注意。在所有接触过的医生当中，多数人对我口中所讲述的丹尔在家和在外的状况表示质疑。如果对丹尔或其他人来说我是个潜在的威胁，为什么会被允许留在医院看护病房照顾那些病弱的老人呢？

　　绝望中我提笔给吉姆·泰勒写了封信。几周后，他与同事珍妮特·斯德林便一同来访。珍妮特把丹尔带到一边去玩儿，我和杰米向吉姆讲述了所发生的一切。观察了丹尔几个小时后，吉姆表示："得到确诊对孩子来说至关重要。"他很遗憾我们搬离了诺丁汉，位于那里的儿童发展中心有位牛森教授是自闭症领域的专家。杰米说，我们碰巧会在两周后去舍伍德森林的中央帕克斯度假村。吉姆欣然同意帮助我们联系牛森教授。还没等我们缓过神儿来，他就帮我们约好了与她见面的时间。

　　有了吉姆和珍妮特这两位专家对丹尔问题的认可，我们顿时感到鼓舞。我们已经是苏格兰自闭症儿童协会的会员，现在又加入了国家自闭症协会，因为不想错过任何可能会帮助丹尔的机会。此外，我们还参加了近期举办的以自闭症为主题的会议和研讨会，在获得了诸多这方面的知识后，我们起身前往儿童发展中心与牛森教授会面。

我们用一个早上的时间跟她讲述了丹尔从出生到现在的状况，一个心理学博士生在旁边做了详细的评估。终于在历时16个月，即丹尔3岁11个月时，我们经历了与13个不同的专家见面后，得到了一个诊断：丹尔患有典型的自闭症。牛森教授在病历报告中用三方面的困难描述了丹尔的自闭症，给出了不同的建议，尤其提到丹尔患有"普遍存在的语言障碍，肢体语言（包括手势、面部表情、身体动作）的理解与表达方面也有显著困难。"自闭症患者的语言障碍要比一般有学习障碍的孩子严重得多。最关键的，牛森教授表示如果"教育和治疗方法适当"，丹尔病情就会出现明显改观。我们也把她的这份报告寄给了那个儿童医生，但并没收到他的回信。

在1992年5月与高地学校员工的交流会上，我们还是像往常一般受到了他们的怀疑。既然到了这一步，我只好从包里取出牛森教授给出的病例报告复印件，分发给每一个人。这份报告足以证明我们的清白，表示我们的做法是正确的。

教育心理学家向我和杰米承认说，自从丹尔的诊断出来以后，我们的状态比以前轻松了很多。我差一点禁不住大喊起来："他的症状最终得到了确诊，我们当然会感到轻松。"

尽管这来之不易，但至少现在回家的时候，我们知道我们最终可以确切而不受任何质疑地说，我们的儿子有自闭症。

9

神奇的托马斯

丹尔的自闭症终于得到了确诊，我们的生活却没有因此轻松下来。特里还是每隔两周来一次，但丹尔似乎越来越排斥她了，常对着她乱发脾气，更别说配合了。就这样下去显然行不通，于是特里再来的时候，我们就会带丹尔一起出去遛弯，常常是去安静的拉格斯公园。这样我便有了跟特里谈话的机会，而且受益匪浅。她向我介绍了一系列的益智玩具和教育资源，后来的事实证明这些都对我们很有帮助。我记得大概在1992年4月，丹尔刚满4岁的时候，我们家迎来了这么个玩具。

扭动的虫先生有一张可爱的笑脸，印在一条亮红色的木棒上，接在一根大约一米长的小绳上。绳子的另一端是一块光滑但镂了很多小洞的木头，涂着不同深浅的绿色，看起来像花园里的草丛。虫先生可以穿过每个洞……整个玩具的构造不过如此而已。但是就是这么个简单的玩具却起到了非同一般的疗效。我甚至觉得就算是电脑也比不上它对丹尔这个年龄孩子的教育有效果。

我们常常会几个小时地不停地玩着虫先生，哼着自创的小曲，配合着它在"花园"里的爬上爬下。我常常把它拿在与视线平行的位置，以便跟丹尔有眼神的交流。我用我能想到的一切方式使用这个玩具：挠丹尔痒痒、玩拔河、作火车甚至当香肠。我假装把它蘸了红酱汁准备吃到口中，把丹尔逗得哈哈大笑。我说的红酱汁就是指番茄汁，因为如果看上去不像番茄，丹尔理解起来会有困难。类似的疑惑会让他对这个游戏本身完全失去了兴趣。

除了之前他不时地跟我们玩失踪并完全不知道状况之外，我们和他玩起了真的捉迷藏，他理解不了游戏规则，常常会躲在相同的地方。我试图用虫先生帮助他理解，用那条长绳子指示所有他可以藏匿的地方，可是他就是理解不了。

一天下午，我到楼上去洗衣服，让丹尔在客厅看儿童卡通片。突然从客厅里传来一阵欢笑声，我偷偷跑下去，好奇地想看看到底是什么东西把他逗得这么开心。他正站在电视机前看着《托马斯小火车小火车》这部动画片。小火车们都是原始火车形状，带着一张张固定的小脸，动画配音是盖尔语。但这并不影响丹尔从中获得的乐趣。我马上给杰米打电话，叫他买一套《托马斯小火车》的光碟回来。

令人高兴的是，杰米带回的光碟是英文配音，是新一代火车的形状，而且会变化各种不同且夸张的表情。我们发现只要把这些表情原封不动地跟火车们联系在一起，丹尔便会有反应，慢慢理解了我们所要表达的意思。乔治外公和吉米爷爷常常陪他一坐就是几个小时，专门给他画各种表情的火车：开心、沮丧、惊奇等等。我们了解到，这比起人脸做表情容易得多，减少了丹尔需要破解的非语言信号。

我发现，这么多年过去了，最新的科学研究发现很多有自闭症的孩子都对《托马斯小火车》情有独钟。其鲜明的色彩和清晰的面部表情让他们很容易被记住和辨认。

我们交流中的80%都是非语言的，来自于眼神、面部表情和肢体语言。对于一个自闭症患者来说，这个部分是最难理解的。他们很难破译出这些非语言信号或者理解一个人的面部表情，以及他的思想、感觉和情感可能有很大不同，甚至完全相反。

直在现在，非语言交流也还是他最大的障碍，因为他必须跟人有眼神交流，揣测那个人的面部表情所要传达的一连串信息。即便是语言的交流，理解不同的语气语调仍是个巨大的挑战。在黄油面包那一事件中，丹尔就单纯地认为我应该知道他想要干什么。他肯定很疑惑为什么在试图探清他的真正心思时，我的表情和声调会变得越来越抑郁。

不出意料，《托马斯小火车》成了丹尔的新宠。我们牢记吉姆·泰勒说的话："利用他对某样东西的迷恋"来对他进行治疗，我们很快地进入了角色，欢迎《托马斯小火车》进入我们的世界。丹尔喜欢《托马斯小火车》的原因似乎是其中火车的行驶和声音、固定的轨道以及光碟带来的整个故事的可预见性和重复性。这是他对真实世界的妥协。而对我们而言，最重要的就是丹尔因此慢慢踏上了学习之路。

我们开始带着丹尔去格拉斯哥交通博物馆。他很喜欢在那儿观察和琢磨，而他的这一乐趣帮助我们推倒了阻挡在我们和他内心世界交流的那堵墙，就好像在威尔公园里米奇的作用一样。在那里，他最喜欢的车是一辆劳斯莱斯，他对它进行了极其仔细的观察。他会向我们指示车毂盖上劳斯莱斯的标签，这让我们很是惊奇，因为很多人都会忽略这些小细节。当然，他很喜欢那里的火车，把这个博物馆称作"蒸汽火车"。我们觉得他应该得到一张忠实会员卡，因为我们来得如此频繁。

《托马斯小火车》也帮我们让丹尔学到了一些知识：基本的颜色，名词——所有有名字的事物；动词——托马斯小火车爬山；介词——亨利在轨道上；反义词——湿润/干燥、开/关、相同/不同。最难掌握的句子成分是代词——丹尔最大的问题就是不知怎么把"他""她""你""我"等词放到一个对话中。

我们用托马斯小火车火车们上的数字教会了丹尔最基本的算数，继续探索着托马斯小火车的其他潜在教学资源。例如，为了启发他的想象力，吉米特意做了一排小车库，让丹尔在晚上的时候把火车都摆在各自的位置上，我们不停地帮他巩固吉米和他说的相关语句表达。学前语言机构的工作人员所做的也是类似的工作。我们的一致努力开始有了成效，尽管时间可能是几个月到好几年不等，但是丹尔正逐渐地学会了基本的语言和社交，这才是最重要的。

我们打破常规，赋予每个《托马斯小火车》的角色各自的性格。"信任托马斯小火车"是一号蓝色小火车，有着一群"有趣的朋友"，告诉丹尔有朋友是很好的一件事。交朋友的规则是复杂的，丹尔需要几年的时间来理解什么是真正的友谊。有了"信任托马斯小火车"这个大家可以依赖的朋友，我们可以慢慢地让丹尔理解情感、诚实、互相尊重、原谅、撒谎、善意谎言和良好品行等概念的真正意思。

二号是蓝色大火车"长辈爱德华"，很老很慢。我就会和丹尔说："丹尔。我很累了，累得像'长辈爱德华'一样，我工作太辛苦了。"三号是绿色小火车"乐于助人的亨利"，它帮助人们拯救森林，是丹尔最喜欢的一个角色。依次类推，四号是最快最强壮的"大高登"；五号是"小气詹姆斯"，不能容忍有人胜过他发光的红色油漆；"快乐的培西"让他知道了"快乐"这一概念是什么意思，而克雷拉贝尔因为出错而去不成美丽的宋德岛让他知道了"沮丧"的含义。接下来便是唐纳德和道格拉斯，这对苏格兰双胞胎，常常故意搞丢自己的号码牌和盘子，让大家分不出他们谁是谁，然后使劲地捣乱。我们常常会发出动画片里那些夸张的声音，逗得丹尔十分开心。

公共汽车贝蒂成了枯燥的贝蒂，因为他常常想跟托马斯小火车比赛，试图证明在公路上行驶比在铁路上行驶快。我们发现"枯燥"这个词对于自闭症患者来说很重要，能够在以后帮助丹尔在操场接触更多朋友。直升机海罗德引起了丹尔对其他交通工具的兴趣，他特别喜欢螺旋桨转动时发出的声音。

我常会躺在地上，脸背对丹尔。他会让他的托马斯小火车火车们沿着我跑，好像我就是那个宋德岛。就这样，我得到了他的信任，渐渐地被他许可加入他的游戏中。

我们用"胖胖的控制员"来告诉丹尔"权威"这一概念的意思。胖控制员主导一切，确保所有列车都按时行驶，是非常重要的角色。这可以帮助丹尔跟生活中类似角色的人交流。例如，这位胖控制员对火车的领导和指挥就像老师对班级的管理一样。或许最重要的是，我们可以由此告诉丹尔，人如同火车一样都有着自己的个性，有着不同的情感和需求，在他们共处的环境中互相穿插和影响着。另外，我们所做的可以进一步激发丹尔的想象力。

当时的我们不知道，《托马斯小火车》中的某些角色会以自己独一无二的特殊方式帮助丹尔在今后的道路上打开了封闭了许久的心门。托马斯小火车对于我们家来说真可谓功不可没。直到现在甚至遥远的将来，他都会永远地留在我们的生活中，因为多年来每天不断的重复已经将他深深印在了我们的脑海中。单是听到那标志性的音乐，我们的心都会颤抖。托马斯小火车确实是很有用很神奇的小火车，所以我们也不忘好好利用丹尔对其的沉迷让他学会更多的东西，同时还要试着介绍其它新鲜事物给他认识。

一天晚上，我们都坐在桌边吃鱼子酱炸薯条的晚餐，丹尔看起来情绪很低落。杰米刚从东基尔布赖德下班回来，我们两个人都显得很疲惫。就在给丹尔切食物的时候，他突然叫了起来："蒸汽火车，蒸汽火车，蒸汽火车。"杰米的心猛地沉了下去，因为他知道丹尔想要干什么。他试图跟丹尔解释说交通博物馆现在已经关门了，可是丹尔还是一味、甚至更加不屈不挠地重复着："蒸汽火车。"

"他不知道什么是'关门'了？"我提醒杰米。

杰米很快想到了解决这个僵局的办法："我认为与其这样应付他的大吵大闹，还不如花几个小时带他去一趟格拉斯哥，哄他开心一下。"于是接下来，他和丹尔都为这个来回60英里的路程做了一番准备，然后出门了。

我向他们挥了挥手送他们离去，对丹尔说："亲爱的，再见。"

他马上回应道："再见，亲爱的。"然后头也不回地往车子走去。

有了几个小时的自由时间，我意识到自己终于可以不受打扰地泡个澡了。

杰米后来告诉我，在去的路上，丹尔还是像往常一样一句话也不说，只是偶尔会面无表情地抓一下他的手。现在想起来，我认为那是丹尔在向杰米表示感激，感激他终于满足自己的愿望。

他们把车停在了空旷的停车场，在黑暗中小心翼翼地爬着阶梯，来到交通博物馆门口。丹尔试图拉门，但门却没有拉开。杰米弯下身子，跟丹尔的视线保持平行，对着他解释说："你看，丹尔，我们进不去。博物馆已经关门了。"丹尔没有反应，于是杰米继续说道："这是晚上，丹尔，晚上。这里还没人呢。"丹尔还是没说话，又试图拉开门。杰米又强调说："博物馆关门了。蒸汽火车们都休息了，为明天的工作做准备呢。"

丹尔似乎很满意这个解释，他重复道："明天的工作。"然后让杰米带着他往车子那边走。

"是的，丹尔。"杰米紧张地说，担心他不能就此放弃，"所以我们也得像火车一样回家好好休息吧。"

丹尔又重复着他的话："像火车一样。"在他们走到车旁边的时候，居然从丹尔嘴里蹦出了一个词："关门了。"杰米紧张的神经终于松驰了下来，于是两人踏上了回家之旅。

在他们回到家的时候，我正穿着舒适的浴袍，喝着一杯最喜欢的红酒。"怎么样？杰米。"我问道。

"还不错，"杰米疲倦但很欣喜地回答，"我想我已经把信息传达给他了。"

我高兴地安慰他："你知道我们可以做到的。虽然过程会很艰难。但我们共同努力一定能够做到的。"

"对，我们能做到。"杰米回答道，"但是我们可能会因此没有其他生活了。"

他说的是对的。照顾丹尔花去了我们所有的时间。我很庆幸杰米能有这么大的一个突破。尽管花费了不少的时间、经历和路程，把杰米累坏了，丹尔终于知道并记住了"关门"这一概念。他开始讨厌这个词了，可是我们喜欢，因为它可以随时都会挂在我们嘴边。

那天晚上，当杰米躺在沙发上的时候，丹尔爬到了他的身上（以前他偶尔也会这样做）。杰米看着我说道："他学了个词，这是件好事。如果在问到他名字时，他也能出正确的回答，那该是多好呀！"说完，他就向丹尔问道："你叫什么名字？"

我们的儿子第一次回答道："丹尔。"我永远忘不了在那一刻杰米脸上表现出来的惊喜。仿佛在这次去完交通博物馆后，丹尔和他优秀的爸爸开始有了某种特殊的感情交流。我常常跟人说："一个唱白脸，一个唱红脸，说的就是我们俩。"这就是个例子。杰米是那个红脸，他跟丹尔一起做了各种有趣的事，我是那个白脸，像老师一样不停地挑战他的自闭症。

每当在丹尔陷入对交通工具的沉迷中时，我们会抓住任何一个机会教导丹尔，让他学会如何与人交流。在一份报纸的周日特别刊上，我们发现在博内斯公园的列车组有个"托马斯小火车"主题日活动，他们会把动画片里面的小脸贴到火车上。我们以为丹尔肯定会特别喜欢，可是我们一到那里，他就开始大吵大闹，根本就不愿意进去。

我们觉得丹尔只是太激动了，因为他上次在圣诞节得到火车系列礼物的时候反应也是如此强烈。我们知道，对于丹尔来说，害怕和迷恋仅有一步之遥，对于某事物的害怕很有可能在不久会转化为对它的迷恋。

我们花了整整30分钟的时间来让他稳定下来，甚至走到车旁边装作要回家，丹尔依然黏着杰米，愤怒地尖叫着。根据我们对他的了解，再加上听到了围观人群的嘲讽和困惑，我们决定就这样带着他进去。

当看到被用作咖啡屋的两节老车厢，丹尔马上安静下来，然后便很开心地玩耍起来，特别是穿过一列黑色蒸汽大火车时。他坚持要过去看看，因为它很像《托马斯小火车》里面那对苏格兰双胞胎中的一个。

而我在最近也跟丹尔达成了一个新约定：每次去镇上，他都可以选择一辆新的火车玩具。这也意味着我每次都得花5英镑，但我不介意，因为只要每次先给他买了火车，他就会非常听话，乖乖地跟着我逛街。这个约定也使得我和母亲让丹尔摆脱了逛街必带的那辆婴儿车。

丹尔的火车采购不可避免地达到了饱和。每次去乌尔渥斯玩具店给他买新玩具时，我都会带两个相同的钱包。一个是经常用的钱包，另一个用来装小硬币，或者只装一张5英镑的纸钞。丹尔很难理解钱的概念，所以我就告诉他类似于火车这样的东西是要用纸币或大额一点的面钞才可以买的，比如说那张5英镑。如果有天我不打算给他买火车，我就会在第二个钱包只放几个硬币，在逛乌尔渥斯玩具店时对他说："今天不买玩具，我们只是过来看看。"接着我会把那个钱包给他看，告诉他里面的钱只够买一颗糖或者一本小漫画书。最终，我还用这个方法让丹尔懂得了什么是贪婪。

1993年4月，我们最终如愿地离开阿什顿路，搬到格林诺克——杰斯林路边一个安静的独栋房子里。我们所做的第一件事就是让丹尔的房间保持原来的极简风格。这一次，我们为了转移他对火车的迷恋，又加入了海洋主题，常常带他去格洛克和交通博物馆看船。丹尔也帮忙粉刷墙壁，刷完后对成果表示很满意。我们采用了木质地板，让他能够更方便玩他的火车。

搬迁到杰斯林路是因为这里多是新房，不需要太多的收拾，让我们可以把精力都集中在丹尔身上。房子有四间卧室，可以给丹尔未来的弟弟或妹妹留个空间，让他不至于寂寞。尽管我们很快搬了进去，结识了很多好邻居（大部分在后来都成了我们的好朋友），但是不久却发生了一件让人后怕的事。

我们搬进去后不久，后门的栅栏还没装好。我看着丹尔在花园里玩儿。那天有点风，但阳光很明媚，于是我便想带他去邻近他喜欢的公园里呼吸呼吸新鲜空气。我拿着他的外套走到花园里跟他说："丹尔，我们去公园吧。"给他看了看外套，示意他我们要出门。

他跟着我打开了大厅的衣柜间。在那里，我跟他说："丹尔，妈妈去拿外套，然后我们一起去花园，好不好？"

在我去衣柜间拿外套的时候，他愤怒地回应："不要说'好不好'？"砰的一声，就锁上了衣柜间的门。

那是个很小的衣柜间，没有灯，我检查了一下四周，发现里面的门没有把手，如果丹尔不把门打开，我根本出不去。

我迅速打开了屋内杰米的工具箱，试图寻找可以帮助我出去的工具，但一无所获。在这期间，我一直都在向丹尔大喊，一开始还是吃惊："丹尔，请帮妈妈把门打开。"我知道当时家里前门是锁好的，后门却是敞开的，而且栅栏又还没修好，这就意味着有一条直通到大街上的路。我顿时紧张起来，试图用肩抵门，试图用力地把门抵开，结果却是抵得我手臂酸痛，门却依旧没有打开。

丹尔没有给我任何回应，我感觉到周围一片死寂，直到听到从他卧室传出的熟悉的音乐声。我从来没有因为听到《托马斯小火车》主题曲而那么释然过。时间一分一秒地过去，音乐一停下来，我的焦虑又蹭一下就上来了。我大声地恳求丹尔把门打开，但是得到的仍是一片死寂。

我用尽全身力气大喊："救命"，绝望地期盼着有邻居或者过路人能听到我的呼救声。但是却没有人听到。我听到了一辆车刹车的声音，非常害怕丹尔跑到街上去。最终，我的精神完全崩溃了，瘫坐在地上绝望地抽噎着。

大约在90分钟后，门无声无息地打开了，门口站着我的儿子，笑得很开心。看到他居然没有受伤，我紧绷的神经终于松懈了下来，然后一把抱住他大声说道："以后不准这样对待妈妈。"他当然不会明白我在说什么，但我就是想抱住他，庆幸自己终于出来了。

那天晚上，杰米回来后问："今天又有什么需要修整的？"

我立刻告诉他："衣柜间里面需要安一个把手。"

幸好在第二个星期，栅栏完全都修好了，丹尔户外活动的安全最终有了保障。

尽管这对丹尔来说是件好事，可以有了一个自由的活动区域，但是从某种意义上来说却是对他很残忍，因为他是这个街区唯一一位只能留在自己花园里，不能出去和其他孩子玩的小孩。我常常看见邻居的孩子们在我家的窗户外面跑来跑去，开心地玩耍着，丹尔却一个人孤单地自己玩儿。那些孩子也会来我们家的花园玩儿，但是时间很短，因为他们不明白丹尔到底是怎么回事。我依然很感激他们的努力，常常分糖果给他们吃，让他们知道我们很欢迎他们来。有这么多善解人意的好邻居，我们感到真的很幸运。

日子渐渐稳定下来。搬到杰斯林路一年后，我仍然没有再怀孕的迹象，这让我们颇为担心。临近1994年的1月上旬，丹尔5岁半的时候，我察觉到了身体的不适。身体和精神上过度疲惫的我居然莫名其妙地胖了很多，开始有了一些泌乳期的症状。我去看了医生克莱格·斯皮尔斯，和他讲起我无法受孕以及身体其他的症状。他为我取了不同的血液样本进行检查，还让我做各种激素水平检查，以确定我是否能正常排卵，排除垂体增殖的可能。（垂体增殖会表现为过多催乳素的生成和堆积）

取检验结果时，我发现大部分结果显示正常，但泌乳激素很高，这应该就是我感觉不适的原因。回家后，我告诉杰米自己可能得了垂体腺瘤（脑瘤的一种），几个月后要做个脑部扫描。杰米震惊的程度不亚于当时刚知道化验结果的我，我向他解释，医生说病症可能是过度劳累所致。他建议我通过调整生活模式，尽量减压，不然他担心我会很长一段时间甚至永远都不可能怀孕。

我的直觉告诉我他是对的。我所做的事情实在是太多了，一方面倾尽全力参与到救治自闭症支持团体里，另一方面还得加班。我们都认为我首先要做的就是把我的夜班改成兼职的白天班，尽量减少去斯特拉恩克莱德自闭症协会的次数，让自己多些休息的时间。

另外，杰米还认为度假对我身体的康复也会有些帮助，建议我们去珀斯他的表弟大卫家里玩，希望可以减轻我对于自己身体健康的担忧。杰米已经在不久前跟大卫诉说了丹尔的一些情况。大卫和他的妻子伊泽贝尔对我们的处境深表同情。

而这一次的拜访竟从此彻底改变了我们的生活。

10

神奇的狗——亨利

出售小狗：这个世界上唯一用钱可以买到的爱。

——一个公告栏上的话

和往常一样，我们把所有能想到的必需物品都装进了救急袋。丹尔拿了五辆他最喜欢的玩具火车和几张自己挑选的碟片。收拾好这些东西，我们就从格林诺克出发前往到大卫和伊泽贝尔所住的奥奇特阿德村，用了将近一个小时。他们的房子位于一个新住宅区，穿过花园的墙可以观赏到珀斯郡山区美丽的景色。

刚到达那里，丹尔就跑进花园玩起了"火战车"的游戏，在墙边爬上爬下。我们四个大人也陪他一起玩。接着，伊泽贝尔用一个小足球巧妙地转移了丹尔的注意力。

"小狗最喜欢玩这个皮球。"她告诉丹尔。"我们叫它们一起出来玩好吗？"

"它们？"我不禁诧异地问道，"你们有几条狗啊？"

"两条，"她回答，"都是苏格兰野狗，黑色的那条叫巴尼，白色的叫道戈尔。"大卫走进屋把巴尼和道戈尔放了出来，狗狗一自由就进入了游戏状态，迫切希望人们扔球。丹尔整个人顿时熠熠生辉。大卫和伊泽贝尔给他演示了小狗们最喜欢玩的游戏，让丹尔扔球。道戈尔很快捡到他扔的球，把它送到他脚下。两条狗轮着捡球。巴尼玩了一会儿就回屋休息了，道戈尔却精力充沛。丹尔继续下达着伊泽贝尔教他的命令："去捡回来！"我和杰米不禁喜出望外，丹尔和小狗玩得不亦乐乎，同时对几句与这个游戏相关的语句有反应，比如说"扔高点""再远点""让道戈尔等会儿"。这一切发生得都很自然，他似乎全听懂了。丹尔很容易地就集中了自己的注意力，满足着道戈尔玩游戏的不同需求。

那天的天气有点干冷。大卫建议让丹尔和道戈尔一起在外面玩，我们进屋去喝杯热茶。每次去探看他的时候，他都很开心地在跟那两条狗玩着。巴尼已经养足了精神，加入到了第二轮的游戏。

杰米对大卫说："我简直不敢相信自己的眼睛。要是去其他地方，在这种时候，丹尔早已经进屋看他的碟片了。"

"没想过自己养条狗吗？"大卫不明就理地问。

"要我们再养条狗还不如把我们杀了。"杰米不耐烦地回答。

最后，两条狗玩得筋疲力尽，进屋休息去了。丹尔也回来跟我们一起共进晚餐，吃完之后我们起身收拾东西准备离开大卫家。丹尔开心地跟巴尼和道戈尔道别，但坐到车上后又恢复了往日的沉默状态。

回家的路上，我激动地说着丹尔和狗相处得如何融洽，最后杰米终于让步说等我身体养好了，或许可以考虑养一条狗。我觉得他当时这么说只是想让我闭上嘴巴，但他清楚地知道，我一旦决定了什么事情就会马上付诸行动。他没想到的是，我已经暗暗下了决心，现在唯一的的想法就是该选一只什么品种的狗。

在等待脑部扫描预约期间，斯皮尔斯医生又给我做了若干血液的检测，观察生活方式的变化是否减轻了我的压力。正像他预测的那样，我身体中的泌乳刺激素量逐渐恢复到了正常水平，最后连脑部扫描也不用做了。

除了生活方式的变化，另外一个减轻我压力的主要原因是丹尔在两个托儿所都适应得很好。一天，希尔兰德托儿所的一个工作人员向我提起了丹尔一个令人担心的新举动。麦琪外婆、语言班学习、让他参与沟通，以及我们进行眼神交流的努力最终有了显著的成效。他会尽可能靠近一个人的脸，直视他们的眼睛。有一次，他的鼻尖几乎碰到了我的脸。他会像我们对他做的那样，提高嗓音，用手把我的头转向他，确保目光直视他，投入百分百注意力。

希尔兰德托儿所的工作人员认为这样做是与人社交的大忌，极力阻止这些行为。他们不明白丹尔为什么会这么做，而我却不以为奇。在把握程度方面可能稍有欠缺，但已经是一个很大的突破了：他不再害怕与人的非语言沟通，甚至主动和人进行眼神交流。自闭症患儿的问题在于他对空间意识和接近没有任何概念，我们至少需要几个月，甚或几年，才能从一定程度上改变这种状况。

虽然丹尔还需要不断地取得进步，但我确信他目前的状况已经能够和一条小狗共处、向它学习并喜欢拥有它。任何事情都不能阻止我寻找一条合适的小狗。

上完早班，在妈妈照看丹尔的空隙，我去图书馆借了一些有关小狗的书籍。其实，我是和一些可爱的杂种狗一起玩大的，但现在由于面临情况的特殊性，我必须确认哪一类型的小狗能够与丹尔一起生活，适应他的各种挑战。所以我认为自己应该寻找一条经过试验证明有着这些特性的品种。

这次带着一个不同的课题重返图书馆令我心情愉悦。带着精心挑选的书回到家，我激动得没换工作服就泡了一杯安神的咖啡，坐在沙发上开始研究。在第一本书里有一个表格，按照狗的性情、灵敏度、潜在健康问题，还有最重要的一点：对孩子的适合度，依次排列了前十名。

在对所有品种的研究中，有一个品种引起了我的注意，其得分是满分，各项指标都令人满意。对金毛猎犬了解得越多，越是觉得它就是我们所期待的小狗。没作丝毫犹豫，我迅速拨通了当地兽医的电话。他给了我几个电话号码去询问。打了一通电话后的结果是，有的养狗者表示当前没有幼犬，有的表示已经被领走了，还有的说幼犬已经长大了，等等，让我十分沮丧。名单上最后一个人虽然帮不了我，却告诉我一个消息：当地一个叫瓦尔的养狗者有条狗刚生了一窝金毛小猎犬。还没来及平复心中的焦急或激动，我急冲冲地给瓦尔去了电话，欣喜若狂的得知还剩几只。我把自己的想法和丹尔的情况详细地和她谈了谈，她亲切地邀请我和丹尔去她那里看看。我对小狗的健康和生活环境的关注给瓦尔留下了深刻的印象。她再次确认我会承担对一只狗的抚养权，并表示会尽其所能帮助我们。

放下电话后，我聚精会神看起一本有关金毛猎犬的书籍，全然不知杰米回家。我想迅速把书藏起来，结果还是被他发现了。

"你在干什么？"他满腹狐疑地问。

"没干嘛。"因为心虚，我紧张地答道。为了让回答听上去更合理，我补充说："刚去图书馆借书了。趁着丹尔在妈妈那里，我可以看会儿书。"

"肯定不会是和自闭症有关的书了。"杰米说，"即便是，你也没必要把它藏起来啊？"

知道自己不能自圆其说，我只好把那本画有金毛猎犬的封面的书拿给他看。他的脸立刻沉下来，我连忙向他解释，看到丹尔和道戈尔、巴尼相处得那么开心，我突然念头一闪，想让他马上有条自己的小狗，我不想再等了。

杰米的反应一语中的："你疯了吗？"

我的丈夫深信我们在当前已是不堪负重，完全不可能有精力再养一只狗。我却坚持己见，丝毫没有放弃的意思。"你从没有养过狗，那并非全部是负担，听着……"我开始引用书中的原文："'如果你打算养一只性情好又活泼的狗，金毛猎犬是最好的选择。它们温顺，反应灵敏且富有爱心。最重要的是它们有极大的包容心，从来不会对同伴感到腻烦，总能设法让他们开心。'"

杰米坚持反对，我只有一脸可怜兮兮地望着他，一口拜托的语气：“我今天问了格洛克的一个养狗者。她那里还有几条幼犬。”

他终于让步，说了关键性的一句话：“去看看应该无妨。”

去看幼犬的这天到了。我们试着和丹尔解释这次出行的目的，他一脸茫然。当瓦尔带我们进入客厅时，他很安静温顺。即使听到后屋的狗吠声，他也没有什么变化。当瓦尔离开一会儿时，我们开始打量她的客厅。这里完全是“猎犬的世界”，到处都是金毛猎犬的照片和装饰，大大小小长得相似的金毛猎犬。

杰米有点恐慌，问道：“有了狗之后，我们的屋子就会变成这样吗？”

正在这时，瓦尔回来了，和她妈妈希娜一起，每人手里抱着一只毛茸茸的小狗。她们把狗放到地上时，我呆住了，丹尔完全视而不见。更遭的是，他还开始大声呻吟，似乎不能接受这一切。

杰米利用这一点对我说：“没有用的，诺拉。”

虽然有些失望我却没打算放弃，我回答，“至少让他看这两只小狗几分钟。”

“他马上就要发脾气了。”杰米低声说。

突然，丹尔指着电视机旁边的书架大喊：“托马斯小火车！”然后径直走过去拿起他在一堆书中发现的《托马斯小火车》碟片。他让希娜给他播放，然后脱了鞋坐在电视机前的扶手椅上心满意足地看起来。

我向瓦尔道歉，温和地看着朝我走来的那两只小狗。“它们真的很可爱。”我说。

"它们会玩足球吗？"杰米尖声问道。

"他们所能做的会让你感到惊奇的。"瓦尔回答。

虽然丹尔还是一门心思地看着《托马斯小火车》，我还是没准备放弃，弯下腰和一只小狗玩了起来，打算引起丹尔的注意，可是没有成功。我摇着小狗的爪子向丹尔打招呼，他也没有任何反应。杰米打手势告诉我这没有任何意义。我开始失望了，也许杰米是对的，只要有"托马斯小火车"，丹尔不会再对任何其他东西感兴趣了。我问瓦尔是否可以让他把片子看完再走，一方面免得他发脾气，另一方面给他足够的时间关注那些小狗——我打从心底不想放弃。

"也许等片子结束了……"我不甘地说。

但杰米强调："诺拉，他不会想知道的。"

极度失望的我不得不放弃。可就在这时，一只小狗跑到了丹尔的椅子旁边，试图往上爬，希娜帮了它一把，让它爬上去和丹尔并排坐在一起。

"看！"我兴奋地对杰米和瓦尔说。丹尔还是沉迷于那个动画片，但他开始用手抚摸小狗的背，虽然没有对它有太多的关注。

杰米也很惊喜于这个转折，但还是指出："他在这儿可能没事，可是回去就不好说了。很多患有自闭症的孩子都怕狗。"

"你觉得他怕吗？"我反问道，"他需要一个伴儿，杰米，我知道他需要。"

希娜站在电视机前对丹尔说："丹尔，你是不是交了一个新朋友呀？这个小家伙需要一个名字。你可以帮他取个名字吗，丹尔？"

丹尔没有注意，而是绕过他继续看着电视。电视屏幕上出现了他最喜欢的小火车："亨利！亨利！"他兴奋地大叫。

"亨利？"希娜一脸诧异。

"他不明白您的意思，"杰米解释说。

"可是为什么不能叫它亨利呢？"我问道，"这是丹尔知道的一个东西，也是他喜欢的一个名字。"

"亨利？"杰米重复道，最后咕哝道，"这小家伙还真是可怜，一开始就这么惨。"

我正表示同意杰米所说的，亨利不是个好名字。可这时，希娜说："好吧，如果丹尔能够像爱火车头亨利那样喜欢小狗亨利的话，我们没有意见。"

就这样，这只小狗以一个火车头的名字命名，杰米做出了让步：我们的家庭马上就有一个新成员加入了。

片子结束后，为了表示这只小狗马上就要属于丹尔的了，瓦尔在它的一只耳朵后面用黑色毡头笔写了一个字母"H"，丹尔高兴坏了。在杰米开支票的时候，我问瓦尔，如果亨利的安全和生活在丹尔那里受到了威胁，她是否愿意把它领回。她做出了肯定的答复。

瓦尔表示我们可以马上把亨利带走，但我们需要时间让丹尔为此作好准备，所以决定几个周后再来领它。 我向瓦尔要了一张小狗的照片，这样可以告诉丹尔这就是亨利，用图片让他明白将会发生的事，帮他回忆起亨利的模样。这会让丹尔有某种拥有感。

离开时，瓦尔叮嘱我们："你们必须准备一个迪森吸尘器，其他吸尘器完全处理不了家里地毯上将会出现的那些狗毛。把装有袜子和内衣的柜子都锁好。而对于食物，金毛猎犬是永远吃不够的。"

之后不久我们就意识到，瓦尔说的全是事实。

为了让丹尔知道我们正在为亨利的到来做准备，我带他出去买各种亨利需要的东西，把它们都放在一个黑色大袋子里。杰米做了一个很专业的倒计时日历，写上每一天需要给亨利买的特定物品，让丹尔在每个物件上打勾，而我负责把那些物品放在客厅一角的狗床上。我让丹尔尽可能地参与到购物过程中，他挑选了小狗床的颜色，一个特别的小鸭子玩具以及一个蓝色小颈圈。在这个过程中，我们都很开心，感觉像是在迎接一个新宝宝的降临。

杰米也抽空陪在丹尔身边，用不同的面部表情（就像他向丹尔解释"托马斯小火车"时），告诉他狗同样也有喜怒哀乐。他画了简单的小狗素描，解释每一个表情。丹尔似乎更喜欢由他爸爸亲自来做这些表情，他觉得杰米所扮演的那只有着亮晶晶眼睛、摇曳着小尾巴的快乐狗狗非常有趣。

我们用一只玩具狗来进一步增强我们要传达的讯息。我还画了一些房子的草图，里面有妈妈、爸爸和丹尔，还专门画了一只狗，预示亨利将加入我们。丹尔已经开始习惯这些图片解释，虽然他从不作答，我们从他表现出来的极大兴趣中知道他已经理解我们的意思了。

去接亨利的前一天晚上，我把一直放在丹尔床边的小狗照片放到了狗床上，向他预示小狗第二天就会来了。

1994年2月18日星期五，这个特别的日子，丹尔正好五岁零八个月大。我们来到了瓦尔家，丹尔还像上次那样保持沉默，可心情看上去不错。他紧紧地靠在我旁边，等着瓦尔去领小亨利。

她回来的时候，杰米正专心致志地看着报纸。瓦尔告诉我："诺拉，最好你抱着他，他现在可不轻了。"接着把亨利放到我手里。这两个星期，他确实长大了不少。两只前爪扒在我的肩上，丹尔开心地抚摸着他的背。我双手紧抱他，把头埋在他柔软的毛中，吻了他的额头。他偎依着我，我立刻感受到他传达过来的爱意，知道这是一个期待着我的爱的小生命。我完全没有准备，任凭眼泪静静地流下来，好像刚刚接过来的是我的第二个孩子那样。杰米向我微微点头，表示他完全理解我的心情。

回家的路上，我跟丹尔一起坐在后座，亨利趴在我的腿上。丹尔边摸着亨利的背，边欢快地叫着："亨利，亨利。"

那天晚上，杰米和我去为一个即将离开这里的朋友饯行，我的父母前来帮我们照看丹尔和亨利。他们对小狗很习惯，但拜外孙和他的新伙伴所赐，那个晚上忙得不亦乐乎。我欣喜地发现，父母也察觉了丹尔脸上洋溢的快乐，如同我在丹尔与道戈尔和巴尼在一起时察觉到的一样。毋庸置疑，可怜的小亨利也被折腾得够呛。

看着新到来的小狗蜷缩在自己的小床上，想象着他睡觉时可爱的模样，我突然意识到有些不对劲。我给他买的那条毛绒绒的小垫被丢到屋子的一边，亨利正躺在丹尔小时候睡的那块印有火车图案的毯子上。这块毯子我一直放在客厅的柜子里，打算丹尔在沙发上睡着时给他盖上。当妈妈试着让亨利睡觉时，丹尔拿掉了小狗床上的那条垫子，取出小毯子。然后走过去把亨利抱起来，用毯子抱住他。说："该睡觉了，亨利。"父母看到这一幕又惊又喜，我更是喜出望外。连杰米也承认我们的小狗已经带来不小的影响。

第二天早上醒来时，我们发现了两件异常的事：丹尔不像以前那样夹在我们中间；楼下一阵阵的吵闹声传来。

"这是什么吵闹声？"杰米问，准备起身去看看丹尔到底在干什么。

"等等，"我叫住他，"那不是吵闹声，是沟通。你仔细听他正在说的那些话。"

我们坐在床上，惊奇于楼下所发生的事。丹尔正用一种不稳定的唱调说话："亨利，狗……鸭子，狗……那是不对的，狗狗……亨利，别这样……鸭子，狗狗……把他给丹尔。"期间夹杂着大笑和叫喊。他们俩正在楼下狂欢。我们从来没有听到过儿子说那么多话，玩得那么开心，不管是和人还是动物。

下楼的时候，我们没有理会地板上的一团糟或者客厅里新增的气味。瓦尔已经训练过亨利在地上大便，但他还这么小，有几次失误是可以理解的。

那天，我们花了不少精力和时间逗丹尔和亨利玩耍，然后到了晚上——往日最让人头疼的睡觉时间。这次，亨利没有再感到不安，开始慢慢习惯。这个可爱的小生命已经完全和我们融入到了一起，成为家里不可或缺的一分子。不论是杰米还是我都意识到从亨利进入这个屋开始，丹尔就变了，从以前那个迷失、孤独的孩子变成了一个开心果。拥有了自己的朋友，让他开始有目的性。在某种程度上，整个家庭奇迹般地变得充满活力，在亨利未到来前，我们是没有预料到的。直到第二天结束的时候，我们才真切地意识到：我们已离不开亨利。

亨利的到来还有另外一个惊喜。尽管之前米奇、威尔公园和神奇的《托马斯小火车》已经教了丹尔很多东西，但现在亨利突然的来临，成为一个了不起的活生生的教育资源，我是决不会放过这么一个良机的。

为了让亨利和丹尔能在屋里随意地沟通玩耍，我们带他熟悉整个房子：所有地方都设有护栏，包括沙发和我们的床。我们希望亨利能够适应家里的构造和家具。我们还开始向丹尔讲述有关亨利的一些知识。比如亨利身上各个部位的名称，当丹尔和亨利坐在一起时，可以认真地告诉他，"这是你的鼻子……你的爪子。这是你的耳朵……你的眼睛……亨利也有大牙齿呢。"

自闭症儿童在理解字面意思上也有困难。丹尔会把西兰花理解成"树"，也同样地把所有动物的脚都归类为一种。对他而言，马蹄也是爪子。他很难理解所有动物都有所不同，在亨利的帮助下，他只用了一点时间最终理解了这个抽象的概念。

我们想让丹尔学会照顾他的小狗，所以尽量让他参与照顾亨利的方方面面，希望亨利从中受益的同时，丹尔也能在此过程中慢慢学会自己照顾自己。

如果我们不催促或者监督，丹尔过去从不会在饭前洗手。而现在，在喂亨利吃饭前，我们都会给丹尔洗手，我们也会洗。渐渐地，丹尔养成了这个习惯，因为这是他要为他的小狗所做的。

过去，丹尔也从来不按时吃饭，似乎永远都感觉不到饿。而金毛猎犬，尤其是我们的亨利，可以说是世界上最贪吃的狗。随着亨利渐渐长大，他很快知道每顿饭的固定时间，会对着自己的"食橱"大叫，提醒我们吃饭的时间到了。每天，我都会特地等到这时对儿子说："丹尔，亨利想要从食橱里拿什么呀？他饿了。"长此以往，逐渐发展为每次丹尔会通知我："妈妈，亨利饿了。该吃饭了。"最终，丹尔也开始感受到饥饿，知道自己的吃饭时间。我设法告诉丹尔吃饭对他有好处，会让他像亨利一样快快成长。

也是通过亨利，我们让丹尔理解了贪心的含义。"亨利，你已经吃饱了，"我会说，"别太贪吃。"在丹尔学会以后，我很喜欢看他指责亨利："亨利，躺下来，别太贪心了。"他确实是想要亨利这么做，常会在亨利听话照办后浮现出一丝自豪。

和其他有自闭症的孩子一样，丹尔缺乏基本的顺序和组织能力。小亨利的一天三餐让我们有很多机会教他顺序的概念，我把给亨利准备食物的这个过程分成若干个小步骤。一到亨利的吃饭时间，我就会对丹尔说："丹尔，把亨利的食橱打开。接下来要做什么呢？我们需要他的碗。"就这样一步步地用话语告诉他。为了让他更容易理解，我会教些简单的词汇，看着他的眼睛，强调我想要让他记住的词汇。他理解后，我就会让他做出反应。所以如果我说完："丹尔正在把食物倒到亨利的碗里。"接下来我就会问他："现在我们需要添加……？"如果顺利的话，丹尔会回答："水。"

每次准备亨利食物的过程都会花上近半个小时，这期间包括我教丹尔沟通和拿捏东西。他的握笔能力（使用大拇指、食指、中指拿住一支铅笔的能力）很弱，只会用手掌把诸如铅笔的物体抓在手里，所以这个过程的教育相当重要。可怜的亨利，每次等饭都会等到横躺在地板上，我们会像跨过香蕉皮一样跨过他。

或许有点不近人情，我告诉丹尔，亨利最喜欢看的电视是"预备，开始烹饪！"（英国天空电视台的烹饪比赛节目），丹尔显然是信以为真。他会大叫亨利："亨利过来，你最喜欢的节目开始了。"然后他们俩就会坐下来一起看。如果亨利不喜欢这个节目，而他可以用犬吠叫声要求换节目的话，我也不足为奇，否则的话，他早把遥控器吃掉了。

11
天籁之音

无声无息，不带任何征兆，

小狗成了你的无价之宝；

跟他在一起，

你感到安心，

说话也直接简洁……

我认为，

这些同样是小狗非常珍惜的时光，

当他所崇拜的灵魂跟他有了眼神的交流，

他便觉得你也在关心着他。

——约翰·高尔斯华绥

（英国小说家，剧作家，诺贝尔文学奖得主）

亨利来后不到三个星期，学前语言机构和希尔兰德托儿所便开始察觉丹尔的变化。他们的会议记录里都记着丹尔"最近一段时间特别开心"，已经融入其他孩子中去了。他的各项能力都有了进步。他在希尔兰德的主要监护人发觉"他跟之前有了很大的不同"。

当我向同事或朋友聊起丹尔的进步，以及亨利在其中所提供的帮助时，他们一致感到困惑："你怎么能用一只狗来做这事呢？"他们很自然地将人与人之间的沟通想当然了，我也因此很难给他们解释与一个患有严重自闭症孩子沟通时的困难。无论他们理解与否，这并不重要，重要的是让丹尔参与到照顾亨利细节的努力有了成效。

因为不时会有"小便失禁"，亨利慢慢习惯了让我们给他洗澡，似乎还很享受。一天，他跟丹尔在后花园玩。回来时，丹尔全身上下都是泥。他拒绝洗澡，因为当时还是白天，他只有在夜幕降临后才会洗。更头疼的是，在把所有火车都按照他想要的方式在浴缸旁边排列好之前，他无论如何也不会进浴缸。亲爱的亨利帮我们解决了这一难题。我只需先把他放进浴缸，丹尔就会尾随其后，不管是不是白天，也不管澡盆周围已经布置得像克拉罕站台一样。他们俩会玩得很开心，我的浴室却因此遭殃了。每天例行洗澡的时候，亨利会站在一边看着，这又让丹尔想起了自己的小火车排列。我先把亨利拉进来洗了以后，给丹尔洗澡也变得十分顺利，与先前那些打仗似的情形大不相同了。

相同的办法也减少了他对梳头的抵触。我会拿着梳子走到亨利旁边说："丹尔，我们给亨利梳理一下毛毛吧。"然后停下来等丹尔的反应，如果没有，我便会继续说："让他的毛顺一点，不打结，就像梳理我们的头发一样。"最终我会让丹尔自己给亨利梳毛，这样他会意识到他的小狗不但没有害怕，反而很享受这个过程，甚至沉沉地睡去，留着丹尔继续跟他讲话，梳他的毛。以前我们会梳理出很多毛，多得让我大笑："丹尔，我们可以用这个再做一只狗狗了。"或者"看，丹尔，一只小亨利。"我抓住每一个机会，教他新词。

有时，可怜的亨利甚至会遭受"剪刀"的攻击，因为我们想让丹尔知道剪头发并不是件痛苦的事，尽管丹尔对这个过程和剪头发的地点仍然很焦躁不安。他语言班的一个老师保拉跟他玩了多个剪头发的游戏示范。可是由于丹尔的害怕和自闭症是如此严重，她得在课外的时间带着丹尔去一个专门的理发店理发。在那里，一个和蔼可亲的老理发师成了丹尔的"御用"理发师，直到十岁。我们也不确定，如果他不是事先看到亨利在一个狗毛梳理中心修毛，他还会不会迈出那一步。

一次，在去接亨利的时候，一个负责梳理的女士说："你们得等几分钟，亨利正在烘干。"

丹尔变得异常紧张，告诉我："我不想让亨利不停地转。"

我告诉他，事实上是亨利在一个热箱子里烘干毛，而不是在甩干机里。

另外有一次，我去丹尔屋里看他为什么许久没有出声。他正在镜子面前，用剪刀剪自己的头发，对落在地上的头发略略地笑着。我欣喜于他终于摆脱了自己对剪刀的焦虑之余，也为自己赶在他要给自己剃光头前阻止了他感到释然。

我们帮亨利刷牙，加上兽医偶尔也会检查亨利的牙齿，这让丹尔克服了去看牙科医生的恐惧，学会了独立保护自己的牙齿。我记得自己曾有很多次对亨利的口臭反应过度，逗乐了丹尔，也增加了与他沟通这方面知识的机会。这之后，去看牙医或者医生都非常顺利，只要有乐于助人的火车亨利以及真正乐于助人的亨利小狗在车里等着他。

很多狗故事和碟片的介绍减少了丹尔对《托马斯小火车》的需要。他对所有犬科动物日益增长的兴趣最终让他在社交娱乐上有了新的突破，第一次去电影院看了电影。

由于丹尔对未知的恐惧，我们过去带他去电影院的尝试都以失败告终，有时我们还没到影院门厅，他就开始大声哭闹。我们曾认为他可能需要几年的时间克服这个毛病。随着有关圣伯纳犬的新影片《我家有个贝多芬》的上映，我们制定了一个计划，在姐夫格里的帮助下付诸实施。格里赶巧是当地电影院的电影放映员（放映棚经理）。所以，手抱圣伯纳犬玩具的丹尔和亨利一起坐上车，吃着从小店买来的糖果，不时地被我们招呼着看周围《我家有个贝多芬》的宣传海报，最终来到了空旷的电影院，看到了一个大大的电视屏幕，然后安静就座。格里向他演示了关灯，给他看放映厅里那个巨大的"影片播放机"。然后接着格林又给我们安排了后边两个靠门的位置，让我们坐在那里，有什么问题可以随时问他。

在那个重要日子来临之际，我们做好了一切必要的准备，丹尔在影片开始时进入影院，在我们的预料之中就了座。他很快就喊道："格里，关灯。"然后坐在那里一直看到电影结束，总体来说很开心，虽然有时也会有点焦虑。运用他对狗的着迷，我们又打开了另外一扇门。从那以后，丹尔成了电影院的常客。

在亨利慢慢长大，需要更换颈圈时，丹尔为他挑选了一个新的，是典型的托马斯小火车蓝色。他的老师保拉在带他去买新鞋时让他想起了这事，告诉他需要新鞋子"一起和亨利去散步。"她说："你的脚变大了，就像亨利一样长大了。亨利不介意他的新颈圈，不是吗？"结果成功了，丹尔甚至坚持要穿着他的新鞋睡觉。

一个崭新的世界向我们敞开了大门。我们常常带着丹尔去看小狗展，或是跟亨利散步。路人停下来拍拍亨利，对他品头十足，这让丹尔对小狗的兴趣也越来越浓烈，极大地促进了他社交能力的发展。

在五月末的一天，丹尔接受了学前语言机构的学前评估。他得展示自己的抓笔能力和想象力。保拉给了他一支蓝色的毡头笔。丹尔完全不知道拿笔姿势，他用手掌把笔握住。保拉一下子就看清楚了他拿笔有困难。她跟他说："丹尔，你可以给老师画一张好看的图画吗？"说完她便走开，让他自己独立思考，但她回来的时候却被丹尔的成果震惊了。她把那张小图寄到我家，写了一张小纸条："诺拉，我觉得给丹尔买那只狗是个非常明智的决定。请看看随信附带的这张图，这是他第一次尝试画一个物体。"我小心翼翼地拿出那张纸，上面画的有着大笑脸和风扇形状的尾巴的"亨利狗"，他的水杯和碗。

把图画给母亲看，我们感到万分的喜悦。几年来，每个人都不停教他拿笔的姿势、面部表情和想象力，都曾认为让丹尔掌握基本技能还会需要更多的时间。但是这张图却告诉我们，丹尔理解了我们一直以来努力教他的知识。它也是丹尔在短短几个月内给他带来重要影响的证据之一。

这幅小图在几年后也只是被看作是一个小孩子瞎画的作品。但它却是丹尔接下来一系列图画的起点。保拉还把丹尔画的一张完整的女人脸寄了回来，看上去很像桃乐茜奶奶，画了头发、耳环，画出了表情。丹尔也画过有胳膊有腿的整个人，以及其他《托马斯小火车》里的面带不同表情的人物，向我们证实他确实理解了这些表情。

这样的进步无疑鼓舞人心，因为丹尔在8月就要开始上小学了，我们仍然有一个担忧：差不多已经6岁了，他仍然不会使用厕所。

几年来，我一直试图让丹尔能摆脱尿布，可是他就是不明白，而且似乎很害怕用抽水马桶。在后来我才知道丹尔对马桶的使用过程有着极大的恐惧感，包括环境和周围的人。养狗的麻烦除了他们常常会咀嚼其他东西外，就是大小便的训练了。你必须很有耐心、很敏捷地发现准确的时刻带狗狗出去，如果你能容忍起初的一段时间房子里会有如公厕一样的味道，这也会有所帮助。我们对亨利进行普通的家狗培训，像往常一样让丹尔加入进来。所以每每亨利在家里拉的时候，我就会边整理边说："丹尔，我们不想让房子变得又脏又臭。"而如果亨利表现良好，在花园解决时，我就会当着丹尔的面给他一颗巧克力糖作为鼓励。

一天，当亨利在花园小便并得到奖品以后，丹尔和我回到了屋里。几分钟后，我惊奇地听到我的儿子跟我说："我想去撒尿，不想把房子变得又脏又臭。"他在厕所解决了，伸出手向我要奖品："巧克力糖。"我很快从他的"托马斯小火车"糖果罐里给他找了一个礼品。

我没有再给丹尔裹尿布，因为我认为既然他已经明白了这个概念，偶尔的失误总比让他困惑好些。我有信心自己做得到，因为在家有了这个突破后，保拉发现他在托儿所也有了类似的成就。丹尔还是花了几个月时间来克服坐在马桶上的恐慌，我甚至开始担心他怎么一连憋十个小时不上厕所。最终在他的"私人"厕所，有了《托马斯小火车》的海报、亨利狗狗和乐于助人的亨利小火车的陪伴，他的信心和独立性都增强了。

跟很多猎犬一样，亨利是一只非常活泼好动的狗。要是看不到我们，他就会去找丹尔。他常常寻找饼干吃，或者极为兴奋地含着鸭子玩具，摇晃着尾巴和后半身，轻推丹尔和他一起玩游戏。在很多时候，他都会闯进"丹尔的世界"或者打扰丹尔的自闭症习惯，比如干瞪眼和拍手。丹尔非但不介意，反而跟他坐在一起，给他看自己最喜欢的小火车——"托马斯小火车……亨利火车"。这是他从来不会跟我们一起做的事情。

最可爱的还是亨利尝试着偎依到丹尔身边的时候。作为一只纯种的猎犬，他总是期待被关注。他充满爱心的活泼好动的性格很是明显，常常以极大的喜悦欢迎我们。我们把这称为"五分钟的离开，得到似五年不见的欢迎"。尤其是，对于很多狗，特别是猎犬来说，如果把他独自留在屋里达五分钟之久，当你再次出现后，他就会像被抛弃了五年一样，给你极其热烈的欢迎。他的这种回应也让丹尔很开心，给他增添了不少自信心和自尊。

丹尔和亨利最喜欢玩的游戏就是小鸭子玩具争夺战。玩得越久，他们越是兴奋和激动。在亨利拖着那个玩具的时候，丹尔很自然地跟他有完全的眼神交流。我们还意识到，他在跟亨利说话时常常会毫无畏惧地直视他的眼睛，这也是我们一直都鼓励他做的，希望某天他能够像直视亨利一样安心地直视我们。

很讽刺的是，成年人往往会很难理解丹尔的自闭症以及他与人进行眼神交流的困难，小孩子却可以以自己的方式做到。语言班上一个有着阿斯伯格综合征（自闭症的一个症状）的非常可爱的5岁小男孩洞察到丹尔的眼神交流问题，告诉他妈妈说他觉得丹尔是瞎子。因为他发现丹尔常常会凝视着地板，而不是人。有一天，我在镇上碰见他妈妈的时候，她告诉了我她儿子的最新发现："既然丹尔不是瞎子，那只导盲犬的继续陪伴对他来说很有益。"

我和杰米决定让丹尔去圣安多尼学校上学。这是一所残障儿童预备小学，离我们家大概15英里远，新近成立了两个专门为有自闭症症状的儿童开设的班级，每个班级将有6个学生，老师和学生的比例是1：2。这是为丹尔确诊自闭症的牛森教授在报告里推荐的机构。其目的是认清孩子的劣势，帮助他们，在适当的时候把他们放到一般的小学去。尽管这意味着丹尔每天来回35英里左右的打的车程，我们都觉得这是值得的，因为这个班的最终目的，是为了帮助参与的孩子们发展自信，继而可以在就近的学校上学。

丹尔不喜欢自己生活中的任何变化。鉴于新学校对他而言意味着整个生活的完全改变，为了让他顺利地转到圣安多尼学校，我们有很多的工作要做。保拉和新学校的一个老师制定了一个交接计划，包括新老师常来现在的语言班看管丹尔，丹尔也时不时地被带去圣安多尼学校适应新环境。从中，他慢慢学会了穿制服这一概念，习惯搭计程车的旅程。这些措施连续实施了几个星期。同时，知道亨利对丹尔的影响，保拉想出了一个妙招。我们提供了一些合适的照片，她把这些装订成了一本书，演示了丹尔去新学校的各个阶段：亨利用爪子跟他摇手说再见；一辆锃亮的出租车；圣安多尼学校；以及亨利欢迎他回来。在丹尔去新学校上学的那一天，亨利背着贴了些托马斯小火车贴图的小包来替他打气，一切都如书上展现的那样，进展很顺利。

照片书的效果很显著。当我们想再次带他回原来的语言班去感谢保拉的帮助时，丹尔已经不愿意再进那个大门了，因为他知道那不是他的学校。知道如果硬逼着他肯定又会引起他的大哭大闹，保拉得来到校门口，在大街上跟我们说再见。

除了在丹尔确诊前的那些困难经历，我永远感激保拉为丹尔所作的一切，特别是丹尔是班上第一个有严重自闭症的孩子，保拉要照顾他确实很不容易。

随着丹尔逐步适应新学校，生活开始有了几年来的第一次好转。他已经学会自己上厕所，这样就使得他可以去主日学校（基督教教会为了向儿童灌输宗教思想，在星期天开办的儿童班）。只要是吉米爷爷和桃乐茜奶奶带着她，他便欣然愿意前去。他敲着教堂的钟，适应得很不错，只是常把钟当作是自己私有的，不允许其他孩子碰。

为了让这个过程顺利进行，桃乐茜奶奶事先跟那所学校的校长说了丹尔的困难。她让自己的女儿来帮助丹尔。对我们而言，这是又一次让丹尔跟同龄人在一起的机会。这是圣安多尼学校特别班所没有的。尽管这样，他在圣安多尼学校良好的适应情况让我们感受到了前所未有的喜悦。

9月的一天，在窗边看着丹尔和亨利玩耍的时候，我发现了亨利的一些异样。我担心地看着他在花园里四处乱跑，发现他是身子右前倾、跛着脚跑的，尽管不明显。在接下来的几天，他的跛脚变得越来越明显，直到最后他不愿意出去散步，甚至不愿意去花园。为了让他上厕所，杰米得把他抬起来带到外面去，我们可怜的小狗看上去非常痛苦和抑郁，而且最令人担心的是，他没有任何食欲。

我马上把亨利带到了兽医尼格尔·马丁那里，震惊得知他病得很严重。四腿都瘫了，非常疼痛。尼格尔怀疑，他可能是得了很严重的一种用拉丁文表示的病症（具体名字我记不清了）或者是得了犬全骨炎一种自发性，自限性的全身骨骼疼痛骨质硬化病，骨髓失去正常的造血活性。他需要拍X光来得到确证，这样就必须对他进行全身麻醉，可是鉴于亨利目前的情况，尼格尔不推荐。不管有没有拍X光，治疗的方法是一样的，所以尼格尔开出了高剂量的类固醇，让他吃一个月。在听到兽医说万一药不奏效就只能对狗实行安乐死的时候，我完全地失去了理智。

我含着眼泪跟他强调这只狗为丹尔所做的一切，以及他对我们的重要性，"他不仅仅是一只狗这么简单，"我不停地重复，"他不仅仅是一只狗。"尼格尔表示出完全的理解，尽最大的努力安慰我，告诉我现在所能做的只是静观其变，看亨利对治疗的反应了。

因为不能再带亨利出去散步，而且得喂他药，我们不能向丹尔隐瞒他生病这一事实，但是却尽力掩饰自己的真实情感，我永远不会忘记他对这个情况的处理以及对亨利的关心。他待在亨利的床边，给予他理解和包容，温柔地抚摸着他，跟他说话。他像我们在他生病时对他那样守着亨利。

一次，亨利被杰米抱到了沙发上，沉睡着。丹尔马上拿来了带火车图案的绒被裹住他，然后跑到楼上把他所有的火车玩具都收集起来，排列在亨利的身边。他用自己稚嫩的方式给他讲《托马斯小火车》漫画里的故事。当然他不是从书上读来的，而是从碟片中看来的，有意地挑出与亨利小火车相关的故事。

这段时间，杰米和我都在绝望中。我不停地问："为什么是我们？在经历了这么多苦难以后，为什么又是我们？"我就是不能接受即将可能发生在我们的狗身上的灾难，杰米在这个煎熬里不停地安慰我。

几天后，我给亨利吃他最喜欢的狗食，他的反应令我喜出望外。他没有像先前那样嗅一嗅，然后毫无兴趣地走开，而是开始渐渐有了胃口。类固醇最终在他身上起了效果。自那以后，他开始复原，越来越像以前活力四射的他了。一天，当我正躺在床上的时候，亨利含着一个吱嘎作响的玩具跑进来，这让我高兴得不得了。当他跳上床来我身边时，我更是欣喜若狂。我抱住他的颈部说："亨利，好样的。我爱你！"丹尔进来也看到了这一幕，甚至比我还要兴奋。

一个月后，亨利完全康复了，开始加入杰米和丹尔的傍晚散步。我是如此感激上苍让他康复，又可以在家四处乱窜，尽情玩耍了。

生日常给人带来紧张和压力。丹尔不喜欢房子在圣诞节的变化，也不喜欢在自己生日的时候长大一岁这个事实。如果我能够向他解释我们所有人都不喜欢长大而是学着适应它，那该有多好！跟从前一样，我们得在他生日晚宴上应对他的吵闹，而非庆祝。

亨利的第一个生日在12月17日。随着这一天的临近，我们觉得可以利用这次机会来改变丹尔对自己生日的看法。我们让他参与到整个过程中来，从购买新玩具、生日蛋糕、蜡烛等等到带他去肉铺买一块肥厚的肉排。丹尔给亨利制作了一张卡片，还帮忙做给他吃的肉排，在看到他狼吞虎咽时开怀大笑。我们得耐心等待着丹尔下一个六月生日的到来，观察这是否有效果。

多年来第一次，我开始期盼圣诞节。深信自己怀孕更让我有了希冀。曾经有过几次错误的预示，但这次我的例假已经比平常晚了三个星期。我们准备在杰米下班回来后全部出动去公园中央挑一棵圣诞树。但是在他回来之前，我极度失望地发现这次又是错误的信号，我还是没有怀孕。

杰米回来了，带着这个节日的兴奋和喜悦大喊："快，丹尔，上车。我们要去搬圣诞树。"然后折回来催促我快点出发。我却因为刚得知那个消息，根本抬不起精神。杰米又叫道："诺拉，快点，我们走吧。"

那个节骨眼上，我一点也不想参与到这个过程中去，就让杰米自己去取树，告诉他我不舒服。但是他没有理解我想传达的讯息，依旧催促我。没有意识到此刻丹尔已经在他身后，我失去了耐心，没生好气地说："你就去吧，去把那他妈的圣诞树去搬回来！"他们这才泱泱离开，可以想象，杰米对我"没来由"的怒气有点恼火。

那天晚上，杰米在亨利的帮助下装饰完了圣诞树之后，便上楼来看究竟发生什么事了。在楼梯的顶部，他看见丹尔正在玩他的火车游戏，这没有什么奇怪的……除了他把我的棉塞当卡车。杰米马上意识到了我发脾气的原由，进屋找我时发现我泪流满面。他极力安慰我说一切都会好起来，都会成功的。在后来稍作讨论后，我们决定继续作一段尝试，如果还是不行，就去寻求医学帮助，因为我们不想让丹尔成为唯一的孩子。

圣诞节到了，亨利充满了喜悦，自豪地把金属箔围在自己的脖子上。他收到了由丹尔挑选、包装的一个新玩具。接着丹尔帮忙给亨利送去了火鸡晚宴，整个过程持续了5秒钟。

丹尔的叔叔彼得和婶婶卡罗今天跟我们一起过节。亨利吃饱后，我们都一同坐在餐桌边享受圣诞晚餐。我们跟往常一样放了烟火和礼花。丹尔朝彼得叔叔的方向走去，正看见无数的彩带落在他身上。他大笑道："彼得叔叔真有趣，看上去像棵圣诞树。"

新年伊始，丹尔开始对吉米给他的查理·卓别林碟片产生了兴趣。我想他会这么喜欢这个大概是因为那是无声电影，里面的闹剧幽默比起言语的狂轰滥炸更容易让人理解。

当时他还喜欢看的一个节目是999，重现事故现场和当时的急救服务。一天，在他跟亨利一起看电视的时候，我们听到他说："呀，这简直遭透了，非常不妙。"便迅速放下手上的活，从厨房转移到他身边，还不敢相信儿子的声音听起来真像为一个人感到抱歉和遗憾。在屏幕上，我们看见一个压扁了的车子里有个重伤的妇女。我们悄悄听到他继续说："哦，天，亨利，真是遗憾呢。"我和杰米互换了眼神，觉得无比惊奇。我们的儿子终于对其他人有同情心了。但是他这时突然又说："全部烧毁了，亨利。可怜的车啊。"我们马上又回到了对丹尔"同情心"的期盼。

虽然我们一直不断努力着要参与到"他"的世界中去，他却总是拒绝让我们之间太过靠近。我们曾尝试着玩玩他的火车，有时刚拿在手里或者碰到就会使他大哭。但是他对亨利却完全不同，如果亨利帮他拿着火车，比如说老戈登，他只会简单地打开他的爪子，把玩具拿出来，说："亨利，这样做是不对的。你拿了丹尔的戈登，你不能这么对丹尔。"

我记得自己曾经边看着这一幕，就跟杰米说："他让亨利进去他的世界。那只狗已经完全成为他世界的一部分，而我们对他而言，仍旧是满足他愿望的工具。"

"我从亨利那里得到的反应都比从丹尔那里得到的多。"杰米表示同意。

在那一刻，我真正感受到我和丹尔没有其他人想当然的母子连心。

杰米理解并提醒我，我们这是在跟自闭症作斗争。"诺拉，他可能永远都不会爱你。他甚至都不知道什么是爱。你得要学着接受这一点。"

"这叫我怎么接受？"我反驳道，"我是他妈妈。"不管儿子有多么大的进步，我知道自己内心深处最想听到的还是那些关于爱的词语。

回到现实，丹尔已经可以跟对亨利表示出兴趣的人沟通了。一天，杰米正跟丹尔和亨利一起在花园。一位女士经过，对丹尔说："你的狗真可爱呀。"

"那是我的狗。"丹尔说道，"他的名字叫亨利。他现在只是一条小狗。他将会变成一只大狗。"

杰米冲进屋子，急切地跟我分享这个讯息："丹尔跟一个陌生人说了好长一段话呢。"

非常不错，但丹尔向那位女士靠过去试图闻一下她身上的味道的时候，事情就开始不妙了。自闭症的孩子对自己看到的每一个人都很敏感，好像有自己独特的鉴别他人是否"理解"自己的方法。我觉得，丹尔在跟一个人相处融洽或者"喜欢"他们的时候，他会试图闻他们身上的味道，试图了解更多。

1995年的春天，我们不得不承认，要让丹尔像接纳亨利那样接受我们，必须得再等几年。虽然接受了很多语言治疗，参加了很多学校的专项活动，我们也做了很多努力，但让他学会恰当地融合到社会中去还是任重而道远。他仍然在理解面部表情和非语言的沟通上有很大困难，在语调上也有较大的问题。他常会用错误的语调说话，或发出莫名其妙的笑声，而且某些词也会带给他压力。如果我们说"好的"或者另外一些他不喜欢听的词语，比如说"学校"，他马上就会恼怒。虽然我们清楚地知道这一点，但是这些词都是非常普遍的词，有时说漏了嘴也在所难免。需要记住每一个可能导致他大怒的词并且不说出来，这对我们而言是个极大的挑战。但我们却永远也预料不到，就是这个小问题，我们与丹尔、亨利的生活会有一个大的转折。

在看似平静的一天，在丹尔开心地与亨利一起进厨房的时候，我查看他的书包，看老师是否给他留了作业。我翻到了他的标签本，发现他的书写有了很大的进步，便走过去把我觉得写得好的那一页给他看。

"丹尔，"我跟他说，"你的书写很好，我真为你自豪。"

丹尔听了这话马上不依了。我意识到"自豪"是禁用词之一，但为时已晚。

他气冲冲地在屋里转着，大喊："不准说'自豪'！"并且一直抱着他的头。

我试图让他安定下来，便说："我为你感到自豪是好事。是好的。"

如果不是由于当时的压力，我肯定会避免使用"好的"一词，但大祸又一次酿成。他的压力更加白热化。

"不准说'好的'！"他尖叫着。我知道他马上就会全线发飙，因为他开始把自己的头往墙上撞。我没有任何选择，只得像以前一样抱住他避免他受伤。

我护住他的头，竭力让他冷静下来。亨利到现在对此已经完全习惯了，只是躺在一边，看着他。我就这样与他僵持近40分钟，期间他愤怒地把我的袖子撕破。这便是杰米下班回家时看到的情景。看到他回来，我一阵轻松，对仍在尖叫和挣扎的儿子说："丹尔，看谁回来了——是爸爸。"

杰米也尝试着让他安定下来："丹尔，我们去花园里面跑一圈怎么样？"但即便是这样仍是没有任何效果。丹尔仍是涨红了脸，愤怒地瞪着眼睛。

我记得自己对杰米说："这太恐怖了，连狗都好像在担心了。"

这句话让杰米沉思了一会儿，大受启发。他突然用一种低沉的声音跟儿子说："丹尔，我是亨利。我讨厌看到你哭。我很担心。你可以别再这样了吗？"

一听到这，丹尔马上镇定了下来，恢复了正常，对他的狗说："可以，亨利。对不起。"

杰米跟我互换了困惑的眼神，然后杰米用低沉的声音说道："那么，丹尔，我们去跑一圈怎么样？"

听到这话，我们的小男孩马上站了起来，把我推开，然后说："可以，亨利。我们走吧。"于是丹尔拉着亨利的颈圈去了花园。

那天晚些时候，我们都还没搞清楚早些时候发生的状况，便开始为即将来临的睡前战斗做准备。

杰米首先提及这个话题："丹尔，睡衣，睡觉时间。"

亨利正懒洋洋地躺在火炉前，享受着自己的熟睡，丹尔看了眼他的狗，然后走向杰米，没有看他的脸，只是摆摆他的衣角说道："不，爸爸，以亨利的口气说话。"

我和杰米又交换了眼神，然后我朝狗的方向点了一下头，打手势让杰米照着丹尔的话做。他心领神会，然后用一个大家以后都将非常熟悉的低沉语气说道："丹尔，我是亨利。请去拿你的睡衣。睡觉时间到了。我累了。我要睡觉了。"

丹尔很开心地回答说："可以，亨利。"然后回到了自己的卧室。

我们仍是一脸茫然，仍然认为会有一场战斗即将来临。但丹尔却真的穿着睡衣下来了（他之前从没这么做过）。他还试图把纽扣扣上，虽然最终扣歪了。他看了一会儿他的狗，然后坚定地说："亨利，睡觉时间。到床上来。"

杰米和我都惊呆了。还是杰米先反应过来，这次用他自己的声音说道："晚安，儿子。"

从丹尔那里传了又一个史无前例的回答："晚安，爸爸。"他终于以我们想要的方式回答了。

这犹如天籁的声音让我禁不住做了一次尝试："晚安，丹尔。"

而后换来的那一声"晚安，妈妈"，是我这辈子听到的最美妙的声音。

12
愤怒的一脚

从亨利"能说话"那天起，他开始充满各种神奇的力量：对于他的狗的"要求"，丹尔会照单全收。

就在我们发现了那个声音的第二天早上，我抓住机会急切想知道丹尔是不是对我模仿亨利说话也会有反应。跟以往一样，丹尔起得很迟，他的出租车马上就要来了。一般情况下，如果我打断并催促他快点，他会变得很生气。所以这一天变成了亨利"请求"他："丹尔，快穿上你的鞋子和外套。我都可以听到车子来的声音了。"我尽我最大的努力来模仿杰米那低沉的声音，惊喜地发现丹尔一会儿就准备好，跟亨利一起在门口等着车子的抵达。

丹尔回到家的时候，我又像往常一样查看他的学校日志看看他一天都做了什么。我这么做是想鼓励他跟我说些学校的事情，但他常常给我否定的答案，或者生气地大声喊："不准说'学校'。"

今天，在他在亨利的陪伴下开始玩的时候，我小心翼翼地拿着那本日记本靠近他，用亨利的声音问："丹尔，今天学校都做了些什么呀？"

丹尔不加思索地回答道："戏剧，亨利。"

"丹尔，什么是戏剧？"亨利继续问道，慢慢进入角色，"好玩吗？"

"是的，亨利，很好玩。我们乘船去了海岛上。"

"丹尔，你怎么没弄湿呀？"

"不是的，傻亨利，那都是假装的。我们在戏剧中假装的。"

我发现，只要按照规则，说些尽可能结构简单的话，在亨利的帮助下，对话就会在我们三方之间展开。虽然兴奋于这个成果，我还是担心这是否是跟丹尔沟通的适当方法。在杰米回来时，我和他说了丹尔对亨利"声音"的反应。我们一致认为应该在继续使用之前咨询一下专家的意见。

很幸运，在圣安多尼学校知道照顾丹尔的语言治疗师克里斯廷·库斯伯特要来我们家做家庭访问。她的专业能力很强，在学校倡导的奥德赛喜剧小组吸引了所有学生的兴趣。她还使用着专门为自闭症儿童设计的社交用语培训方案（SULP），使用音图结合、角色扮演的办法来解析社会语言的规则。在听话的丽兹、好管闲事的贝蒂和观望的卢克等角色的帮助下，这套方案对丹尔和其他孩子很适用，很具讽刺意味的是，跟我们之前的"托马斯小火车小火车"教育方法如出一辙。

我不想贬低克里斯廷在学校对丹尔的照顾。于是在克里斯廷·库斯伯特来的时候，我便向她介绍了跟亨利有关的一些情况。她的回答让我很释然。知道我对丹尔自闭症已经有深度了解，她说："只要能用得合适恰当且巧妙，就试试吧。"我认为我们已经找到了一个他所喜欢的跟他沟通的方式，久而久之，可以随着他的进步而逐渐摆脱亨利的声音。我想这将是我们的最终目标，当然，我们会在使用这个声音时万分小心。

这次家访后不久，1995年夏天，我和杰米去参加由吉姆·泰勒主讲的一个有关自闭症的会议。在我们设法跟他搭上话后，咨询他对这一新奇发现的看法。他告诉我们："我一点也不觉得奇怪。第三方可以减少一对一交流中的紧张和焦虑。"

尽管吉姆没有试过让狗说话这一招，他确实曾经在斯图安学校的一个聚会中遇到过一个忧心忡忡的小男孩。他只有转过身拿起身后的电话时，才能告诉吉姆到底发生了什么事。他俩当时是在同一屋，但是这个通过电话的间接交流使得男孩可以摆脱一对一面对面交流时的各种无形压力，清楚地表达自己的想法。

我们明白吉姆的意思。亨利对于丹尔来说就是那个电话。他不具威胁的脸和眼神，不会像人一样给丹尔施加很多交际压力。他也成为了丹尔第一个真正的朋友，教会他如何处理人际关系，却没有给他任何人为压力。

回到家后，我们发现吉姆是对的。如果我们用亨利的口吻说话，丹尔会看着狗的脸，跟他保持正确的眼神交流和脸部距离。当我们换回自己的语气时，他要么尽可能地避免看我们，要么几乎直贴在我们的脸上。

在刚开始发现这个神奇的声音的一段时间，由于不断地通过亨利跟丹尔说话，我的嗓子变得嘶哑，从起初追跑游戏中的偶尔交流发展到后来三方的谈话。包括陪丹尔做作业，一起玩耍以及读睡前小故事。亨利在整个过程中都给予了应有的关注，头不停地从一边转到另一边，似乎为他自己的"声音"所吸引。在我看来，亨利似乎成为我第二个孩子。丹尔仍时不时地发脾气，只是没有以前那么频繁，持续时间也没那么长了。亨利总是可以让他很快抚平他的不安，让他安静下来。在丹尔差不多7岁的时候，他曾直白地表达他对亨利的欣赏："我喜欢我这条软软的小狗。他很漂亮。如果没有他，我会伤心甚至哭泣很长时间。

这期间，另外一个让人振奋的是他的画画也有了极大的进步。他之前也经常画托马斯小火车和其他一些小火车，现在却添加了各种忧伤和喜悦的表情。更让我们惊奇的是，他会画出两辆火车直视对方的场景，尽管他仍是很难跟我们有直接的眼神交流。在他后来的作品里，他开始往里加人物，包括他自己和亨利。这些都显示，他的想象力正在改进。

随着7岁生日的临近，我们设法让他知道自己又要大一岁，提醒他我们在亨利一岁生日时度过的快乐时光。事实证明，这很有帮助。学校也在帮助他们解决这个问题，每个孩子的生日被发展成他们所有人的社交学习时间，会有一些正常主流的孩子参与。老师要我们给丹尔送生日蛋糕，因为我们在家也要进行庆祝，我让他带两个蛋糕：一个是托马斯小火车小火车，给学校；一个是《小狗道戈尔》里的主人公道戈尔形状的，留作家用。

总的说来，我觉得每个人的努力都有了回报。在丹尔生日的那天，他高兴地上了去学校的出租车，对他的生日聚会很是期待。我把蛋糕装在袋子里，交给陪同的女孩儿，也注意到车里的另外一个有着严重自闭症的孩子似乎不是很高兴。

　　我试图让他高兴起来："雷蒙德，高兴一点啊。今天是丹尔同学的生日，他带了个蛋糕跟你们大家一起分享。"

　　雷蒙德不以为然，坚定而失望地回答："哦，不，又是一辆火车。"在车子开动的时候，他的脸色变得更加阴沉了。

　　说起来很讽刺，就连其他有自闭症的孩子都会觉得丹尔的迷恋很是枯燥，这也就解释了他为什么会没有朋友。我们试图通过"枯燥的贝迪"的故事来帮助理解什么是枯燥，他仍很难理解这个概念。

　　同样，他也很难理解同学们经常说的一些词语，比如说"讨厌"。他觉得这个词是在情况不如人意的时候用的，所以常会在他的一辆火车脱轨的时候大喊"我恨你"。而且，不管我们多么努力地向他解释"爱"的意思，一次次地在他睡前跟他沟通演示，这个词仍是他跨不过去的坎儿。

　　我们知道丹尔不会明白我们送给他的礼物是因为对他充满爱，但认为他至少会喜欢。深知他对交通工具的迷恋，我们送了他一个轮胎座的秋千，让他拥有一个汽车轮胎的同时又有一个秋千，这怎么会有错呢？但丹尔被完全吓坏了，闹起了情绪，因为在他的意识里，"轮胎只是属于汽车的"。我们必须用一张大床单盖住这个东西，因为他不想看到。他也不让前来为他庆祝生日的两个小表弟玩。他非常地愤怒，甚至画了一张秋千的图，像老师一样在上面划了个大叉，在一边注释："我不要！爸爸妈妈。"

乔治外公想出了一个叫做"钉小狗尾巴"的游戏（当然亨利是绝对安全的），缓和了气氛。丹尔参与得很好，已经习惯排队等候。在游戏结束以后，丹尔已经基本上恢复正常，欣然接受了亨利送他的玩具汽车。亨利颈圈上系了一束气球，玩具汽车绑在其中的一根线上，自豪地向丹尔跑去。

在我把道戈尔蛋糕拿出来的时候，所有人都就座了，丹尔打开了他的其他礼物。我记得当时有个以小狗为主题的游戏"弗莱德身上的跳蚤"，很受他喜欢。他学会了那个游戏，当场就跟我和他的两个表弟玩了起来。

所以除了那个秋千插曲，一切都很顺利。但在厨房帮助麦琪外婆清理的时候，他突然发出了歇斯底里的尖叫，单脚到处乱跳，看上去很痛苦。我马上赶过去看他赤着的那只脚，发现下面粘了一点生菜。他只是感到有东西粘着不舒服，而不是疼痛。尽管我们知道他不是疼，可他依旧很不安，而且不管我们怎么做也无法安抚他的情绪。

"贴块米奇的膏药上去，看是否会让他平复下来。"我之前曾用过类似的膏药处理他的一些小伤口，确实很管用。幸运的是，这一次也不例外，米奇又一次让我们避免了丹尔的一次哭闹。"

这让我有所启发。我和杰米已经决定把轮胎换成普通的座位，但在此之前，我还是想寻求一下米奇和亨利帮助，看看能不能改变丹尔的想法。虽然自从托马斯小火车进入丹尔的生活后，米奇的作用已经不那么起眼，但它仍旧被安置在丹尔的床脚。

第二天，丹尔像平常一样回到了家，对将要发生的事一无所知。亨利激动地向他"建议"："丹尔，我们去花园里玩吧。"然后我们一起出去了。丹尔一看到那个放了米奇的秋千就惊慌地战栗了一下。我马上跑过去，开始为这只可怜的老鼠荡起了秋千。这让亨利很兴奋，跑来跑去，试图抓住米奇的腿。尽管有些疯狂，但这让丹尔停止尖叫，狐疑地端详起来。接着，亨利向丹尔展示自己玩得有多开心："哈哈，米奇，去吧。妈妈，把他推向我。"我们的小男孩最终有了自己的幽默细胞，开始从中获得了快乐，让亨利继续："妈妈，把米奇带走。这不是他的秋千，这是丹尔的秋千。"我带着米奇离开了，这显然很合丹尔的意。他跳上了秋千，亨利也顺势跳了一下。他们的笑声在这片街区上空回荡。

不久杰米回家看起报纸时，丹尔硬是往他膝盖上塞了一样东西。那是另外一张轮胎秋千图画，但这次旁边却有一个大勾。

尽管在亨利的帮助下丹尔常会有小突破，而且丹尔在学校和家里都接受着加强训练，我们知道他仍迫切需要跟当地孩子交际和融合。1995年4月，因为丹尔已经很熟悉教堂的环境，很喜欢周日的主日学校，他加入了吉米和桃乐茜所在教堂的艾克男孩教育机构。所幸，这个机构的主办人就是丹尔早就已经认识的主日学校的校长。但我们仍然推测丹尔可能会不习惯看到她和她的女儿的另外一种身份，也不会接受她们把教堂作校园以外的用途。很多有自闭症的人都不能接受他们所熟悉的人或事脱离原来的情景，也很难举一反三。他们只是单纯地作狭隘的思考，把他们所熟悉的应用于现实。我们自己就在丹尔身上发现这样的特性。在看到他熟悉的保拉老师出现在希尔兰德托儿所时，他变得极度的焦躁和不安。在他看来，她属于学前语言机构，实在搞不懂她怎么就出现在另外一个地方了。

因此，这次的准备跟以往一样关键。在适时加入这个组织之前，吉米和桃乐茜常带着他去那里习惯。知道让他穿制服会是很困难的事，他们跟他解释说穿上带有艾克男孩学校标志的制服，大家就会知道他是艾克男孩的学生，因为所有那里的学生都这么穿。学校的负责人同时也是个很称职的老师，很喜欢丹尔，表示出极大的理解，说丹尔要是真的不愿穿制服也没关系，只要他能够成功融入并习惯那个环境就好了。但我们想让他知道自己跟其他孩子并没有什么不同，于是觉得还是说服他穿比较好。我们告诉他："丹尔，所有在那里的孩子都这么穿，没关系的。"然后试图在家给他穿上制服，亨利用赞许的口气跟他说："丹尔，穿上这红色的制服，你像极了小气的詹姆斯。"这句话得到了意料中的效果。他很快穿上制服跑到他的"跑道"上，装得仿佛自己真的是小气的詹姆斯一般。亨利陪着他一块儿跑，告诉他穿着制服显得很精神，在他穿着这衣服去艾克男孩上课的时候，自己会每天接送他。"丹尔，你会成为一个大男孩的。"亨利补充道，"就像我一样。"

而事实也是如此。我们带着狗一起去接男孩。那里的管理人员已经跟亨利很熟，因为在吉米和桃乐茜帮我们照看丹尔的时候，他常常待在他们那里。所以亨利有特权到教堂里面去等丹尔下课。让人欣慰，丹尔很喜欢那里老师温和的方式，习惯得很快，虽然有时他还是很安静。在这个快乐、祥和的环境里，丹尔逐渐融入到其他男孩子当中去，开始从他们那里学习跟人交流。

这已经是了不起的成就了，但是清楚地知道做到这一步所有人所要付出的精力，我明白丹尔面前还有很多重高山要翻越。他依旧不关注其他人的感觉和情感，更不用说表现出些许的同情。共鸣和同情是自闭症患者最难理解和学会的。杰米和我都已经深切地领会到，即便是让他知道这方面最基本的常识，也需要花费几年的时间。

一天下午丹尔放学回家，似乎心情很不错。受这激励，我尝试着问他："好啊，丹尔，学校怎么样？"

事实证明，用我自己的声音说话是一个错误的选择。我的儿子很不满地大叫："不要说'学校'！"

我马上紧张地想补过，但是却又犯了一个常识性的错误："好的，丹尔。"我一时漏嘴，"我们待会儿再说这事。"

这便是丹尔的极限。我很久没有看到他这么怒气冲天过。知道他的爆发已是不可避免，我试图控制住他，让他安静。但是他用蛮力推开了我。他用手捂住耳朵四处乱跑乱撞，在我赶过去之前用头撞墙，大声尖叫："我恨你。别说'好的'。"我绝望地模仿亨利的声音来稳住他，但显然已经不起效了。

亨利此时正站在屋子的另一端，看上去有些忧虑。我又试了一次："丹尔，我是亨利。我很害怕——你让我很害怕。"

丹尔却一点没听进去，跑到狗旁边，用穿着校鞋的脚狠狠地踢了他一脚，尖叫："我恨你。"

可怜的亨利呜咽了一声，慌忙跑到角落躺了下去，害怕得直哆嗦。

这时我再也忍不住了："丹尔，够了，你太过分了。"我大喊，"我不会再让你伤害这条狗，破坏他的生活。"

丹尔被我以前不曾有过的怒火吓了一跳，坐下来，哀嚎大哭地看着我查看亨利并安抚他。很幸运，他看上去没事。但我没有就此任由丹尔，而是朝他喊道："我要把亨利送回到瓦尔那里去。"

丹尔只是一味地来回摇晃，不理解地重复着："送回瓦尔那里去。"

很快，杰米下班回家了。

我跟他说了事情的来龙去脉，表示出自己对亨利处境的担心。"丹尔可能觉得现在自己可以把怒气泼在这只狗上。"我说道，"用直接的身体伤害，就像他对我做的那样。"

"但是他看上去不会真的伤到亨利。"杰米仍然在消化这个过程，"应该是仅此一次。"

"可是我们不能任由这事再次发生。"我不同意。

我们两个都不知该怎么把这个讯息传达给丹尔，但是如果我们还是做不到这一步的话，为了亨利的安全和未来着想，我们只能把他送回去。

人往往可以绝处逢生的。我呆站在厨房，无法接受要送亨利走这一可能。看着那个存放着米奇药膏医疗箱的柜子，我突然灵光一现，仔细地把我想到的告诉杰米。我们一起想出了具体的措施。但一想到这可能会导致的负面反应，我开始有迟疑。

"我们得确信这一点，杰米。不然我真不知道该怎么坚持下去。"

杰米思索了一会儿，回答说："我很确信。这很重要，我们必须得尝试一下。"

我们紧张而坚定地走到客厅。丹尔此时已经镇静下来，坐在扶手椅里，虽然仍是哭。杰米去看角落里的亨利，弯下身子安抚他。接着，他便用亨利的口吻说道："爸爸，请帮帮我。我很难过，丹尔恨我。他踢得我的背好痛。"

我跑出客厅去拿了一只行李箱，丹尔知道那是我们要出门时用的箱子。我把它放在沙发上，开始一样一样地往里装亨利的东西，包括他的碗、玩具以及清洁用品。丹尔坐在那里静静地看着，咬紧了牙齿，来回摇晃呻吟着。在杰米接手我整理东西的时候，我拿起电话，假装给瓦尔打电话，虽然觉得很糟，但还是坚持着。

"你好，瓦尔，"我扯着谎，"我是诺拉。我们家发生了件可怕的事。丹尔踢了亨利，把他踢伤了。他恨他的狗。"我停下来跟杰米打了个手势。他领会了我的意思，走进厨房。"瓦尔，可怜的亨利很伤心，"我继续道，"他的背很痛。"这时，杰米已经从厨房里拿出了我事先用蓝色笔画了米奇脸的大创可贴，把它贴在亨利被踢的地方。

"我们会把他带回到你那里去的，瓦尔。"我结束了电话。

我们俩谁也没有预想到丹尔的反应。直到今天，我依然清晰地记得，当时丹尔震惊地大叫，跑到亨利旁边，疯狂地抱住他，把自己的头埋在他的毛毛里，歇斯底里地哭喊："我的狗，我的狗，我都对你做了什么呀。"

我们都震惊了，但还是按照原计划进行着。亨利用虚弱的声音说道："不，丹尔，你伤到我了，你还恨我，我想回到瓦尔那里去。"

丹尔极度惊慌地开始吻亨利的头，告诉他："亨利，对不起，对不起。请不要离开我。你是我的狗。"他又将头埋进小狗的毛毛中，说了句让我们都无法置信的话，"我爱你，亨利。我爱我的狗。"

我们惊呆了。丹尔从来没有表达过他的爱，即使先得到他爱的不是我们，而是一只金毛猎犬。我们意识到丹尔已经知道错了，所以"亨利"原谅了他："我也爱你，丹尔。我想跟你住在一起。"

我安慰着丹尔，亨利趴在我们身旁。杰米把行李箱里亨利的东西又放回了原处。我确定丹尔已经好了一些，虽然在听到我给瓦尔打电话时还是有点害怕。我假装告诉她亨利会继续跟丹尔待在一起，丹尔已经允诺再也不伤害他了。

这个噩梦般的过程结束两小时后，我和杰米在精神、身体和情感上都像被掏空了。我们仍旧安慰着丹尔，但他依然很不安。我们让他抱着亨利躺在沙发上，把他的那条有火车图案的天鹅绒被盖在他们身上。"丹尔，亨利永远是你的狗。"我们告诉他，"他永远不会离开你的。"我们让丹尔喝了点饮料吃了些饼干，然后告诉他亨利选择留下，一切都恢复正常。

当我们带着丹尔上楼睡觉的时候，他已经冷静了许多，但仍旧坚持要亨利一直在他身边。甚至在亨利躺在那条绒被上时，丹尔仍旧要我们不停地跟他确保亨利不会离开他，而且已经好了很多。我想到了一个办法，跟杰米说了。他用亨利低沉的声音说道："丹尔，我已经好了。帮我把身上的那个药膏拿走吧。

杰米小心地移去了药膏，然后说："丹尔，我要把这个扔进垃圾袋，我们不需要它了。"

丹尔的情绪立即一阵释然，杰米让我跟他说再见。

"丹尔，给亨利一个说晚安吧。该睡觉了。"我对他说。

他照做了："晚安，晚安，亨利。爱你，明天见。"

我安顿了丹尔，吻了他的额头，说："晚安，丹尔。"便准备轻声离开。

身后又传来丹尔柔和而略带不安的声音："妈妈，丹尔爱他的狗。"

我不想再这么待下去，于是边走边说："知道了，亲爱的。亨利也爱丹尔。"

在我打开卧室门的时候，丹尔又轻声重复道："妈妈，丹尔爱他的狗。"

"嗯，很乖。"我回答说，仍旧继续准备离开。接着，在听到他的下一句话时，我的整个身子都凝固住了："丹尔也爱妈妈。"

仅仅是六个字，已经足够让我震惊得失去知觉。接着，虽然恢复了意识，但心脏依然跳得厉害，我急切地想知道自己是不是听错了。我转过身，跪在他的床边，给他一个温柔小心的拥抱："妈妈也爱你。还有爸爸爱你。丹尔，晚安。"

他甜甜而小声地回答："丹尔爱爸爸。"

我吻了他的额头，静静地离开了他的房间，眼泪再一次决堤。泪眼模糊中，我看到了杰米，他正等在楼梯口，看我是否已经把丹尔安顿好。我们不敢置信地对望了一眼。我继续抽噎着，杰米静静地抱住我。

　　到了楼下，我们都急切需要一杯茶压惊，就如事故中幸免于难一般。聊了这四个小时来发生的一切，我们承认亨利对于丹尔以及我们大家的极其重要性。虽然我们都以为自己对儿子的情况了如指掌，但是那个晚上我们还是学到了更多有关他和他的自闭症的讯息。这一段戏剧性的差距仿佛给了我们拼图时需要的最后一片拼块。在知道亨利对丹尔如此重要，了解我们的儿子确实爱我们，我们决定不管付出什么代价，都要打开他内心的心结。

　　几天后，随着那晚带来的压力和紧张的消散，我们出发去乐购购物。亨利坐在后车座，系好了安全带。到那里以后，我在浏览货架的时候，丹尔跑去给亨利挑狗食，消失在交错纵横的通道中。杰米马上跟随着他，我担心他是否会及时赶上丹尔。接着，我能回忆起的就是在几个通道之外传来一个洪亮的声音："妈妈！"

　　"我在这儿，丹尔。"我不得不大声作答，"请跟我面对面说话。"

　　这马上招致了旁人的侧目，以及我的儿子宣告性的回答："爱你，妈妈！"

　　我跑到他在的那条通道，杰米正惊喜地看着我们的儿子。我弯下腰，开心地展开双臂："丹尔，来。让妈妈抱抱。我也爱你。"

　　在结账台，丹尔帮我把物品放在传输带上，杰米在另一侧把东西都放进袋子里。让我大为吃惊的是，丹尔突然往前靠，亲了亲我放在购物车上的左手。排在我们后面的那位女士不禁羡慕地说道："我从来没有看见过一个小孩子这样做过，真可爱。他一定很爱你。"

我笑了笑，边往前走边想："我的天啊，如果她知道我们经历的一切，她会怎么说呢？"

那次购物后的某个周末，我们的朋友林森带着她金白色的猎犬奥利来看我们。作为一只英国纯种狗，他的长相和习性都跟亨利很像，也是个古怪的精灵。丹尔立即对这只新来的狗产生了兴趣，但我们都没有预料到，奥利的到来居然让我们的儿子开始分清自己的不同情感。

丹尔抱着奥利坐在地上，很悉心地照顾着他。我禁不住问："丹尔，你爱奥利，是吗？"

"不，妈妈。"他郑重地说道，"我喜欢奥利。我爱亨利。"

13

成功或是出局

毫无疑问，在那个踢脚事故发生以后，丹尔已经通过亨利往前迈了两大步。他有了领会、爱与被爱的意识和能力，这是我们之前几乎不敢奢望的。目睹他这么多的进步和突破，我们当然可以让他走得更远。从那棵树的早期经历中，我知道多做些尝试不会有错，就算不成功也可以从头来过，这样总比不做任何努力都要好。

日子一天天地过去。杰米和我依然是通过亨利和丹尔交流。但随着时间的流逝，我渐渐减少在声音摹仿上的刻意，例如，以亨利的声音与丹尔交流，时不时地穿插点我自己的声音在里面。这样一来，丹尔基本上都不会注意到，因而慢慢地可以直接正确地与我交流。就像能够跟亨利保持正确的眼神交流和谈话距离一样，他也可以像那样与我交流，逐渐增加了跟另一个人沟通的能力。

我也可以通过亨利向他表示，比起亨利，我对丹尔的一举一动更加关心和感兴趣：亨利会要求丹尔让我加入他们。比如在丹尔画画的时候，常会把自己的作品给亨利看。而我通过亨利建议道："丹尔，给妈妈看看这张图，看看她喜不喜欢。"丹尔很自然地就照做了。亨利只会用鼻子闻这张画，摇摇尾巴，而我会流露出极大的兴趣，有时甚至会奖励丹尔托马斯小火车罐头里的一颗糖果。他的杰作常会被我自豪地挂在墙壁上。

丹尔慢慢地发现我对他的关注和反应，比亨利给他的多得多。但他仍是继续照做小狗要求他做的，杰米和我都设法让他开始接受我们走进他的世界。我们已经看到丹尔正逐渐成为我们心目中想要的那个孩子，并希望他能够尽快摆脱掉亨利的声音。可是丹尔对于非语言和直接沟通的障碍，已经让他依赖上了通过亨利说话。对于依赖的程度，我们也不得而知。让亨利从我们的谈话中消失，我们需要更多的时间。

这么一个紧张的夏天过去后，杰米提议我们周末一起去度个假，但是不确定应该去哪儿。出于各种考虑，我想到了黑池。去黑池不需要坐飞机，我们就不用花大量时间让丹尔做好坐飞机的各种准备（当时也没有时间做这些准备）。而且，黑池以电车出名，我们可以利用丹尔对交通的迷恋让他学得更多。于是，在从周日报纸上看到一个不错的寄宿旅馆并预定了那里的传统九月周末套餐后，一切准备就绪。

我们告诉丹尔亨利周末需要休息，于是在周末这个大日子来临的时候，把亨利送到了瓦尔那里。我们实在不想把他托管在狗舍，况且经历了这么个夏天，他的确应该有个假期。自那以后，瓦尔总是在需要的时候帮我们照看他，亨利从来没有在狗舍待过一晚。

一路上，我们停靠了几次，除了给车子加油，也给自己买点吃的补充能量，六个小时后，终于抵达了B&B家庭旅馆。丹尔看到了街头的一辆车，兴奋地大叫："妈妈，看，电车！"

第一个晚上，我们带丹尔去黑池游乐海滩，在杰米的陪伴下，他玩了所有他想玩的设施。毋庸置疑，他最喜欢的还是迷你铁道。第二天清晨下楼吃早餐时，老板娘用她浓厚的英国北方口音欢迎我们："早上好，亲爱的。"尤其在跟丹尔说话时，她做了很大一番努力："早上好，小鸭子（英语的小鸭子duck跟丹尔的名字Dale首字母相同）。早上想吃什么？"

丹尔故意刁难她，拍起桌子："我不是小鸭子，我是丹尔。"

吃完饭后，我们便散步到北码头。我们从一些小宣传册上得知那里将举行一个威尼斯狂欢酒会，但是需要坐一列小火车才能到达。在码头的尽头有个不错的酒吧，我们就在那里吃了午饭。下午沐浴着秋天的阳光，我们沿着沿海公路前行，时不时地迎来阵阵的微风。头上传来急速旋转的呼呼声，丹尔抬头大声叫道："爸爸。妈妈，你们看。是赫罗尔德！"当然他的灵感源自《托马斯小火车》里的那架直升机。

不久，我们便看到一个广告牌，宣传刚看到的那个直升机快乐体验，从北码头出发。反正也是往那里走，我和杰米互视了一眼，灵光乍现。

随后杰米摇了摇头。"噢，不。"他说，"我跟丹尔两人得要60英镑呢。"

"如果他跟你一起坐那个直升机，"我回答说，"给他们一千英镑我也愿意。"

到达北码头的时候，我们便注意到了那架直升机。它正在停机坪等着下一拨的旅客。杰米弯腰问丹尔："丹尔，你想要跟我一起登上赫罗尔德吗？"

让我大吃一惊，丹尔马上回答："想，赫罗尔德，赫罗尔德直升机！"

难道《托马斯小火车》又能让丹尔制造另一个突破？

杰米去买票，我留下来向丹尔解释："到时会很吵，但是爸爸会陪着你，你们会在赫罗尔德上看见黑池的电车。"

杰米回来，让丹尔看了票。他们俩被领到了停机坪。我在25米外的栅栏外等候。因为直升机的嘈杂声，我听不到他们那儿到底怎样了，只能看到四个大人和唯一的小孩丹尔穿上了亮黄色的救生衣。在此刻我才意识到，一件意义重大的事情即将发生。几分钟后，我突然害怕起来，因为那个站在杰米旁边的小人突然在蹦上蹦下，就像有时他要发飙时一样。我慌乱得不行，可是嘈杂声又让我不知道到底发生了什么。接着，随着一些归来的旅客登陆，在我和直升机之间走过，我看不见杰米和丹尔。等路面再次清晰的时候，他俩已经不见了踪影。我走上台阶，可是仍然没看见他们。

我这样害怕，当然是有原因的。直到直升机起飞，我才确信他们一定在那儿。一想到我勇敢的儿子就在赫罗尔德上面，就禁不住喜极而泣。虽然他们只是离开了几分钟，我却觉得恍如隔世。不久，熟悉的旋转声预示了黑池周边空中游览的结束，也预示了丹尔的又一项成就。

还了救生衣后，他们给丹尔发了一张证书，证明他上过直升机了。那张证书直到现在仍保留着。

他们回到我身边的时候，我问杰米："他为什么会上下乱蹦的？是害怕吗？"

"不是，是他太兴奋了，"杰米回答，"他马上要坐上真正的赫罗尔德了！"

晚饭前在旅馆的酒吧小小庆祝了以后，丹尔还是很兴奋。"妈妈，"他开心地说，"丹尔想把赫罗尔德的事告诉亨利。"

"亨利不在这儿，"杰米跟他说，"你得在跟他同一屋时才能跟他说。"

儿子的回答让我们大吃一惊："好吧，那丹尔就给他打电话好了。"

于是，杰米假装亨利的声音，在大厅的付费电话上拨号给丹尔打电话："你好，这是亨利。你是哪位？"

"我是丹尔。爸爸和我今天上赫罗尔德了。"丹尔狂喜。

"你是说赫罗尔德直升机吗？听起来真有趣呢。好玩吗？"

"嗯，很好玩，"丹尔回答。

"棒极了，丹尔。"亨利说道，为了不让自己整晚都这样继续下去，继续说："我得走了，晚饭时间到了。再见，丹尔。"

自那以后，丹尔常常跟亨利打电话，也即时通过他让丹尔与我们交流。于是我们逐渐清楚，要摆脱亨利的声音，也许时间会比想象更长。只有在他跟亨利打电话的时候才用，丹尔已经慢慢开始习惯这个转变的过程，我们相信自己终究会成功的。

一切都很顺利，但我们知道，没有什么能比给丹尔添个弟弟或者妹妹更令人愉快。但就目前来说，我们已经痛苦地发现，必须要借助专家的帮助才能做到这一点。1995年10月的一个晚上，我和杰米去格拉斯哥纳菲尔德医院咨询一个治疗不孕症的医师，最后决定试试人工授精的办法。我将使用克罗米芬（Clomid）诱导排卵，然后通过人工注射精液。我们在接下来的这个月进行了尝试，可是仍旧没有成功。

丹尔在圣安多尼学校的第二年很顺利，进步也很稳定，特别是他的画画方面。他在学校和家里画的图画中开始有了视角，铁轨在远处慢慢消失，火车之间会有明显的眼神交流。

这段时期，他开始画我们称之为"复制画"的图画。他的作品里常有相同的背景和成分，两辆不同的火车面对面，有各自清楚的面部表情。如果愿意，他会一次画上五张以上这样的图。更让人兴奋的是，他开始画更多人物图，从麦琪外婆开始。麦琪显然很乐意成为他作品的主角。

1996年初夏，在如此顺利的生活中（不孕仍是我们的一大问题），我们觉得应该再去做一次旅行。由于丹尔成功登上了赫罗尔德的缘故，我们决定尝试着坐飞机去巴黎。现在我们已经知道稍作努力就能够让丹尔有更大的进步。所以在旅行前，我们做了很多功课。我们带着丹尔去机场，在那里吃了午饭，让丹尔可以透过窗户熟悉外面的飞机，带他到登机处熟悉了一下流程。很凑巧，圣安多尼学校在这期间有个飞行员来访。准备充分后，丹尔便欣然踏上了旅途。

从格拉斯哥到巴黎，我们得在伯明翰转机。在第一段，丹尔很享受地吃了早餐，这时，坐在我旁边的一个南下访亲的年轻飞行员问我："您儿子想去看驾驶舱吗？"

我寻求了丹尔的意见，他欣然表示愿意。我犹豫着要不要告诉那个飞行员丹尔有自闭症，看着一切进展得如此顺利，决定不告诉他。

他们前往驾驶舱，五分钟后回来了。丹尔脸上笑开了花。飞行员表示他已经很久没有带人做这样的参观了，而丹尔满足了他的愿望："他很感兴趣，而且真的玩得很开心。现在很多孩子都不会想去的。"

在旅程的第二段，在一个乘务员小姐推着手推车给我们倒饮料时，坐在窗户边的丹尔朝向他爸爸说："告诉这位女士，丹尔想要一杯茶。"他仍不愿意放弃在离地30，000英尺的高空喝茶的机会。

在丹尔8岁的时候，我们带他去了迪士尼乐园，预定了迪士尼饭店的特别茶点。米奇给丹尔呈上了他的巧克力蛋糕。杰米告诉他："丹尔，米妮不能亲自给你送。她得在厨房做其他的蛋糕。"丹尔站起来给了米奇一个大大的拥抱，似乎为了表示它曾给他如此帮助的谢意。

不必说，丹尔在迪士尼玩得很开心。这也是我们第一次没有任何烦恼的假期。

1996年的暑假，在从巴黎回来后不久，我们三人带上亨利去斯密尔享受那里的好天气。我们把亨利的塑料骨头扔到水里，试图让他游起来，可是他就是不愿离开浅水区。很多猎犬都清楚地知道自己是十足的水狗，一有机会就在水里游上好几个小时，但亨利却不是这样。他十分怯懦，如果骨头扔得太远，他会等着海浪或者我们把它送到他身边。我跟杰米甚至试着在稍微深一点的地方里给他帮助，教他游泳，可是他还是宁愿游回到让他安心的浅水区。

"你们教我游泳，好吗？"丹尔目睹这一切后问道，"这样我就可以帮到亨利了。"

我们介绍了一些基本的知识。这些在他第二学年开始有游泳课后得到了巩固，在第一学期末，他就能游泳了。也许是亨利不愿意把自己搞得太湿的缘故，他一直没能学会。尽管如此，我们在海滩得到了更多的快乐。当然，我们自己在海里游得也很开心。

接下来的一年，丹尔在学校保持着稳定的进步，在家开心地照顾着自己的狗。生活依然很安定，可是，不久便有了改变。

尽管在家和学校，丹尔的进步都不小，他在学校却没有交到任何朋友。1997年的暑假，也就是丹尔9岁的时候，我又面临着他七个星期不上课的挑战，他在与人沟通方面还是很不成熟，于是我觉得给他安排些游戏活动可能会有所帮助。尽管如此，我还是想找到一个既可以让他消遣，又可以锻炼一下他因为自闭症而缺乏的社交能力的方案。让他塑造信心非常关键，否则他会不知道如何加入到其他孩子中去。而如果没有这个能力，他显然是不可能有机会融入圣安多尼学校主流学生里。

我在当地的报纸上看到由当地的社团组织的一个两星期戏剧小组的信息。在小组训练结束时，他们会给父母和朋友表演节目。我曾听过也曾在书上看到过，很多人都觉得戏剧不适合自闭症的孩子。于是在付诸行动之前，我给负责这个小组的玛格丽特·伯特麦内尔打了电话。她听起来是个很不错的人，温和而善解人意，主要职业是和学习能力较弱的年轻人，包括自闭症患者打交道。

我跟她介绍了丹尔的情况，她对帮助丹尔，让他有更多的交际这一点非常支持，也很欢迎丹尔加入到那个小组。我们还讨论了如何让丹尔参与进去的各种方法。

在小组训练开始之前，杰米和我又尝试着让丹尔逐渐适应将要开始的新体验。我们还跟他强调，因为这是个暑期兴趣小组班，每个人每天都会有一段休闲吃零食的时间。然后我就带他去了附近的商店，花半个小时的时间买了十份休闲食品：十款饮料和十包薯片。

回到家，我又跟丹尔（当然亨利也躺在我们的脚边，对我们的讨论很感兴趣）又一起准备了十个小袋子，每个袋子上都写了日期。这样，丹尔就可以知道他的兴趣小组将会结束，我私下认为这些食物会给他更多参与其中的动力。

在去那个兴趣小组的第一天，亨利陪着丹尔一起去，缓解他的紧张。我主动提出要陪他上课，但是玛格丽特却认为我还是让他一个人在那里好，建议我在那天留在那栋楼里，如有必要，她会叫我。

在我去接丹尔的时候，玛格丽特告诉我那一天过得很顺利。尽管丹尔还是一个人静静地待在小组的角落，但是他没觉得不开心，而且还很享受课间休息时间。玛格丽特注意到他会时不时地对发生的一切产生兴趣，和我一样认为他会慢慢以自己的方式成为这个小组的一份子。

小组的其他成员没有因为丹尔的在场而感到任何不适，有时，尤其是在休息时间，尝试着让他跟他们一起玩。他们都接受他现在的样子。准备好的休闲食物慢慢地吃掉了。两个星期后，丹尔和其他成员一起在格洛克的游戏厅上台进行了文艺汇演。

为了说服丹尔，我们告诉他，如果他表现突出，我们会送他一辆托马斯小火车系列的小火车作为奖品。我们在演出结束后把它包装好让玛格丽特送给他。玛格丽特"挑"中他，让他跟其他成员一起上台表演，这给了他很多信心和尊严。

我们常常会编些像这样的善意的谎言来鼓励他接受新环境，每次都很奏效。总体来说，让丹尔参与是个成功的选择。在接下来的三年，他不仅参加了所有暑期兴趣小组，还去了也是由玛格丽特组织的复活节小组和周末兴趣班。

多亏了玛格丽特，丹尔获得了很多的自尊和信心，有了想象力，学着跟同龄人交流。更值得庆贺的是这些小组还成就了一个大突破——丹尔有了幽默感。之前，丹尔不知道什么叫做笑话，但是在玛格丽特的课上，他学会了第一个后，就跟所有他遇到的人说，非常喜欢由此引出的笑声。"为什么橘子不流了呢？"他会问。在得到"不知道"的回答后，他就会笑着说出答案："因为它没汁了。"

在接下来的几个星期，他开始自己编制笑话，有些很好笑，有些很平淡，因为他还是不能完全理解笑话的抽象概念。时间慢慢培养起了他现在具有的很强的幽默细胞。这也让他获得了很多自信。在大家听完他的笑话，给予正面的回应时，他会意识到他们对他感兴趣。他的学习能力也因此提高了不少，总是很乐意听经由我们改编后变得有趣的话题。如果他的行为不适宜，我们会夸张地模仿他，让他知道那种行为是多么可笑以及别人会怎么看他。

很多朋友都表示听到丹尔说笑话真的很棒，特别是在我告诉丹尔一个关于多脚动物的较长的笑话后。这个笑话的最后一句是"我仍在穿我的鞋"。丹尔一抓住机会就会说，并理解了它为什么好笑。而看到他幽默感的进步，我们别说有多开心。

杰米常常在丹尔学校假期的最后两周请两个星期的年假。我们想带他去一个跟迪士尼乐园一样有趣的地方，不自觉便想起了伦敦。那里有很多有趣的事物，而且我们可以带丹尔去附近的乐高乐园，让他坐上蒸汽火车。

由于丹尔参加了戏剧小组的关系，我觉得他可能会喜欢看一些西区话剧。我们决定带他去伦敦剧院看《星光特快车》，认为他对车的沉迷应该会减少因为周边的吵闹和拥挤而带来的忧虑和恐慌。我们确保坐在靠前通道边的位置，让他可以看到话剧，注意不到后面的观众，也可以在紧急关头方便离开。

事实证明这是多余的，丹尔很喜欢那个节目，最后他是手里拿着节目单自豪地走出剧院的。他似乎能理解人们扮演火车这一概念，也意识到自己也可以成为一辆火车。回来后，我们发现，他在玩"火战车"游戏的时候，会学着用手臂展现出火车的转弯动作，模仿火车的叫声。

在伦敦之旅的最后两个晚上，我们带他去看了《美女和野兽》以及《猫》。他尤其喜欢《猫》，因为在去的路上，我们放了节目的磁带，让他熟悉其中的音乐。他已经期待着铁路猫斯金伯·申克斯的出场，在看到他和他的朋友排成一列火车从一堆道具垃圾中出现时高兴得喜出望外。他被那堆垃圾道具深深地吸引，很喜欢它带来的惊喜。在猫咪们穿过观众，要求抚摸时，丹尔高兴得摸了从他身边跑过的"猫"。尽管这"猫"的突然出现让他一开始有点害怕，他很快稳定了下来，深深地为这只母猫所吸引，并且做出了反应，仿佛一切都是真的一般。

不出所料，丹尔也很喜欢坐伦敦的地铁。火车的诱惑让他不介意嘈杂的人群，并且还似乎很喜欢伦敦的熙熙攘攘。

不用说，伦敦之行也是值得纪念的，它让我们看到丹尔身上的进步，也让我们想起他在达到这一成果前经受的那些磨难。

在旅行结束的时候，丹尔坚持要在机场给亨利打个电话告诉他我们就要回去了。这个周末似乎激发了他很多的想象力。他跟亨利说话时用他的手作话筒。

回到家，我发现了一个很好的工作机会。丹尔进步得这么快，我觉得自己可以去抓住它。当地的保健所想找一个高级专职护士，与一个助理一起上晚班，每周工作15个小时。这种专业、富有挑战性且报酬丰厚的工作极为少见，而且时间的安排也很合理。而且，如果我能够怀上另外一个宝宝，这个工作又能很好的满足我的需求。于是我很高兴地接受了这个工作，从丹尔出生以来第一次感受到了自己在鲁克郡医院工作时的那种职业感。

丹尔的另外一个改变是他将从安克男孩班升到基督少年班。两个班的学生会在每年学期末的时候聚在一起玩一个晚上，所以丹尔知道有少年班，也很熟悉其负责人。唯一的问题就是他不大愿意把红色校服换成深蓝色运动衫。

因为没有火车是这种颜色的，我们就想到了另外一位"人士"的帮助。于是在丹尔有一天放学回家的时候，穿着体面的亨利迎接了他，说："我好喜欢这件蓝色的衣服，丹尔，于是就迫不及待地穿上了。"他接下来的话把丹尔逗得哈哈大笑："我看上去像大狗了吗？我可以参加那个少年班吗？"

丹尔笑着回答："不，亨利，少年班不收狗的。你还是等在门口吧。"

丹尔很快地适应了少年班，取得了很大的进步。有些男孩子可能会觉得很难适应少年班的纪律性和严密性，丹尔却很享受。

1997年10月，我们参加了圣安多尼学校对于丹尔进步的评论会，那里的工作人员高度评价了我们的努力，但有个大问题依然存在：丹尔没有朋友。为了解决这个问题，我们得逼着他对另外一个比托马斯小火车更受欢迎的东西痴迷，希望他可以借此跟同龄人有共同语言。

目前最流行的是叫做"刺猬索尼克"的电脑游戏。我们在他9岁生日时送了他世嘉游戏机以及配套的相关游戏。他很快就学会了那些游戏，并且沉迷其中，至少这是当前风靡的东西，他可以在玩的时候跟同学一起分享。

除了这个以及他在放学后一些兴趣班的良好表现，他仍是没能学好圣安多尼主流的各项学科。更让人担心的，在一次评论会上，教育心理学家和工作人员都对我儿子是否能融入当地的学校表示怀疑。尽管这是我们一直以来的目标。他们说要让丹尔一直在圣安多尼学校上完小学，然后把他送到格诺克的特别院校格兰本。

我们重申了对丹尔最终能够有一个好的生活能力以及独立能力的愿望，强调上初中的需要，以及在此之前让他去当地上小学的必要性。可惜，在场的只有我和杰米认为这是有可能的。我们被告知丹尔没有达到可以融合到圣安多尼学校主流学生的程度。我指出一个重要的担心：如果他继续在这个特殊班里，他会受其他自闭症孩子的影响、学习他们的不当行为，最终没有进步反而退步。

还好，教育心理学家还是留出了选择的余地，但是如果丹尔的融合能力仍旧没有进展，我们说什么也不能改变学校的决定。

我绝望地离开了这次会议。似乎不管丹尔有多大的进步，他前面总有一块大山阻止他的未来。现在我们需要找到一个方法帮他在学校有所提高，学会跟其他孩子沟通交际。

对丹尔来说，最难的学术科目当然是数学，他很难理解数学语言，于是便很难理解那一个个问题，让这个科目显得非常的恐怖。

我们必须尽快找到一个方法来证明丹尔是可以适应当地的小学的，因为时间已经不多了。

14

恰当的敬意

1997年10月，在期中休息的时候，丹尔上了一个星期的美术兴趣班，他的戏剧老师玛格丽特告诉我这个过程很成功。他喜欢那些不同的活动，很显然，丹尔与其他正常的小孩相处得很不错。

一天我在等他下课的时候，看见一张有关公文式数学教育的海报，上面说周一到周五放学后会有相关辅导班。我慢慢地读下去，发现这个项目很适合丹尔。他们采用的是点滴式教学，针对各种年龄层的孩子。很多人加入都是因为学校课程太难，让他们失去了信心。这个教程跟国家规定课程同步，由各个老师按照每个学生的具体需要和能力作相关的调整，让他们按照自己的脚步循序渐进。他们在课堂上都是独立学习，所以没有互相追赶的压力。

我感到很激动，这仿佛是为丹尔量身定做的。我跟其中的一位戈登老师见了面，决定让丹尔参加这个项目。戈登评估了丹尔的情况，确定了他开始的级别。丹尔很快适应了那里的老师和课程。那是一个理想的、没有威胁的环境，让丹尔可以选择自己的步伐。他尤其喜欢那个激励机制。在戈登老师耐心的帮助下，在接下来的三年，丹尔都坚持去那里上课。

参加了这个新课程和其他的活动后，丹尔的自信心猛增。我深深觉得我们在接下来为丹尔争取全日制主流学校教育的战斗中有了武器。

从亨利发声到现在已经过去整整三年了，我们一直试图慢慢地让丹尔摆脱这一声音。虽然能力有限，但他已经逐渐习惯与人交流了。我们鼓励他理解亨利的非语言信号和表情，就像你所知道的狗常做的一样。"丹尔，快看亨利的尾巴，"我们会说，"他见到你很高兴呢。"就这样，亨利最终也开始帮助丹尔学会了捉迷藏。在丹尔藏身的时候，我们会给他说："别出声，不然亨利会用他灵敏的鼻子嗅出你在哪儿的。"知道亨利可以闻到他，他必须找不同的地方藏起来，而且不再说"我在这儿呢"。可是亨利的狗鼻子是这么灵敏，导致有一天丹尔跑来跟我抱怨："妈妈，狗的鼻子这么灵敏，真是不公平。"

通过逐步地控制着对话，减少亨利的部分，我跟杰米在与丹尔交流时，亨利的部分只剩下只言片语。最后，终于有一天，亨利跟其他金毛猎犬一样不再说话了。

虽然丹尔已经进步不少，而且跟我们说话了，他的生活还是因为没有真正的朋友而显得异常空虚。除了他的亨利，没有人跟他一起玩。无论他学到了多少知识，如果没有朋友分享，这些都会显得没有任何意义。幸好，我们为他买的"刺猬索尼克"开始有效果，丹尔慢慢地为学校的同学所接受。

大概在这个时候，一个叫赖安的可爱、安静的9岁小男孩来到了圣安多尼学校他们这个班。赖安有疑似自闭症的交流沟通障碍，虽然他的各方面能力都不错，语言能力也很强，但就是不会用。知道赖安会有适应的困难，老师让丹尔成为他的顾问。随着时间的流逝，这两个安静的孩子逐渐成了最好的朋友。

我们曾经以为丹尔要交到一个真正意义上的朋友起码得在几年以后，但高兴的是，除了赖安以外，一个偶然的机会又丰富了丹尔的社交圈。

有时候，我们会选一种新牌子的狗食给亨利吃，瓦尔会给我们整一大袋子。我们会一起去她那里取，趁这个机会看看她那里的其他一些狗。有这么一次，丹尔跟瓦尔的妈妈希娜大聊起了"刺猬索尼克"。希娜想起自己唯一的孙子罗伯特也是9岁，也很痴迷于"索尼克"。她知道丹尔在家没朋友跟他一起玩，就对他说："让罗伯特来跟你一起玩索尼克，你说好吗？"

单单听到索尼克三个字，就足以让丹尔快速地回答："好啊。"

不久以后，我们就让罗伯特来我们家待了一小会儿，结果很是成功，让我们长呼了一口气。我们对罗伯特说让他负责一切，虽然丹尔不说话，但他会听取罗伯特的建议，跟他一起玩得很好。很快，周日便成了罗伯特日。他会在吃完午饭后来我们家，直到喝完下午茶。罗伯特很有耐心，也很理解丹尔经常性的怪异的举动和反应。

当罗伯特问我们丹尔到底怎么了的时候，我们解释说他语言空白，正在学着像罗伯特一样正常地说话。我们觉得自闭症这个概念会让他难以理解，可能吓跑他。罗伯特对我们的回答很是满意，常常会指出丹尔说错的词语，并帮他纠正。而丹尔也愿意接受。这很有可能是因为罗伯特是他的同龄人，丹尔自身也有跟同龄人互相适应的需求。

罗伯特是丹尔最早的朋友之一，他们俩除了"刺猬索尼克"以外，还有另外一个共同点：罗伯特也是狗的主人。他的狗是一只名叫米基的西施犬，不是金毛猎犬。可是他每次去瓦尔那里，都会被金毛猎犬所包围，因此就能走进金毛猎犬的世界（我们开玩笑地这么叫）。罗伯特不会带米基来我家，但他们玩游戏的时候，亨利总是会跟他们一起在屋子里。我们很高兴丹尔已经有了三个好朋友，当然包括亨利。

有赖安在学校陪同，有罗伯特在家做他的楷模，丹尔的沟通和自信心有了显著的提高。我们常常带罗伯特一起出去吃晚饭，算是答谢他对丹尔的耐心与忠诚。我们会去不同的餐厅和地方，两个小男孩玩得很开心。丹尔也开始进入另外一个社交天地。

随着丹尔每个方面的进步，我们认为应该再次尝试解决我不孕的问题。我们又去看了格拉斯家纳菲尔德医院的叶慈医生，决定尝试一下人工授精以及诱导排卵方法。这意味着通过注射激素，进行三次循环，诱导我的卵巢制造健康的卵子。待二至三个卵泡出现时，医生会对我进行血液的激素分析和内部扫描，在卵泡成熟时，把杰米的已经经过洗涤处理挑选后的精子注入我的生殖道内，提高妊娠率。

整个过程跟之前IVF的都差不多，我每天需要吃与上次相同的药。虽然我意志坚定，进行了许多血样检查和内部超频率检查，但三次尝试都失败了。我很绝望。在经历了精神和感情上的双重炼狱后，我所得到的结果却是：我能再次受孕可能是另一堵无法穿越的墙，就像丹尔的自闭症，只是这堵墙我们有可能永远也穿不过。

丹尔的生活慢慢稳定后，想要另外一个孩子的愿望吞噬着我。除了自身的空虚感和失落感，我实在是无法想象丹尔孤零零的一个人。所以即便是成功的希望非常渺茫，我还是决定接受各种治疗不育的治疗，即便是倾家荡产。杰米很支持我。直到确定完全不可能之前，我绝对不会放弃。

在丹尔上课、杰米上班的日子里，我变成了隐遁者，孤独地做着任何有可能增加机会的尝试。就像在怀上丹尔前我做的那样，我开始摄入任何有可能有帮助的维生素和矿物质，甚至放弃了社交生活，一个人跟亨利待在家里。

杰米会在几个特别的晚上，跟朋友一起出去喝酒，虽然也知道过度饮酒会影响他的生育能力。但是"知道"和"遵循"并非同一回事。有几次，杰米和他的酒友约翰·特纳喝得酩酊大醉，他们还会在回家时再要一瓶啤酒，约翰常叫丹尔也参与到他们的酒后放纵，包括天马行空的吉他表演和吵闹的摇滚。虽然丹尔不明白醉酒这个概念，但是他知道约翰性格的变化，并且觉得非常有趣，会愿意做一切约翰叫他做的事情，不管有多傻。约翰的热情和活泼使得在每次聚会的时候，他是我们当中唯一一个能够把丹尔也拉到聚会气氛中来，与我们一起跳舞或者玩游戏的人。

另外一个"杰米帮"里面的人——乔治，他的出现也对丹尔的生活起了至关重要的作用。为了让我有更多空间，杰米常带丹尔去看乔治和他的福特车（我们婚礼上的坐骑）。乔治会让丹尔坐在车里带着他兜一圈，让他也帮忙给车加油。丹尔很喜欢跟他一起做这些事情。

乔治是卫生理事会的机械工，他常会带着丹尔去看他修理救护车的车库，给他展示制动机和其他一些工具。丹尔对救护车住的地方非常感兴趣，也很惊喜地发现乔治是修理它们的人。这个可能在很多人看来都不算什么，但对丹尔和我们来说却是一种馈赠。救护车的车库离我们家不远，就在杰斯林路上。很多次看到乔治修好车后试开时，丹尔都会突然欢呼："妈妈，快看，乔治在开救护车呢。"在跟乔治待在一起的时间里，他不仅学会跟一个成年人一起相处，而且还把他对交通工具的爱好现实化了。最重要的是，这是他第一次用名字叫出我们家的一个朋友，而不是像平常一样把他们当作没有生命的物体。

不可否认，当时有这么多朋友们帮我们，我们是幸福的。现在仍能跟他们保持着好朋友关系，是我们的幸运。

1998年6月，在多次人工受孕失败后，我开始尝试IVF，即试管授精。6月13日，丹尔过他10岁生日的时候，我正处于这个治疗和注射引发的极度紧张中，于是没能为他办生日聚会。他也不是很难搞定。在罗伯特来以后，他们很快就投入了新游戏中，像往常一样由亨利陪着。在这之后，我们便带他们去了一家高档的餐厅吃饭，虽然我清楚长期下去会有怎样的结果。我们常常带他们去吃很贵的餐厅，让他们吃任何自己想要吃的东西，显然宠坏了他们的味蕾，只对类似于炸斑节虾、鱼排之类的昂贵食物感兴趣了。

跟这些日子的快乐形成鲜明对比的是母亲每况愈下的身体。她从42岁起，就开始跟乳腺癌作斗争，很不幸没能在当时得到先进的医疗支持和帮助。但她的斗争精神给了其他人鼓舞，也在她跟丹尔的相处中起到了极其关键的作用。因为得了动脉粥样硬化闭塞症，她做了一个危险的颈动脉血管移植手术。手术很成功，但是其导致了体重减轻和整体身体素质的下降。虽然已经足不出户，但她的病情还算比较稳定，这也是为什么我决定进行IVF治疗的原因。

随着提取卵子那个大日子的临近，我的压力与日俱增。但是等我的麻醉散了，一切都结束以后，医生告诉我已成功制造了十颗好卵子，这让我安心不少。这些卵子将跟杰米的精子一起放在试管，接受严密的监视，有可能发展成胚胎。我的心情顿时好了很多，能够取出好质量的卵子这已经是一个很好的结果。接下来，杰米和我需要做的便是一个长达24小时的等待，等他们打电话通知几颗胚胎成功形成了。

一个不眠之夜过后，我目送杰米和丹尔离开。这时，电话铃响了。我接起来后，打电话来的那个护士很快就听出了我的声音："诺拉，我很抱歉得通知你这个坏消息，"她听起来越来越不安，"我们也不知道为什么，所有的过程都是按照流程走的，但是现在没有胚胎形成。"她试着鼓励我，为我们安排了跟那个咨询医生的再次见面，讨论究竟是哪个环节出了问题。"

我震惊地放下电话，放声大哭，不敢面临又一次的失败。我所经历的这些煎熬已经没有任何意义。尽管原因不同，我却感受到了跟我发现丹尔得了自闭症以后同样的失落和悲痛。那天晚上，在安顿丹尔睡觉以后，杰米紧紧地抱住我，尽最大努力安慰我。我发誓自己会像对待其他挫折一样看待这一次——我不会放弃。

虽然杰米也对所发生的一切感到很失望，但他却开始担心我的身体是否能够经受得住。我哀求他同意再试最后一次。

"如果咨询师觉得可以的话，"我跟他说，"我们可以试试卵浆内单精子注射授精（ICSI）。"这也是一种试管受精，跟IVF相似，但是更先进，是用一只微小的注射器将单个"高质"精子注射到卵子内授精而发育成胚胎。我非常希望能有这么一个选择，因为尽管我没有任何问题地怀上了丹尔，医生们仍是给出肯定的原因来解释我为什么会二次不孕。他们给出了多种不同的理论支持，但到最后也只有一个结论：卵浆内单精子注射授精是最后的办法。如果我们没能达到这个过程所要求的，我有另外一个孩子的可能性就是零了。

妈妈的身体仍旧是一个大问题，但是那个我工作时认识的护理护士给予最大的帮助，确保用所有可能有的设备和支持来让母亲舒服些。母亲才67岁，很勇敢地面对着自己生活的变化，有时甚至忍着剧痛谈笑风生。她和乔治都对我同事的照顾非常满意，尽量不给我们带来任何额外的压力。

在知道妈妈和爸爸有了良好的照应后，我放心地跟杰米一起去医院看那个咨询师，了解这次试管授精失败的原因。他表示出极大的同情，但还是告诉我们，杰米的精子虽然看起来很多很健康，但是却没有足够的力量跟卵子相结合。然后他说了我期盼说的话："我认为你们可以试一下卵浆内单精子注射授精。"

他解释说，跟试管受精一样，卵浆内单精子注射授精也没有任何保障，甚至有更大的失败可能。事实上，三分之二的卵浆内单精子注射授精都失败了，因为这过程要求如此精密，精子很有可能在过程中受到损坏，或者这些被选择的不一定就是最好的。

在咨询师的建议下，我们准备在我从眼下的药物效应和心灵的煎熬中调整过来后再进行尝试。于是在1998年9月，丹尔上圣安多尼学校五年级，妈妈的身体状况保持稳定时，我们开始卵浆内单精子注射授精的过程。杰米和我发誓不告诉任何人。不是害怕别人会不支持，只是单就失望和压力本身，就已经超出了我们的承受范围。在别人不知情的情况下，悲痛的过程会显得稍微容易接受些。

与往常一样，我按部就班，只是这次伴随着极其难受的腹部胀痛。我极度盼望着他们取卵子的那天，因为胀痛和不适感让人无法忍受。现在，我的身体也已经到了极限，开始有药物引起的绝经症状。

在取卵的前一天，我在准备去医院的时候，电话铃响了，坏消息传来：妈妈病危住进了格拉斯哥西部医院。她的肾功能衰竭，情况很不妙。我强忍着痛苦打电话给杰米。他很快赶了回来，我们带着爸爸一起去看她。丹尔也去了，虽然他对麦琪外婆病危这一概念一无所知，他还是很开心地跟她交谈起来。尽管妈妈很虚弱，仍旧努力着回答他。

护士告诉我说，妈妈现在除了肾功能衰竭，还伴随着乳腺癌的复发。我跟她们解释自己现在的状况，然后回家告诉其他人关于妈妈的病情。

第二天，也就是1998年10月5日星期一，在又一阵全身麻醉散去之后，我被告知自己的卵巢制造了20个卵子，13个状态很好，可以跟单个精子结合。于是我们又开始了二十四个小时的煎熬。由于大量卵子的生成，我感到很不适，有轻微的药物过激反应。鉴于我现在的身体状况，医生告诉我决定先冷冻所有可能产生的胚胎。下午晚些时候，工作人员就让我回家了。尽管身体很不舒服，我还是让杰米带我去见妈妈，因为现在她真的很需要我在她身边。

妈妈看上去还是很开心，尽管身体很虚弱。我告诉她我经历的这一切，让她知道丹尔很有可能会有一个弟弟或者妹妹，她很有可能又会成为外婆。她要面对的挑战是如此之大，我只想告诉一个可以让她坚持下去的好消息。

可怜的妈妈由于抽血，手臂到处都是瘀青。因为危急的身体状态，她不得不接受其他一系列的检查。她很反感，我觉得有可能是因为清楚这些都将无济于事的关系。让我们惊讶的是，她要求医生跟她说有关病情的消息，哀求道："求你了，诺拉，别让他们再做这些化验了。我已经受够了。我想要安静地离开。"

我艰难地允诺，她的要求会被满足，告诉她，我会与姐姐琳达还有爸爸一起在明早来看她。她感觉很冷，我把毯子给她盖好，跟她吻别。

"别担心，妈妈，"我轻声告诉她。"我答应您明天就会有一个属于您的小房间和所有需要的东西。"

看着她安祥地睡去，我告诉护士，如果情况恶化，马上给我和我的家人打电话，我们会立刻赶到。

回到家，我感到极度地不舒服，电话铃的响声也让我无法忍受。我静不下来，尝试着看电视分神。我带着身体的疲倦和精神的警觉，试图去睡觉，可是就是辗转反侧，看着墙上的闹钟一分一秒地过去。

最后，我背对闹钟，决定让自己睡一会儿。接着电话响了起来，我的心咯噔了一下。我知道这是医院打来的，但是却对接到的消息没有任何准备。

"加德纳太太，真的很抱歉，是您的母亲。她想要些止痛剂，但是等护士回来看她的时候，她已经过世了。"

强忍住震惊，我告诉她我们仍旧会按计划在第二天早上去医院，但是却是去整理妈妈的遗物。我感到很冷很麻木，为自己没能在那里陪她而悲痛万分。但是我想，在注射了止痛剂后，妈妈的痛苦少了一些，她一定走得很安详。我现在能为她做的是确保她不会有任何尸体解剖。我跟琳达和爸爸说了这事，得到了他们的同意。在我们为她准备葬礼的时候，她应该独自安静地躺着，不受打扰。

第二天，又是一个不眠之夜之后，我很早就起身去见妈妈和琳达，做必要的安排。因为我不知道自己会需要多少时间，杰米在家跟亨利待在一起，丹尔被送去上课。我答应自己会打电话问他卵浆内单精子注射授精的结果。我的大脑因为痛失妈妈的悲哀和对自己是否有胚胎的紧张而开始悸动。我觉得自己就像被抽空心的导管。

因为妈妈来自于一个天主教家庭，我们在离她所在的殡仪馆50米左右的圣帕特里克大教堂为她举行了一个弥撒。

在我后来给杰米打电话急切想知道卵浆内单精子注射授精结果的时候，他不在家。一个忙碌的早晨过后，我邀请爸爸和琳达上楼喝杯茶休息一会儿，缓解一下紧张和压力。爸爸正处在极度的悲哀中，我知道这时他极度需要我们的关怀。

杰米仍旧不见踪影，但我很快发现壁炉上的壁炉架上没有了以前放在那里的钟和其他摆设，而是按顺序排列了八辆托马斯小火车火车。我开始很奇怪，杰米到底在想什么，但很快豁然开朗。他是想要通过这个告诉我结果：一辆火车代表一个胚胎。爸爸和琳达不相信，因为丹尔经常把火车放在屋子里奇怪的位置上，但我知道那是杰米在给我传达讯息。

不一会儿，杰米带着亨利回来了。"我不想给你写便条，"他解释道，"但是我认为你会知道那些火车的含义。"

只有这个消息以及杰米告诉我的方式让我在此刻有了一丝笑容。

我仍是哀伤于妈妈的去世，但是至少现在在这一阵阵的痛苦中有了一丝新的希望。另外一个伤脑筋的问题就是怎么告诉丹尔对他如此重要的外婆已经去世了。那天晚上，我们确定丹尔已经察觉到了一些异常，杰米决定把事实告诉他，以他所能明白的方式。

把丹尔拉到他身边后，杰米开始说："丹尔，外婆很痛，医院的药和米奇药膏都没有用，因为她实在太痛了。"丹尔安静地坐着，听他继续："所以她得去天上一个舒服的地方，叫作天堂。我们再也看不到他了。这是我们这么伤心的原因，因为我们很爱麦琪外婆。"

丹尔仍旧保持着肃静，但开始偎依在杰米身边。杰米吻了他的额头。不一会儿，杰米安静地离开，让他自己一个人待会儿，但时不时去他房间看他，发现他一直都在地上玩着他的火车。

第二天，我决定带丹尔去镇里，让他跟我一起买花圈。我想要妈妈得到最好的安排，于是去了我最喜欢的那家花店，即使那里的价格很贵。我让丹尔从一本大目录中选择。我们一次翻一页。我不在乎丹尔选的是什么，有多贵，只想让他完全参与到这个过程中来，让他意识到究竟发生了什么。杰米和我跟他解释说麦琪外婆会躺在一张特殊的床上去天堂，所有这些花都会伴随她，给她快乐。

翻着这本大目录的时候，我看见一只维尼熊形状的花圈。丹尔似乎有点兴趣，于是我问他："丹尔，你想让麦琪外婆带着这些泰迪花去天堂吗？"

他的答案让我吃惊。"不，"他说，"我会给她托马斯小火车。"我试着向他解释，这儿没有火车花圈，但是他仍旧坚持，"不，托马斯小火车，托马斯小火车花。"

知道托马斯小火车对丹尔的重要，明白这对他而言是送给外婆的最后一个礼物，我问那个养花者她能否做个像托马斯小火车的花圈出来。不出所料，她说不能。

我离开花店给杰米打电话。他也认为，如果这能帮到丹尔，我们就应该试着找到他想要的东西。而我们自己总是可以有另一个安排。所以我花了整个下午的时间走遍了格林诺克所有的花店，而且打电话给其他地方的，甚至是格拉斯哥，但是却一无所获。我为丹尔感到失望，因为他是这么开心可以将托马斯小火车花送给外婆，可是我却没能帮他做到。

在走回车的路上，我们经过了公交车站旁边的一排小店，来到一个卖水果、蔬菜和鲜花的店铺。这是家不错的小店，只是我不常来，那里的花也不像是我们想要的。随便问问也无妨。我们走了进去，跟里面令人愉快的老板解释了我的困境。他说："之前做过吉他和动物，但是没做过火车。"

我兴奋极了，几乎不敢相信自己的耳朵："如果我给您一张图，您能尽可能接近地做一个出来吗？"

他说他会尽力，但因为要做些花，这个过程会很消耗时间，所以会很贵。

"如果您能做到，"我说道，"我愿意花重金买下它。"

在妈妈葬礼的前一天，那个和善的老板便来到我们家，把他的成果送来。他说得没错，那是一个很大的花圈，但绝对是一个托马斯小火车花圈。价钱是120英镑，但是为了丹尔，花多少钱都值。我答谢了我的恩人，在送走他后，端详起了那个花圈。它可能不是我原本计划要给妈妈的，但是却满足了丹尔的要求。

在丹尔放学回家后，那个火车花圈正放在餐桌上，丹尔立即跑过去，高兴得上下乱蹦："托马斯小火车花。送给麦琪外婆的托马斯小火车。"

听到这话，我们都松了一个气，丹尔从来不愿意跟托马斯小火车分开，于是我们担心这次他也会要求把花圈留着。我们跟他解释要把托马斯小火车带到麦琪外婆的身边去，这样她就可以在第二天早上带着它们一起去天堂。丹尔很镇定地接受了，于是我们准备出门。

我锁门的时候，杰米把花圈放到车里。我跟亨利一起转身，震惊地呆住了。看着丹尔，我的眼泪再一次喷涌而出。他正跟着杰米走，两手臂都打弯成《星光特快车》里面的主人公那样，满意地以一个固定的节奏哼着："扑——扑——。托马斯小火车要带奶奶去天堂。我们再也看不见她了。扑——扑——。"在杰米把那个花圈安置好后，他仍旧继续着。我们出发了，杰米和我都被刚才的那一幕感动了。

我已经把详细的情况跟殡仪馆的人说了。到那儿之后，我们拍了一张丹尔坐在花圈上边的照片。然后我告诉他，该把花送给躺在大门后的床上的麦琪外婆了。杰米把花圈拿了进去，放在她棺材旁边的地上。在一丝紧张和犹豫后，丹尔小心翼翼地牵着我的手走到门边，摇手道："再见，再见，麦琪外婆。托马斯小火车会'扑'的一声把您送到天堂去的。"

15

奇迹

母亲葬礼后的几天对我们来说是艰难的。我失去这么好的一位母亲，丹尔失去这么好的外婆，真叫人难以接受。我们最担心的是母亲的过世会给丹尔带来什么样的影响，但现在回想起来，丹尔在献完花圈后很快就变回了那个快乐的他。尽管他失去了外婆，但他还有亨利，如果没有亨利的陪伴，我想丹尔肯定无所适从了。

我们把丹尔带去母亲的墓地，希望以此让他相信他的外婆确实已经去天堂。可能是托马斯小火车花圈的独特性打动了那些挖墓的工人，他们把花圈完好无损地放在坟墓正上面，朋友送的其他礼品放在花圈周围，母亲的坟墓看起来就像一床华丽的花棉被。

我们告诉丹尔这个墓地就是外婆在天堂睡觉的地方，夜幕降临的时候，外婆的灵魂就会带着这些花飞到天堂。对于人如何变成鬼，丹尔有自己的一套理解方式，因为在他最喜欢的一部卡通片《托马斯小火车》中，有过这些镜头。我们还跟他解释，外婆的情况跟他看到的不一样，外婆的灵魂会和那些花一样，永远呆在天堂。丹尔勉强地表示接受，我和杰米不知道他是否真的理解了。当我牵着他的手走向车子的时候，我听到他可爱地说："再见，外婆，托马斯小火车会陪您一起去天堂的。"我放开他的手，他开始模仿托马斯小火车开火车的动作，嘴里还哼着那支小曲。

几周后，我去母亲的墓地拜祭，发现由于天气原因花圈都被清理走了。我和杰米趁机把丹尔带到墓前，告诉他在托马斯小火车的带领下，外婆已经到达天堂了。和我们一样，丹尔也静静地站在那儿，每个人心里都因为母亲的离去感慨万分。

现在，丹尔已经是一个全面发展的十岁少年了，他在校内校外的表现不断进步。他无法和圣安东尼的孩子们正常交往是我们主要的担忧，可喜的是他现在已经和罗伯特成了好朋友。罗伯特几乎每个周末都会来找丹尔玩，他们两一起光玩世嘉游戏机就能好几个小时。正在我担心他们在一起玩得太单调的时候，罗伯特开始带丹尔参加其他活动，室内室外的都有，每次打橄榄球的时候，亨利也会热情地加入。

生活终于恢复平静，在母亲去世几周后，我第一次敢于面对自己的卵浆内单精子注射授精（俗称"第二代试管婴儿"）治疗了。在正常的生理周期里，四个胚胎解冻了，这是一个非常大的障碍，因为胚胎有可能在这个过程中死去。结果还不错，医院通知我们还有两个胚胎是完好的。带着期待和焦急的心情，我们马上开车前往格拉斯高皇家医院接受胚胎培植手术。术后，我们唯一能做的就是等待。过了两周，我们又来到医院接受检查，医生取样后，让我们在实验室外面等候。不一会，护士出来了，小心翼翼地告诉我们胚胎培植失败。

这对我来说真的打击很大，因为以前怀上丹尔的时候，我相信如果我体内有真的胚胎，那一切都会正常的。我真的希望这次可以成功，不仅是为了我们这个家，更是为了我死去的母亲。我还想给沉浸在悲痛中的父亲带来一点希望。尽管卵浆内单精子注射授精治疗在很多夫妻看来，对身心来说都是一种折磨，但我和杰米觉得我们已经经历过太多很多别人无法承受也无法理解的遭遇，所以，我们决定如果这次能成功受孕顺利分娩，我们就会把剩下的胚胎捐给别的需要的夫妻。当然，我们首先还是得通知咨询师丹尔目前的情况。

我们决定不让丹尔知道我们想通过不孕不育治疗再生一个小孩的打算，因为如果不成功的话，还会给他带来不必要的伤害；而如果成功了，我们也得做好充分的准备让他能适应生活的改变。

同时，为了安慰自己，我常常想还有四个胚胎可以用。

杰米从1990年开始就在金桥东的摩托罗拉设计中心上班了，在过去的一年里，他常常因工作原因去德州奥斯汀出差。1999年1月，他将在那边待三个星期。丹尔已经习惯爸爸不在身边了，杰米为了弥补他，在出差前总会多抽些时间陪他，比如他在地图上给丹尔比比划划，告诉丹尔他要去的地方离家有多远。

丹尔每天都在数着爸爸回来的日子，而每次杰米回来的时候，丹尔就像过了一个圣诞节，因为杰米会给他买好多在英国买不到的毛绒玩具和益智玩具。为了表示对罗伯特的感谢，杰米也会送给他同样的礼物。不用说，没过多久，丹尔和罗伯特又会向杰米提要求，告诉他下次出差时应该买哪些礼物。

为了在杰米不在的时候给丹尔找些事做，吉米爷爷开始用干木柴造一辆亨利火车。以前杰米出差的时候，爷爷就造过托马斯小火车火车，但这次丹尔也想参与其中，于是，他们俩就在吉米的古董屋里忙活了起来。丹尔真是全力以赴，他每天晚上都会在电话里向杰米汇报进度。火车的质量非常好，丹尔现在还把它们摆在房间里，火车旁边是一张我抓拍到的照片——亨利狗躺在亨利火车的旁边。

在接下来解冻的四个胚胎里，又只存活了两个。我要去接受胚胎移植手术的那天刚好是杰米又要去德州出差的那天。我给好朋友罗林和布莱恩打了电话，他们答应开车送我去格拉斯高医院，于是杰米的出差计划照常进行。

布莱恩很看好这次移植手术，这让我心情轻松了很多。我们一路上爆笑不断，因为医院好些员工都把他当作我丈夫。有一个护士见我一个人躺在手术室接受移植而他却若无其事地坐在那，就想把他拉过来陪我。为了表示他不是无所事事，他利用自己乐天派的个性安慰在手术室外焦急地等待着的其他男人。

接下来又是两周的等待，抽样检查，等待结果，虽然对过程熟悉得已经不能再熟悉，我还是很担心。我难受地站在那里，胡思乱想着……不一会，护士进来了，兴奋地对我说："诺拉，快坐下，好消息好消息，恭喜你，你怀孕了！"

我不敢相信刚听到的话。心跳到了嗓子眼，我让她重复了一遍那句我以为永远都听不到的话。她真的重复了一遍，我泪流满面，对她千恩万谢，好像这一切都是她的功劳。那种喜悦是无法用语言来表达的，听到消息后的每一分钟我都觉得自己无比幸福。

我迫不及待地想把这个好消息告诉杰米，可还是等他晚上从德州打电话回来。我自豪地向他宣布，当他在千里之外的时候，我被认为和朋友的老公怀孕了！在后来的几周里，我们和罗琳及布莱恩之间没有因此带来尴尬。

当我怀孕八个月时，杰米带我去南菲尔德去做一个常规检查。但结果却是不同寻常：检查显示我怀的是双胞胎。在遭遇了这一切之后，我们感到比中了彩票还开心——再多的钱也不会带给我们如此大的快乐。

几周之后，我开始出血，不是几滴几滴地出，而是极不正常的大出血。虽然助产士告诉我这个有时也会发生的，我还是感到不安，这种不安跟丹尔出生那天的感觉一模一样，内心深处有一个声音仿佛在告诉我这次来之不易的怀孕又要半路流产了。

但既然还有一线希望，我就得努力争取。接下来的一周我尽量保持稳定的情绪，做一切可能的事情来阻止噩梦的发生。我完全按照医生的建议来做，保持足够的床上休息时间，但还是没有止住出血。杰米再次把我带到南菲尔德医院，护士和咨询师都对我表示极大的同情，因为他们将把超声波探针插入到我子宫里面去做检测。探针在里面搜了一遍又一遍，但一无所获，我已经没有勇气去看检测仪显示屏。子宫里面没有心跳，只有一团黑色的遗留物。

最后医生的结论是，由于大量出血以及怀孕残留物导致的感染，我必须接受一个外科手术才能安全脱险。为了尽快让我摆脱这种精神折磨，咨询师马上给我在格拉斯高皇家医院安排了一个手术。我将再一次接受麻醉剂注射，只是这次不用担心伤着孩子了。

我永远都不会忘记这次经历：我又来到了这家医院，我正是在这接受了胚胎移植手术，拼死拼活想要它们在我体内成长；现在我又来到这家医院，却是要把它们从我体内除掉。医院的护士非常耐心，但她们也知道该让我一个人静一静。

这一次，我已经麻木了，欲哭无泪。我始终沉默不语，但此时无声胜有声，他们都知道我只想这一切快点结束。我从来没有这么悲痛过，我不禁又想起了好几年前和我遭遇相同的那个年轻的妈妈。唯一支撑我的是杰米那坚定的信念，他和我一样不愿放弃。我至少还是怀孕了，这给了我继续前行的力量。

1999年4月，杰米在利芬斯通找到了一份新工作，离我们住的地方150公里左右。他别无选择，因为以前工作的单位整个都搬到德州去了。公司同意我们全家都搬到那边去，但我们觉得丹尔的生活质量已经改善了这么多，如果就这样搬到德州，他会一下子难以适应，肯定会退后几年。总之不值得我们去冒这个险。

就在这段时间，我参加了圣安东尼丹尔那个部门的家长会。老师对丹尔的评价让我备受鼓舞，说他在校内校外的一切活动中都进步不小。但当我跟老师交谈的时候，才惊慌地发现丹尔升初中的可能性很小。尽管老师已经努力在帮他弥补差距，但他的水平还是不够资格去上中学。

我问老师那丹尔的初中教育该怎么办，她建议我们送他去格林诺克的格勒布恩学校。她说她理解我的心情，但这是没办法的事。格勒布恩是一所专门接收五到十六岁身体或智力有缺陷的学生的特殊教育学校。我极不希望我儿子在这种环境下接受教育，他可能永远没有机会和正常小孩接触，而这些小孩才能让他学到东西。

我记得我跟老师提过，我不明白为什么丹尔可以跟社区小孩玩得很好，但在学校就不行了。丹尔的小学生活只剩两年了。散会以后我在想，除非我们采取非常有效的措施让他尽快适应正常的教育环境，不然他就只能去那所特殊中学了。我回到家时惊慌失措，赶紧把情况告诉了杰米。

我们想了很多办法，有一点可以肯定的是如果丹尔继续留在圣安东尼，他永远都学不会如何与人交往。我们得出一个结论，他之所以能在校外活动中取得成功，是因为这些活动是在社区进行的，而参与活动的小孩他都是认识的。另一个原因是圣安东尼的班级和我们社区学校相比大得多。我们还担心如果他继续留在圣安东尼，他会一直被当作一个患有自闭症的学生来看待，这样老师就会安排他参加一些低于他接受能力的一些活动。这本身就会给丹尔带来反作用，我们还感觉如果把他转去格勒布恩，情况一点也不会好转。是时候让丹尔前行了。

我们比以前任何时候都更坚定，开始为丹尔寻找其他出路。我们也意识到丹尔已开始越来越清楚地看到他和别人的不同。有一次我们带亨利出去遛弯，经过了离我们家仅五分钟路程之远的奥弗顿小学，丹尔问我："妈妈，那是什么地方啊？"

"那是一所学校，我们社区的小孩都在那上学。"我告诉他。

"那我为什么不能去那儿呢？"丹尔马上问道。

那时，有一个很可爱的叫弗拉瑟的男孩住在我们对面，他有时会来我家找丹尔玩。丹尔想起了他的朋友，接着问："弗拉瑟是不是就在这儿上学啊？"

我又给他解释了一番，然后感觉到丹尔想和弗拉瑟一样的强烈的愿望。"你想和弗拉瑟一起去上学吗？"我问他。

"是啊，那就太好了。我喜欢他。"

不可否认，我问到了丹尔的心坎上。接下来我开始想怎么才能实现他的愿望。我和杰米很快得出结论，与其让事情就这样拖着，还不如让他去奥弗顿试试。在圣安东尼一位教育心理学家的帮助下，学校就丹尔的问题开了个小会。我们说出了我们的理由，但在场的每个人都认为我们的想法太冒险。当时暑假马上就要开始，校方决定下学期再作最后决定。

1999年5月底，就在丹尔的十一岁生日前，我们觉得关于丹尔转学的事我们暂时只能做到这样了，于是我们又想到了卵浆内单精子注射授精治疗。几次令我筋疲力尽的注射和麻醉之后，医生宣布有八个卵子可以接受注射。漫长的二十四小时后，医院通知我们，产生了两个有效的胚胎。我和杰米都知道这个结果意味着什么，于是我们十分坦诚地做了沟通。

这两个胚胎确实让我们兴奋不已，但以往的经历也告诉我们，最后成功的机率不大。雪上加霜的是，我只产下八个卵子的事实表明两年的不断地注射和手术已经快把我的身体摧垮。尽管做这个决定很艰难，我们还是同意如果这次尝试依旧以失败而告终，那我们也只能认命了。这期间给我们带来的精神和身体摧残不说，光花在不孕不育治疗上的钱就已经是一笔不小的数目。这整个过程固然让人难忘，但我们努力告诉自己，至少我们有丹尔了，跟某些夫妻相比，我们经历的困难也算不上什么。

带着忐忑不安和希望，我们开始像以前那样去医院检测成功几率，仅仅是怀孕的几率。杰米和往常一样出差去了，依旧是布莱恩开车送我去格拉斯高医院接受移植。两周以后，我们去医院提供样品，告诉医生这是我们最后的机会了。我没有勇气和杰米一起去医院听结果，那天早上我就让他一个人开车去了。我让自己做好了最坏的打算，结果肯定是阴性的。

杰米后来告诉我那是他开过的最长的三十公里。他走之前告诉我如果有好消息他一定马上给我打电话。他到医院后把样品给了护士去做检测，他就在那儿等着。

几分钟后，护士出来了，给了他一个大大的拥抱，"你最好现在就告诉诺拉这个好消息，"她说道，然后就把电话递给了他。

电话响了，我用颤抖的手拿起了听筒。"喂……"，我声音在颤抖。

电话那头传来长长的呼吸声，然后听到杰米说："我们成功了！我们真的成功了！"

我已说不出话来。我真的不敢相信我又怀孕了。

第二天，我们俩又去到医院，找到了咨询师。他知道我以前流过产，建议我服用一些荷尔蒙子宫托，加强子宫壁的厚度，为婴儿提供更好的发育环境。他还告诉了我一个调查结果，建议像我这种有过孕期出血历史的病人应该每天服用75毫克的阿司匹林肠溶片。他还建议我在分娩前一个月都应该坚持服用这些药。停止服用这些药是为了分娩后伤口更好地愈合。

八周后，我们到医院做第一次检查。让我们高兴的是，检测仪显示屏上的怀孕痕迹清晰可见——我又怀上了双胞胎。尽管以前发生了那么多的事情，我们依然感到自己是世界上最幸福的人。

要对这个消息守口如瓶可不容易，但我们还是只告诉了罗林和布莱恩，他们对情况从始至终都了如指掌。他们是那种不管发生什么事都会在一旁支持你的真正的好朋友。

杰米出差带来的一个好处就是他可以到处跑，于是我们决定让丹尔跟着他出去经历一次特殊的旅行，这样我在家也轻松一些。杰米听说在苏克萨斯的布鲁贝尔铁路站要上演《托马斯小火车和坦克》的展览，马上订了两张机票，准备带丹尔前往。家里只剩我和亨利了，我爸爸有时会过来，用他自己的话说，就是过来带亨利遛遛。

母亲去世后，我们总是非常小心地对待父亲，我也担负了母亲的责任，给父亲洗衣服，买东西等。父亲喜欢足球，杰米总会带他去看当地的重要比赛。为了不伤他自尊，杰米也会偶尔去父亲家里跟他一起喝几杯啤酒，看看电视里的比赛，父亲很喜欢招待客人。

杰米和丹尔走后，我终于有了一个人的空间，感到非常开心和满足。我不禁想到了未来，开始憧憬我肚子里的孩子。我们一直都想给孩子取名为丹尔和艾米，现在看来还得再取一个名字了。当我那天晚上泡在温暖而舒适的澡盆里时，我脑子里充满了各种遐想。

接着，我又开始出血了。

我一边尖叫，一边奔向电话机，声音变得连我自己都听不出来了。

"同样的事情又发生了！"我对罗林叫喊着，"跟上次一模一样。"

她说她马上就过来，然后我又给医院打了电话，医生建议我不要搬重物，多在床上休息。

我不想给杰米打电话告诉他这个坏消息，这样无济于事，只会破坏了他和丹尔的旅行，所以罗林一直陪着我。杰米第一次觉得事情不妙，是他和丹尔回来时在机场迎接他们的是罗林，而不是我和亨利。为了不让丹尔听到，罗林悄悄地告诉了他事情的真相。

几天卧床休养后，我已无多少信心，越来越感到担忧，伤口还没愈合，杰米又带我到医院做检查。检查刚开始，我已有不好的预感，但在探针搜寻了一会之后，咨询师找到了一线希望——有一个心脏跳动的声音。这意味着双胞胎中有一个不幸地流产了，但只要还有一个孩子幸存，一切的努力都是值得的。

我回到家，马上在舒适的床上躺了下来，就这样躺了三个星期，按照医生的嘱咐定时服用阿司匹林和使用子宫压定器。可怕的是，出血没有止住，只是不那么严重了。我坚信希望仍然存在，做好一切我能做的来保护这个胎儿。卧床休养的那些天，亨利一直在陪着我，就那样静静地躺在我身边。

在这期间，丹尔参加学校了话剧社的一个演出。我显然去不了，但杰米告诉我他那可是丹尔第一次和一群正常小孩一起，又唱又跳的。这是一部以六十年代为背景的话剧，丹尔扮演的是一个汽车销售员，他的经典台词就是："您喜欢什么样的车呢？"

那个夏天，丹尔又迎来了另一个帮助他的机会——艺术2000。由著名的艺术家皮特豪森和苏格兰艺术协会赞助在一个艺术工作室开设了周六艺术工作小组，欢迎和丹尔一样患有自闭症的儿童参加。这个项目的独特性在于苏格兰协会给各个年龄层和患有不同程度自闭症的儿童都提供具有针对性的专门培训。丹尔有幸参加了这一项目。最让人激动的是五个月后，他在格拉斯高现代艺术博物馆举办了一次儿童绘画作品展。

我们的周末总是排得非常满，周六要送丹尔去格拉斯高上绘画班，周日有罗伯特的到访。那时我出血的问题已经好得差不多了，但我在家里还是很少干活，于是偶尔就会把亨利留在家，让杰米或是我父亲与他陪伴，而我就和丹尔一起去艺术2000（现在又被叫做天才项目）。在丹尔训练的两个多小时里，我就在外面一边等他，一边和别的家长聊天。偶尔出门一趟让我感觉神清气爽，而且万一出现了什么意外，那里离格拉斯高的医院很近，也很方便。

丹尔在天才项目里如鱼得水。杰米又找了一份离家更近的工作，是因特尔在格拉斯高新建的一个设计中心，这使我们的生活又轻松了一些。感觉老天终于开始向我们垂青了。

在南方总医院申请到就诊卡后我很高兴，这是我接受培训成为一个助产士的地方，我希望能在这里生小孩。出血的问题几乎不存在了，我真的开始相信命运之神在保佑我们，我们的第二个孩子马上就要降临人世了。

8月的一个早晨，我怀孕已3个月，醒来之后发现自己躺在血泊里。我惊恐地尖叫起来，杰米也醒了，他马上给医生打电话，我依然血流不止。

意料之中，医生让我们马上叫救护车上医院去。我们等不及叫救护车了，杰米把我放在车后座躺下，然后向医院飞奔而去。到医院的时候血已经止住了，但我和咨询师都认为这样的大出血意味着胎儿存活的机会很渺茫了。在等待扫描结果时，我和杰米已经做好了最坏的打算。

放射线技师很热心，对我们充满了同情，我们预感到一切都完了，没有勇气去看照片将显示出来的我子宫内那一团黑色物质。探针在我子宫内搜寻的时候我始终不敢睁眼，但她突然停住了——好像有所发现。她下面的话让我们难以置信："看到那个小生命了吧？都是它在惹祸。"

我和杰米面面相觑，然后同时盯向显示器：一个胖乎乎的小宝贝正在它的小世界里欢快地跳舞呢。

"小家伙玩得正欢呀。"技师说。

我和杰米喜极而泣。这不仅是一个发育良好的胖乎乎的胎儿，我们在它的生存环境里也没有发现任何凝块，它不会再有任何危险了。应该是那个经验丰富的咨询师的方法拯救了我们的小宝贝，他建议我服用的那些阿司匹林和荷尔蒙子宫托还是起了不少作用。医院也搞不明白这次大出血的原因，可能是死掉的那个胎儿的残留吧。

奈斯密斯带了一些年轻的医生，他跟他们讲了我的故事。由于我失血过多，体内只剩一半的血量了，后来他建议，为了把风险降到最低，我最后只能采用剖腹产。他说胎儿能够存活已经是个奇迹了。

我不用再服那些药物了，但还是得继续躺在床上休息，不能再冒险干活。5个月不能出门对我来说真是一大挑战，但为了保住这个胎儿，让我做什么都可以。我们给丹尔的解释是我胃出现了点问题，这对他来说比较好接受，因为他自己肚子上还有因小时候做的腹部手术而留下的疤痕。

大家都来帮忙了。杰米的妈妈多罗西帮我购物，给我们做饭；罗琳和布莱恩也不时地来我家，他们还帮我们照顾亨利，带他出去遛弯；杰米主要帮着照顾丹尔。有这样好的亲人和朋友，真是我们前世修来的福。

为了让亨利出去透透气，杰米会带着他和亨利去兰德斯通湾的海滩上去划船。亨利从来没有游过泳，他被海浪追着跑回海滩时狼狈的样子让杰米和丹尔笑个不停。杰米带亨利出去并不是因为怕亨利吵到我，因为亨利似乎明白，我已经不是以前的我了，只要他在家，就会躺在我旁边的沙发上，静静地陪伴着我。他永远都是我们家忠诚大方的一员，总能在我们需要的时候扶我们一把。

暑假的那几月里，我们开始为丹尔转学做准备。尽管最终的方案还没有定下来，但有一点我们很清楚，那就是我们不会让我们的儿子继续在圣安东尼呆下去，也不会去格勒布恩。不是我们不尊重格勒布恩这所学校，我们只是觉得那儿不适合丹尔。

而对丹尔自己来说，他只是想和社区其他小孩一样。丹尔还是和弗拉瑟玩得不错，而且更让我们开心的是其他一些小孩现在也会上门来找他出去玩。我和杰米永远记得那个晚上发生的事情。

在我们的车库里有一辆放了好几年的旧自行车。丹尔从来没表现过对它的兴趣，我们也就没想起来要教他。那天晚上，他走向我们，说他想要那辆自行车，因为弗拉瑟和其他小孩都会骑车。杰米立马把那辆车推了出来，给轮胎打好气，正准备教他如何骑车，丹尔却出乎意料平静地宣布："不用了，爸爸，我知道怎么骑。"然后就骑着车找他的朋友去了。

他后来告诉我们，看到弗拉瑟和其他小孩骑车他很羡慕，他想和他们一样。我们真是想不明白，一般患有自闭症的孩子学东西都特别慢的，但丹尔小时候从爬到学会走路只花了两天的时间。

丹尔的暑假过得充实而快乐，因为他和社区的其他小孩已经没什么分别了。户外喧闹的游戏有时候不适合亨利，如果丹尔和他的朋友们在室内玩耍，那亨利一定会参与，并且会成为其中最受欢迎的一员。爸爸经常会过来带他出去遛遛，有时会用一根长绳把他拴在屋前，这样他能看到丹尔，丹尔也能看到他。有时候拴他一回还是必要的，不然孩子们在踢足球的话，他就会去搞破坏。如果有小孩向亨利走近，他会很兴奋地在他们身边打滚，让他们尽情地抚摸自己。

有个小女孩本来很怕狗的，但亨利却是个例外。她非常喜欢和亨利玩，但依然害怕其他狗。这可能是因为亨利好像明白小孩不喜欢狗往他们身上扑，所以每当小孩接近他时，他就会乖乖地躺下来，任凭他们怎么蹂躏它。在德瑟林街道，亨利可谓是个明星。

丹尔的绘画水平进步相当快，不久我又发现格拉斯高艺术学校开设有针对儿童的7天培训班。于是，在和校长及老师商量之后，丹尔被录取了，顺利地完成了一周的绘画和雕刻课程。老师认为他很有天分，还夸奖他和班里其他孩子都相处很好。

这更加坚定了我们要把丹尔送去他的暑假玩伴都去的那所学校上学的决心。我和杰米给丹尔的教育心理学家写了封信，告诉他我们想把丹尔转到奥弗顿去上学，校方很快就召集了一次会议。反复讨论和辩论之后，结果令人满意：校方同意十月份假期后，让丹尔先试着每周去奥弗顿一天，到新年的时候看看效果如何。

在过去的几年里，我们已经习惯以笔为武器，为丹尔而战斗、争取。因为我们发现要办成一件事情，就必须白纸黑字，把事情原委说得清清楚楚。有时我们一封信会写上个好几个小时，而这段时间本来是应该陪丹尔的。这是一个让人沮丧的过程，但确实是行之有效的办法。

两周以后，学校学习服务支持中心的主任给我们回信了，让我们去学校谈一谈。我们很惊讶，从来没有听说谁被请到学校参加这样的会谈。我们去了，面谈时他表示了他的个人担忧，他说即使丹尔能够适应小学阶段，也不知道他能否适应初中阶段。几番努力辩解后，我们终于说服了他：我们认为现在至少应该给丹尔这个机会让他尝试一下，我们才能根据他的表现继续以后的讨论。

十月假期结束后，迎来了具有纪念意义的一天。我挺着个大肚子，带着亨利，把丹尔送到了奥弗顿小学。这条路我以前已经带他走过几次，丹尔非常兴奋，尤其是那天弗拉瑟也和我们一起走。我本想等上课铃声响后再回家的，但他却说："你就回去吧，我现在和其他的孩子是一样的。"

从那以后，每周都有一天弗拉瑟会来我们家敲门，然后他和丹尔一起去奥弗顿上学，下午一起回家。可能这不是太必要，但我们还是坚持接他回家吃中饭，一是为了避免学校食堂喧闹的环境给他带来过大的冲击，二是让他多熟悉那条路。几周后，他就开始去学校食堂吃饭，然后一整天都待在学校。

那些知道丹尔过去六年的成长经历的朋友和邻居看到丹尔现在终于去社区学校上学了，虽然一周才一天，他们也和我们一样高兴，说从来没见丹尔这么快乐过。

一天下午，我带他在库玛上数学补习班，丹尔指着一张海报问："妈妈，那个标志什么意思啊？"

"那是当心体重的意思"，我告诉他，"那些不想肥胖，希望减肥的人就会去那个班。"我该想到他要问什么的。

"妈妈，那你为什么不去参加呢？"丹尔质问道，"你真的变得很胖了。"

我怀孕已二十六周，肚子上的突起再也无法视而不见——看来是时候告诉丹尔接下来要发生的事情了。

那天晚上，我和杰米还有丹尔坐在一起，我俩心平气和地给他解释为什么我好像变胖了。当我们最后说道："总之你不久就会有个小妹妹了"时，他的反应再一次让我们措手不及。他彻底震惊了，充满恐惧地哭了起来。我们想安慰他，于是给他看X光照片，告诉他我们就是通过这个才知道他将有个妹妹的。我们想如果他知道他将拥有一个妹妹而不是另一个陌生的婴儿，他会觉得好接受一些。我们向他保证我们是爱他的，在妹妹到来以后，会照样爱他。我们还告诉他，如果他对这个即将到来的小生命有任何好奇，都欢迎提问。

几分钟后，他终于恍过神来了，然后问了个他最关心的问题："你们会让她碰我的火车玩具吗？"

我们答应他妹妹绝不会碰他的火车，妹妹会有自己的玩具。

临睡时，我正在卧室整理衣柜，丹尔向我走来，说："妈妈，我还能再问个问题吗？"

只见他满脸疑惑，于是我坐在床上，准备专心听他的问题："当然可以，你想问多少问题都可以。"

他目不转睛的盯着我，一个充满忧虑的声音再次直截了当地问道："如果她尿湿了，我是不是得给她换尿裤呢？"

我克制住了内心的惊讶，向他保证他担心的事是不会发生的。

现在胎儿已经完全安全了，我真的很享受这种怀胎的感觉。唯一要做的就是需要帮助丹尔做好心理准备迎接他妹妹的到来。还好，他赞同我们给她取名艾米的想法，我们便开始在他面前不断提起艾米的名字，这样我们大家都会比较快地适应即将到来的这个家庭新成员。

对很多人来说，千禧之年是一件大事，但跟发生在我们身上的事相比，就是小巫见大巫了。但我们也没有完全忽略它，新年前夕是和罗琳、布莱恩在一起喝着可口可乐庆祝的。我自然是不能喝酒的，可怜的杰米也得跟着我受罪，因为我随时有可能需要他开车送我去医院，所以他也不能喝酒。我已经怀孕三十四周了，丹尔就是在三十五周的时候出生的，所以我们一点也不敢大意。

我们也没有待多久，因为到处都是轰隆隆的烟花爆炸声，我们担心亨利受到惊吓，我们把他单独留在家里看电视了。亨利通常情况下俨然一位圣人，但有一次在篝火晚会上他却变成了胆小鬼，紧张到要镇定剂才能平静的程度。

新千年给我们的生活带来了两个改变，一是丹尔在奥弗顿上学的天数增加到每周两天了，因为他在过渡期表现得非常好；二是我的肚子越来越大，感觉艾米随时都有可能生出来。几周后，咨询师确认我肯定会早产，于是把分娩日定在了二月十五日。

尽管我们已经不再担心丹尔会难以接受这个即将到来的新成员了，但觉得还是有必要让他参与这些准备工作的。每次我们坐在一起的时候，他都会依偎在我的大肚子上，我想他一定明白他妈妈是有了"小狗仔"了。为了不让他觉得以后会有人跟他争宠，我们在二月十三日周日那天把艾米的婴儿床搭在了客厅，亨利会时不时地去嗅一嗅。

我们以为胎儿至少要等到周二才有动静，但在周日晚上的时候小家伙就迫不及待地要出来了。在凌晨一点半的时候，我吵醒杰米，大声叫道："该去医院了，艾米要提前出来了。"他马上从床上爬起来，然后把丹尔叫醒了，我赶紧给罗琳打电话，告诉她我们在去医院的路上会把丹尔送到她家去。

　　我的感觉很准，到达南方总医院的时候，医生确认我确实是要早产了。我很快被推进手术室，杰米也带着口罩站在一旁，颇像一名医生。站在我周围的都是些熟悉的面孔，我当时在培训的时候他们已经在这儿了。在情人节凌晨四点十一分的时候，随着哇哇的啼哭声，我们迎来了生命中最珍贵的礼物———一个健康的宝贝。

16

独立

他最大的梦想就是被带出去散步，你越放纵他，他就越喜欢你，而他潜在的天性美也会更多地展现出来。

——亨利·詹姆斯

我们知道丹尔一时很难接受艾米的到来，当他第一次去医院看妹妹时，我们特地为他准备了一些惊喜：一张《南方公园》的影碟和一只新腕表正放在艾米的摇床里等着他。罗琳也出了个好主意：她用电脑制作了一张艾米送给丹尔的卡片，上面不仅有艾米的自我介绍，还讲述了丹尔如何拥有一条爱犬的过程。

尽管做了如此充分的准备，但这没有让丹尔对妹妹放下戒备，所以我们让他和艾米待在一起的时间尽可能多一点，尽管家里有了些变化，但我们要让他觉得，我们对他和艾米的爱是一样的。我们自然明白他对艾米的感觉和我们对艾米的感觉不同，但希望在我们的帮助下，随着时间的推移，情况能有所改善。

杰米和我的父亲来探望我们时，他们对艾米喜欢得不得了，抢着要抱她，而那段时间我得陪着丹尔玩小游戏。看着父亲抱着他外孙女开心的样子，我感到很欣慰：母亲去世后，父亲精神上受到很大打击，但现在他拥有了茁壮成长的外孙和刚出世的外孙女，他迫不及待地想看着艾米长大。

丹尔在奥弗顿的老师是辛普森夫人，很理解艾米的出生会对丹尔产生一些影响，于是她做了一些很特别的事来帮助他。她组织班上所有的小朋友制作手工贺卡来庆祝艾米的出生。班里那些男孩做的卡片也都很可爱，有两个女孩的作品脱颖而出。这两张卡片非常温馨而有新意，我至今仍保留着。一个上面画着抱着气球的泰迪熊，旁边写着：给艾米——希望你可以拥有精彩的人生。另外一张，小女孩写着：欢迎这个与众不同的女孩来到这个世界——给可爱的女孩儿艾米。

在医院的五天里，我极度享受着护士们无微不至的照顾，还和几年未见的同事们叙了叙旧，然后就回家了。尽管我因分娩时大量失血而严重贫血，但是给艾米的母乳喂养仍然进行得很顺利。我感觉生活很美好，我每一分钟都沉浸在当妈妈的喜悦当中。

在和杰米驾车回家的途中，我已经迫不及待想见到每一个人了，当他把我扶到家门口时，我被眼前欢迎我的场景感动得热泪盈眶：

罗琳和布莱恩花了一大笔钱在屋子内外都布置满了成束的大粉色气球，把大厅布置得像一个鲜花店铺。罗琳和布莱恩是我们非常要好的朋友，而且在我怀孕的日子里，布莱恩也帮了不少忙，所以杰米和我决定在艾米的名字里加上琳德赛·布莱恩的中间名。这是我们为了感谢他们为我们做的一切，我们所能做的最微不足道的事。亨利站在最前面，欢快地摇摆着尾巴，颈圈上拴了一个大氢气球。我知道我要是不先安抚一下亨利，就没办法带艾米进屋。亨利见到我简直是欣喜若狂，真有点"一日不见，如隔三秋"的感觉。

亨利好好嗅了艾米一通，他满意的表情说明艾米是他喜欢的类型，便友好地接受了她。那天家里没有来客，朋友们都知道艾米需要适应她的新环境。周日上午，瓦尔打来电话，问是否方便过来看看艾米。我表示热烈欢迎。结果她们来的时候给艾米买了很多漂亮的婴儿服。

她们非常喜欢艾米。作为妈妈，尽管我明显偏爱艾米，但艾米的确是个漂亮的小女孩。她有着一双锐利的深棕色眼睛，蓬松卷曲的棕色头发，皮肤摸起来如丝质般顺滑。这一切，我想都应归功于母乳喂养。与丹尔小时候不同的是，艾米很乐意引人注意，尤其是喂奶的时候。

和往常一样，艾米在有客人的时候也会以她自己的方式表示该喂奶了，希娜把她抱给了我。杰米就坐在我们对面，在艾米满足地吃奶的同时，我也加入了他们的谈话。正当他们三人讲得滔滔不绝时，我停止了喂奶，想把她抱起来，突然惊恐地发现艾米已经虚脱了，脸色发绿。那一刻，我作为一个妇产科医生的职业本能胜过了作为一个母亲的震惊：我知道她刚吃完奶，应该笔直地抱着她，不断在她的背部轻拍来促进体内液体的流动。

"吸气，"我绝望地恳求着她："吸气啊！"

我在拍打艾米娇小身躯的同时，希娜、瓦尔和杰米都在目瞪口呆地看着。我清楚，如果她胃里的东西到了肺里是很危险的，所以必须维持直立的姿势，而且用手握住她的下颚以便打通气管。在不断的努力下，艾米的脸色终于有了好转，抽噎了几下。可怕的一分钟简直就像一年那么漫长。随着她发出了响亮的哭声，我心中的石头终于落地了。

杰米一言不发地坐着，完全震惊了，无法理解刚才所发生的一切。社区的妇产科医生敲门进来后，瓦尔和希娜便起身回家了。我向她解释了刚才发生的一切，她说艾米这种的反应确实很少见，既然她已明显恢复，就没必要再采取行动。如果再出现类似的情况，我们应立即给当地医院打电话。她说第二天早上会再来看看我们。

我把艾米笔直地抱在怀里，让她的小脑袋靠在我肩膀上，刚才发生的事情仍让我心有余悸，妇产科医生的建议也让我感到不安。

我对杰米说："刚才我真该带艾米去医院让她彻底恢复的。如果再发生一次，我真不知道我是否能应付得过来了。"

杰米没心情听我的这些"如果""但是""给埃莉诺打电话，"他催道，"她知道我们该怎么办，我们不能就坐在这儿干等。"

我的朋友埃莉诺在我们刚离开两天的南方总医院的妇产科工作，我心急如焚，打了一圈电话，终于联系上了她家里的电话。我不知从何说起。

"埃莉诺，"最后，我终于开口了，"我知道这个问题有点神经质，你能告诉我怎样才能让一个婴儿恢复健康吗？"

当我告诉她为什么问这个傻问题后，她说："不要再给艾米喂奶。我十分钟后打给你。"

埃莉诺随后打来电话，建议我们，由于艾米才刚出生7天，最好还是带到南方总医院进行照看。她说刚刚咨询了一个儿科大夫，他的意见是带艾米马上回医院。我和杰米立即行动起来，我为艾米做出发的准备，杰米让爸爸来家照顾亨利和丹尔。

我们保持艾米竖直站在车座椅上，比起周五上午那次去医院，现在开车的速度更快、心情更为迫切。整个途中，艾米一动不动，异常安静、苍白憔悴，我用手才能感觉到她的呼吸，我们在医院，见到了埃莉诺已经打过招呼的儿科大夫，他早已做好准备，把艾米送进了早产儿保育器进行观察。

艾米被迅速安顿下来，开始接受仪器监测。她脚上连着一个血液氧气浓度探测针，同时监听心跳，如果每分钟低于100就会想起警报——正常的婴儿心跳在每分钟100到120之间。以艾米的情况来看，她曾经在昏迷的时候出现过发绀（脸色青紫），这很可能是心脏方面的原因。当天夜里，医生给艾米带上了心脏监护器，因为她的每分钟心跳已低于80，这是非常危险的数据。

艾米还被带上了一个呼吸暂停监护仪，这套仪器包括一个按钮般的探针，通过一根长塑料管与她胸部相连，另一端连着一个监视仪，当她的呼吸停顿十秒的时候就会响起警报。尽管我也非常了解这些仪器的用途，我还是很感激妇产科医生们首先把我当成一个孩子的母亲，而不是同事，仔细地向我解释一切。

医生还对艾米进行了隔离，以防感染，这样可以排除感染导致晕厥这一因素。妇产科医生们好心地在隔离间后面单独给我们开了个房间，让我可以全程陪伴她。另外，我喂奶的时候他们可以继续监察。

杰米本来想利用假期好好在家陪陪我们，现在的情况却让我们始料不及。尽管有很多意外状况，值得庆幸的是，虽然我不在，但照顾丹尔和我的担子就落在杰米身上。丹尔也来医院看我们了，尽管在妇产科病房这种可怕的环境中，他还是略显紧张，但也没有特别不自在。杰米告诉我一件很感动的事情：丹尔已经很久没有抱着我们睡觉了，现在，他不仅喜欢从亨利那儿寻求安慰，还开始在沙发上抱着他一起睡觉——因为他很担心他的小妹妹。

有埃莉诺照顾艾米，我很放心，顺利地给艾米喂奶后，埃莉诺让我去休息一会，我实际上早就想休息了呢。翻来覆去之后，我还是睡了几个小时。早晨7点的时候，我听到了埃莉诺推婴儿车进房间的声音，立马就醒了。艾米躺在一个医院婴儿车里，身上只挂了呼吸暂停监护仪和氧气检测仪，看起来情况正在好转。

这一天，我每次给艾米喂奶的时候都有一个妇产科医生在旁边观察。正当我满怀信心以为可以带艾米回家的时候，我可怜的小女儿又一次发病了，差点没命。妇产科医生迅速采取与上次相同的治疗方法，给她带上氧气罩。艾米渐渐恢复过来。我不记得她们跟我说什么，因为当时我几乎快要崩溃了。每次喂奶的时候我都能感觉到心在砰砰直跳。我想如果没有妇产科医生的帮助我肯定会手忙脚乱。

那天晚上，医院儿科大夫找我和杰米谈话，最后告诉我们的结论是艾米有胃返流的典型症状：胃的开口处太宽，导致母乳非常容易返流到食道以及气管，这也是为什么在喂食的时候她会停止呼吸。尽管发作时比较恐怖，治疗的办法却很简单。在艾米吃奶前，应先给她服用儿童盖胃平（一种抗酸性药物），可以中和母乳，使母乳在婴儿胃中变浓，以防止其反流。只要在喂奶时使艾米保持直立的姿势，睡觉时保证头高脚底，就能解决这个问题。

两天后，医院同意我们把艾米接回家，但必须带上新的治疗仪和呼吸暂停监护仪，我深深地松了一口气。其实这些仪器对我们的帮助要比对艾米的大得多，因为医生知道，为了这个女儿，我们经历了很多很多，这些仪器或许可以让我们更加安心。这也许是唯一可以让我们在晚上踏踏实实睡几个小时的好办法，因为夜间对艾米来说是最危险的时候。出院前，医生给了我们全面的指导以防万一。我和杰米有了更大的信心来应对新情况。

好朋友埃莉诺一直陪伴着我，丹尔出生后我备感低落，有她和我分担；丹尔逐渐摆脱孤僻后我欣喜万分，有她和我分享，她永远都是我坚实的后盾——就像她这次陪我共度难关一样。埃莉诺对我永恒的友谊和无尽的帮助让我终生难忘。

回到家中，我们夜间例行工作里又多了一项：在送艾米睡觉前，给她带上呼吸暂停监护仪。一开始我们不太习惯，但医生说的一点没错：检测仪滴答滴答的声音只是为了方便我们多睡一会。也有那么一两次在半夜被检测仪那警车般的尖叫声吵醒。我们迅速从床上蹦起来，发现只是检测仪接口有些松动了。回想起来，那段时期真让我们感到很恐惧。虽然在过去的几年里，我们遭遇了很多——丹尔的自闭、妈妈的去世、不孕、流产，但失去艾米却是我们最无法承受的事情。

生活恢复正常，朋友邻居们纷纷来看望我们，个个都带了祝福跟礼物。他们都很喜欢艾米，由衷为我们感到高兴。住在我们对面的伊瑟贝尔还为艾米织了一件白天穿的小外套。这对我来说有特殊意义，因为那正是母亲过去常做的事情。

每次有人来看艾米，亨利都以为是来看他的，所以他会给每位客人都准备礼物，要么是摇铃，要么是艾米的一个玩具。艾米睡觉时，亨利就像个护花使者那样守护在她的婴儿床边。但艾米哭起来时，他会变得焦躁不安，躲进花园。亨利对婴儿尖锐的哭声很敏感，就像听到鞭炮声那样。

记得有一次我帮艾米换尿布，亨利就蹲在一旁，饶有兴趣地看着我给艾米擦屁股。擦完后，我伸手去拿新尿布，此时我另一只手握着艾米的小脚，她的屁股就露在外面了。亨利可能觉得我的清洁工作做得不到位，他决定亲自上阵。我一面叫他不要舔了，一面笑个不停。从他后来从盆子猛喝水的样子来看，他应该得到教训了。

虽然丹尔现在过得不错，但他还是很难跟人表达自己的想法，总是习惯把事情憋在心里，好几个月或是好几年。其实他已经用自己的方式让我们意识到是时候离开圣安东尼了，但最后让我们下决心的还是这件事。

圣安东尼是一个天主教学校。从一开始我们就告诉学校，一方面要让丹尔学习基本的宗教礼法和校规，另一方面我们不想让他参加长时间的弥撒。这无可厚非，因为学校各种宗教信仰的学生都有，非天主教徒是可以不参加弥撒的。

一天晚上，我和杰米正在为丹尔准备第二天上学的东西，丹尔突然生气地嚷道："明天我不想去做弥撒了！"

"行啊，"我告诉他，"不想去就别去了。"

"老师让我站起来排队，准备做弥撒，"丹尔仍然非常气愤："我已经告诉她很多次我不想去，可她就是不理我。"接下来，在知道我愿意了解事情原委后，他终于发泄了出来："我又不像《南方公园》里的凯尔——我不是犹太人！"他意思是我们不是一个宗教家庭，所以他不需要去做弥撒的。"这不公平，"他继续生气地嚷道，"约翰和哈里就不去——他们就能在教室画画，于是我也去画画了，结果却被老师罚站。"我们都不禁被他的这种挑衅和宣言所震住了。

后来我们才发现，丹尔在圣安东尼上学的五年里，一直都被迫坚持去做弥撒。虽然我和杰米为这个结果感到哭笑不得，但丹尔的这种宣言方式让我感到了沟通的真正力量。我给学校老师写条时，让丹尔在一旁看着。我跟老师说应该是发生误解了，希望她能准许丹尔不参加弥撒。好笑的是，这次事件让我们觉得丹尔完全可以去奥弗顿全日制上学了。

2000年3月下旬我们在奥弗顿参加了一个会议，丹尔在圣安东尼的老师也参加了，他表示丹尔将很难适应奥夫顿的全日制生活。我们解释道：丹尔在奥夫顿显得很快乐，更重要的是，这是他自己提出来的，他非常期盼能成为学校和班级的一分子。

参加会议之前我们就料到会面临一定的阻力，所以我们事先求助了一个研究自闭症的苏格兰机构。该机构的一名工作人员代表我们参与讨论。她表示她支持我们的意见，认为丹尔在奥弗顿会更有活力，而这一切对维护他的自尊也至关重要。

最终决定是：丹尔在复活节前每周去奥弗顿三天，如果一切顺利，才可以每周去五天。不出意料，通过奥弗顿校方的帮助以及丰富多彩的课外活动，丹尔每天都朝气蓬勃。在丹尔被准许一周去奥弗顿五天的那一刻，我和杰米欣喜若狂。

后来，丹尔不仅证明了我们的决策是正确的，还证明了他能清楚地意识到自己和别人的不同。"妈妈，"他对我说，"我觉得在学校操场玩的一个男孩应该替代我在圣安东尼的位置。"

在那个学期剩下的日子里，每天早晨都有一个叫弗雷泽的男孩来敲门，然后两个孩子一起去上学。这么多年后，丹尔终于和社区其他孩子一样了，我和杰米为之开心不已，当然我们会永远感激圣安东尼为丹尔所作的一切的。

丹尔在学校茁壮成长着，照顾艾米对我来说成了一种享受。她对玩具的反应和丹尔截然不同，但我仍想促进她的发展，找到一种对我俩都好的方法。社区的一个护理同事开设了幼儿按摩班，我便带着艾米报了名。她似乎对整套过程都备感兴趣，能和别的小朋友和妈咪相互交流，让我们俩都很开心。

一切都很顺利，唯一让我不安的是丹尔对他的妹妹缺乏兴趣。我和杰米试过很多办法，试图让他和妹妹亲近起来，我们向他保证，我们对他和妹妹的爱是平等的，但他就是很难理解艾米的需求及被呵护。每当我们想跟他讲道理的时候，他就大声嚷到："她应该向我一样学习！"他根本不知道他自己的学习过程有多艰难，也不知道他妹妹才多大。

我以为要消除这道障碍会是一个漫长而艰辛的过程，一种玩具火车的出现帮我们解决了难题。在亨利和罗伯特的帮助下，以及丹尔在奥弗顿学校的新生活的影响下，丹尔终于摆脱了对汤姆森的强烈依赖，但他对汤姆森的感情始终都存在，于是我试着利用汤姆森来加强丹尔和艾米的感情。汤姆森玩具的种类真是五花八门，我们买了一套多多岛的微型桌面活动中心，实际就是一个小岛，上面有滚珠、火车和直升飞机。

我告诉丹尔我们买了一个新玩具，用它来告诉小朋友汤姆森是多么有趣以及它如何帮助小朋友成长。然后我指着玩具故意问他："丹尔，你最了解汤姆森了，能不能教教艾米怎么玩呀？"

我刚把玩具盒打开，丹尔便迫不及待地拉着艾米坐下来，开始兴致勃勃地向她展示这个玩具——瞧，兄妹感情就这样开始建立起来了。有时，他还会给妹妹读汤姆森和狗的故事或是陪她一起玩玩具。慢慢的，两人之间已经建立起来了深厚的感情。

随着丹尔对艾米了解的加深，我们觉得是时候让他向前迈一大步了。在把艾米从医院带回家之前，我们就答应过丹尔，亨利是他一个人的狗。这招很管用，他从不嫉妒亨利对艾米的关注，因为他知道：亨利是属于他的。现在我们觉得有个办法可以加强他的这种想法。

丹尔的朋友罗伯特非常喜欢狗，养了一只猎犬，因此我们就定下每个周日晚餐之前，让罗伯特带着丹尔在社区遛一遛狗。过一段时间就开始由我带丹尔遛狗，以便丹尔之后能独自遛狗，我每次都嘱咐他沿着同样的路线走，严格遵守交通规则，在他兜里揣上一本紧急联络电话本。我每次都会注意时间，这样我就知道丹尔和亨利什么时候该回家了。

一个下午，丹尔出去十五分钟后仍不见回家。还好，他是沿着老路线走的，我找到他时他正和社区的其他小孩说话。他们都在开心地逗亨利，亨利很是配合，丹尔担心自己惹了麻烦，我跟他说没事，至少他懂得规则了。这样，我们就可以开拓多样的路线。

丹尔开始对亨利承担起更多的责任，甚至陪他去看了兽医，而且他在处理所有这些问题的时候都从容自如。取得今天这样的成果，至少历经了7年的时间，但这不能不说是一个大的突破——因为这意味着我们可以教丹尔像照顾亨利那样去照顾他自己了。

在亨利的影响下，我甚至开始教丹尔基本的烹饪方法。猎犬是从来吃不饱的，我就教丹尔如何给他自己和亨利做土司面包，如何做烤肠——每次都少不了亨利一根，以及在他的猎犬朋友生日的时候教他煎多汁牛排。

丹尔为自己能独立做一些事情感到很开心，而最开心的时候莫过于我教他如何安全泡茶的时候了。我告诉他如何使用电热水壶，给他买了微型茶壶让他练习如何倒热饮。在我的耐心指导和严格要求下，他终于能随时给自己冲泡喜爱的饮料喝了。有一天，我故意装作不舒服，说或许喝杯茶会感觉好些。丹尔的劳动成果是我喝过的最难喝的饮料，无味，冰凉，但这毕竟是他为我泡的第一杯茶。于是我告诉他味道很好，我感觉好多了，实际上，我确实也感觉好多了。

我和杰米都不敢相信我们能这么幸运：我们十二岁的儿子终于能端着茶和土司来到我们床前跟我们说早安了。有时家里来了好几个客人，丹尔还常常因为记错了哪个客人喝什么茶而懊恼，于是他便像服务员那样把客人点的茶名都给记下来。他很快成为一个饮茶专家，客人们对他的优质服务和可口茶水评价很高。好上加好的是长时间地从事这项"工作"还增强了丹尔的社交能力和独立性。

2000年8月，丹尔回到奥福特学校去完成他小学的最后一年学业，这一年他有了很大进步。然而在校外，却稍有倒退。教堂男孩组合在取得初步成功后因缺乏一位队长而解散了。罗伯特从小就参加一个当地的侦查队活动，他建议丹尔也参加。丹尔于是也成了罗伯特队伍中的一员，他们俩每周一晚上都去参加团体活动。丹尔在队里表现很好，即使后来罗伯特离队了，他仍独自坚持着，最后终于被推举为队长。

在学校里，丹尔班级上的大事便是他们班要去演出，迎接千禧之年。丹尔以前积累了一些演戏经验，领队老师又对他做了悉心的指导，丹尔终于信心十足地去参加演出了，尽管他得在英弗耐斯待上一个晚上。丹尔的一个老师凯恩女士告诉我一个振奋人心的消息，她说让我尽管放心，她会好好照顾丹尔，但又不会让他觉得自己被特殊化。这些话听着特别舒心，当时听到后，我一路上欢快不已，因为我想没必要让其他小孩知道丹尔有些孤僻，现在这样就挺好。

就目前来看，丹尔似乎能给他的团队伙伴带来某种积极的影响，像一个普通人一样生活，这一点正是他努力想要做到的。这是一段我永远无法忘怀的日子，因为丹尔正在经历着一段别的小孩都没有经历过的时期。

那天，丹尔背着他自己整理的周末休闲背包准备出发，我们推着婴儿车，带着亨利，去公交车站给他送行。有些家长都哭了，毕竟是第一次和孩子这样分离。我也哭了，但我那是自豪的泪水。

演出回来，我们问他是否成功，他只短短地说了一句："还行。"但是一说起这次活动的乐事，他就滔滔不绝了，有些小孩特能搞怪，半夜起来搞恶作剧，把他乐得不行。这个周末他学到了不少东西，我不担心他跟别的小孩学坏了，因为我们一直很注重教他如何明白是非，我们相信他一定行为得体，尊师爱友。

通过这次旅行以及其他课外活动的成功，丹尔做什么事都信心十足了。随后的多次野营中，他开始参加童子军的活动，还参加了其他很多户外活动。他越来越自信，越来越勇敢，攀岩等危险的体育项目对他来说都变成小菜一碟了。

17

艰难的抉择

尽管丹尔的转变让人备感欣慰，但自闭症在很大程度上还是影响着丹尔的生活。他急切地去学习，去适应，他渴望成功，但他越是迫切，越是感到困扰——这不完全是件坏事，但也难免产生问题。他很难接受自己在某些事情面前的无能为力，当某一个任务或是状况超出他能力范围，他就会很难过。

在成功地成为一个奥弗顿人后，丹尔最大的压力就是来自如何不出差错按时完成家庭作业，以及如何和同学们友好相处。另一个丹尔自己都不知道存在的问题就是：他到现在都还不知道自己患有一种叫自闭症的病症。

我们和学校都没有太看重丹尔的成绩，但对于家庭作业，不管有多难，丹尔总是坚持要按时完成。他不想自己比别人差的这种决心让我们别无选择，只能帮助他，直到他自己满意为止。

于是我每天晚上都会有两三个小时坐在丹尔旁边，一边给他辅导功课，一边给艾米喂奶。亨利也会蹲在旁边陪伴我们。丹尔不满意就不能结束。虽然库玛补习班帮助了他不少，但数学依旧让丹尔头疼。

我很担心学业压力最后会让丹尔受不了。

丹尔的英语理解能力不太好，这成为他学习各个科目的最大障碍。有时候一句看似浅显的话会因为里面有一个生僻的字而变得难以理解。比如像这样一个常见的问题："公认的老年人庇护所的利弊有哪些？"这句话里"公认"这个词就会把丹尔难住，他只能去猜这个问题的答案。学校尽了最大努力来帮助他，但各学科使用的专业语言还是让丹尔感到焦躁，他的语音电子词典帮了他一把。

语言这个问题没有阻碍他在体育方面的优秀表现。他以前在斯科特经常参加体育活动，而且丹尔比他同班同学都高，年纪也比他们大，这些使得他在体育尤其是在篮球方面脱颖而出。丹尔对诸如现代学和宗教教育这类具有社会价值的科目也很感兴趣，在这些课上，他们会讨论安乐死和死刑等问题。很多小孩觉得这些课没意思，但我们鼓励丹尔去学。随着丹尔自我表达的能力的增强，随着他对自己所在的这个社会有了更清楚的认识，我们竟然可以开展一些比较有深度的谈话了。他知道的还不止这些，他还跟我们讨论现代医学伦理问题，比如在我们讨论了试管受精这个问题后，他终于明白原来他的妹妹艾米就是那个奇迹。或许正是因为丹尔先天性的缺陷，在学习上比别的孩子更为困难，所以当他在四年级就获得宗教学大奖时，我和杰米才会比别的得奖孩子的父母感到更加自豪。

每晚的家庭作业，对丹尔来说是一个艰辛地与语言障碍做斗争的过程，渐渐地，他意识到自己和别的小孩不同，也越来越觉得沮丧。"为什么我就不会做这道题呢？"他生气地大声叫道，"我讨厌自己有问题！为什么这些问题没有留给圣安东尼呢？"

一周又一周过去了，丹尔越来越不信我的劝告。有一天晚上，在辛苦地做了三个小时作业后，他终于爆发了："为什么是我呢？为什么我天生就有问题呢？"他恼羞成怒，突然转向我，毫不客气地问道："我的所有这些问题有个统一的疾病名称吗？"我们一直以为不会到来的时刻现在却成了现实。

丹尔确实进步不少，同时，丹尔在心智上也越来越成熟。不可否认，现在该把真相理性地告诉丹尔了。但那时天色已经很晚了，于是我告诉丹尔第二天他放学回来我们就开个家庭会议，告诉他想要知道的一切。他答应了，因为他已经习惯了用开家庭会议的方式来讨论可能由他的自闭症所导致的问题。唯一的难题是，我们该如何跟他解释目前的情况，如何让自闭症这个词听起来不那么可怕。

我和杰米想了许久，后来灵机一动，最后决定采用这个突然想到的方法：通过一个他可以学习的名人的事例来告诉他，存在某种缺陷的人同样可以取得成功。社区护士的工作使我有机会接触了玛格丽特·麦可阿丽——一位残奥会游泳项目金牌获得者。她在体育上的成功使她成为了备受尊重的公众人物。因为我跟玛格丽特很熟，丹尔也见过她几回。而且每次她出现在媒体上时，我都会跟丹尔提她骄人的成就。我和杰米都认为既然丹尔了解她的情况，知道她平时生活在轮椅上但确实是游泳冠军，那他应该能发现自己和她的相同之处。

于是，一个"茶话会"便开始了，当时艾米睡着了，亨利就蹲在旁边。我们首先再次向丹尔介绍了玛格丽特的情况，谁知丹尔马上反驳：“是的，她的腿是有问题。但我的问题呢？我没有用来解决问题的轮椅！”

我们反复采用一句老套话——每个人都不一样的。跟他解释玛格丽特那是身体缺陷，所以她需要轮椅，“但你的问题，”我说：“你的问题是你不能像正常人那样与人交谈和沟通。”

我们告诉他可能是由于他出生时大脑局部受损，导致他不能理解别人，不知道如何与人沟通，不知如何恰当地与人交往。也有可能是由于家族遗传因素，他叔叔托米也有类似的问题。

我们最后告诉他这种问题的学名叫做“自闭症”，这种病的症状可以很轻，也可以很重。

丹尔哭了，是很平静的哭，然后他问道：“那我的问题严重吗？”

我深深地吸了一口气，告诉他：“很不幸，你的病情比较严重，这就是为什么你要去圣安东尼的缘故。”

接下来，我们一遍又一遍地列举玛格丽特和他所取得的所有成就，告诉他很多跟他有着同样问题的人都不如他做得好。当丹尔开始停止抽泣时，我们跟他解释，他在和自闭症作斗争的过程中能表现得这么好，少不了学校老师、校外老师、我和杰米以及亨利的无私帮助，但更重要的是他自己所作的一切努力。

杰米跟他说：“如果你没有那么强烈的愿望去赶上别人，你永远都不会取得今天这样的成绩。”

丹尔一言不发，但他确实明白了这句话的意思。也许他现在反而觉得好受了许多，因为他终于知道自己一直在斗争的是什么了。当然，他后来也有好几次要么很沮丧，要么发脾气。但我们都认为告诉丹尔事情的真相是一个正确的决定。毋庸置疑，知道了自己的问题所在不会让他感到束手无策了。

几天后的一个晚上，丹尔走向我，轻声地问道："妈妈，我可以问个问题吗？"

"傻孩子，这还用说吗？"我回答道。

他在我身边坐下，疑惑地问道："这种自闭症……艾米有这个问题吗？"

我先肯定这是个好问题，然后告诉他我们很幸运，艾米没有这个问题。

丹尔和罗伯特跟亨利在一起还是玩得很开心，但世嘉游戏机和PS游戏机对他们已没有任何吸引力。于是我们又买了一些电脑游戏给他们玩。他们认为他们只是在玩游戏，但实际上，他们也在学习。能自由上网让罗伯特兴奋不已，丹尔在他的训练下，对网络使用得比我还好。尽管我就坐在他身边，但他已不需要我的帮助，因为他已知道如何从网络上搜索他需要的信息来帮助他完成作业。对电脑游戏的熟悉还帮助他扩展了交友圈，对网络用语的熟悉帮助了他与同龄人的沟通——这对他向中学阶段过渡有着无法估量的作用。

在学校和家里的努力都初见成效了，然而，再多的努力也无法避免丹尔在被人欺负时所受到的伤害。虽然他装作若无其事，我们还是注意到他行为的变化。后来，他终于说出来，不喜欢在课余玩耍时间时，一个他认识的男孩老跟他充老大，要丹尔按他说的去做，甚至过分到让丹尔把晚餐钱都给他。在随后的一次家庭会议上我们才知道原来还有另外一个可怜的小男孩和丹尔一样，也在受那个大男孩的欺负。这个大男孩在学校简直是称王称霸。用丹尔的话说是："我讨厌像奴仆一样去伺候这个皇帝！"

我们明白丹尔的自信心和自尊受到了打击，于是我们告诉他把这件事情告知我们是正确的，做得很好。现在我们可以采取点行动了，这个大男孩肯定料不到，因为所有敢欺负人的人都认为被欺负的小孩不敢告状。我们让丹尔放心，没什么好怕的，问题肯定是可以解决的。

于是，我去见了丹尔的校长，了解情况后，他马上采取了恰当的措施。奥弗顿有一个特殊的社团，专门为像丹尔这样的需要学习辅助的孩子服务。这对帮助丹尔为中学做准备起了巨大的作用。社团负责人把那个大男孩和其他几个调皮的小孩叫到了社团，跟他们认真地谈了欺负人这个问题。这个举措给了丹尔独立解决问题的信心，更重要的是，他知道他的声音一直都有人听。

那个大男孩后来再也不敢惹丹尔，他甚至在丹尔面前都会感到紧张，因为他知道丹尔会让老师知道他的一切所作所为，而不仅仅是他欺负人这么简单。

操场上被大男孩欺负的事刚平息，又来了女孩子的麻烦。丹尔说有几个女孩总取笑他，还用脏话骂他。他很生气，因为老师说不能骂那种脏话的。我和杰米冥思苦想，到底该怎样才能妥善处理这个问题，而又不让丹尔被同学视为一个为一点其他小孩自己就能解决的鸡毛蒜皮的小事就打小报告的讨厌鬼。

丹尔说："我也回骂她们了，但粗鲁是不对的。"我们觉得在中学就要到来的时候，我们的儿子不能继续这样不食人间烟火了。我教给丹尔的方法是以一种委婉的方式去回应对方，而不要那么直接。

征得杰米的同意后，我们在丹尔的房间里来了个角色表演。我们坐在他镜子前面，以便我们能看到彼此的脸，然后我小心地重申：粗话确实是粗鲁和难以接受的，但对中学生来说，就像《南方公园》电影里那样，互相斗嘴也是操场生活的一个部分，在合适的场合说几句也没什么大不了的。我同时强调，粗话只能在万不得已的情况下才说，因为这毕竟是不对的，尤其是对长辈和师长。

丹尔明白这个道理后，我就开始给他分析具体问题。我说那些女孩之所以那么做是因为她们觉得你不会回嘴。"所以你应该学会如何去回应她们，"我告诉他。

为了给他演示，我冲着镜子做出一副坚定而生气的表情，然后厉声喊道："滚开！不许取笑我！"丹尔跟着练习："滚开！立即给我消失！"

我相信他明白我们在做什么。然后他转向我，兴奋地边笑边说："妈妈，你真在行，一开始就知道你是装的，可我还是被吓着了！"

这一课的另一部分是告诉丹尔善意的谎言这个概念。我给他举了几个例子，告诉他我们过去是如何对他使用善意的谎言，让他发现原来这是一个有用的武器。如果操场上出现了什么状况，如果丹尔没有错的话，就可以用这个武器保护自己。比如，如果这些作威作福的女孩辱骂他，他就可以告诉老师那些女生辱骂了别的同学，但不是他自己。幸运的是，这些招数很管用，没多久女孩就不敢欺负他了。

这一课还带来了意想不到的好处。丹尔在遭遇欺辱时恰当的处理方式使他成了很多人的偶像，他的一个朋友汤姆，就是受到了他的鼓舞才有勇气站起来反抗大男孩的。丹尔洋洋得意地告诉我们大男孩现在看到他就怕。

丹尔在这个过渡期面临的障碍几乎都已清除，我们的主要目光便聚集在了艾米身上。艾米已经14个月大了，应该接受MMR疫苗了，以预防腮腺炎、麻疹和风疹。但现在这些疫苗正备受争议，有些学者认为它会导致儿童自闭症。当我从国家儿童自闭症协会了解到安德鲁·维克菲德博士将于2001年3月就这一问题作一专题讲座时，我不假思索报了名。

维克菲德博士在讲座中用他的理论详细地介绍了MMR疫苗和自闭症二者之间的关系。丹尔是在13个月大时注射的MMR疫苗，维博士的理论不适用于丹尔，因为丹尔是先天性自闭症。维博士讲到与自闭症相关联的一种生理条件时，我惊呆了。他称这种条件叫做小肠结肠炎。

丹尔自从在1989年接受了MMR疫苗后，各种病症接踵而至。1992年，他又接受了第二代MMR疫苗，我不禁想：是不是丹尔接受的这些疫苗导致了这些病症呢。我自然也不能忽视这个发现对艾米的意义。

在休息时间，我很幸运的得到了和维博士说话的机会，我跟他介绍了丹尔的情况，表示了对艾米的担忧。维博士建议最好还是把丹尔的问题弄清楚，不然对他以后的发展将会造成障碍。随着我们谈话的继续，我逐渐得出结论：不能给艾米注射MMR疫苗。我们可以考虑分开注射这三种疫苗。

罗琳和布莱恩帮我照顾了艾米一天，讲座结束后，他们带着艾米来接我。包括维博士在内的每一个人看到艾米时都喜欢的不得了，不停夸她有多可爱，多讨人喜欢。没有人能想象我当时有多自豪，也没有人知道我看到艾米健康成长有多舒心。

从讲座回来后的几个晚上，我和杰米都在分析我学到的知识。我们带丹尔去见了伦敦波特兰大医院的麦克托马森博士，因为他很熟悉维博士所描述的情况。托马森博士只是开了一副简单的药方，所有问题迎刃而解。

就艾米而言，我们让她每六个月注射一次单种疫苗是一个谨慎的决定。但谁也没想到，当地竟然爆发了麻疹，我们真的意识到问题的严重性了：如果艾米有个什么不测，我们永远都无法原谅自己，因为我们没有给她注射麻疹疫苗。

我们不得不考虑的另一个方面是MMR疫苗要接种两次。有些报道显示有些学龄儿童在二次接种MMR疫苗后就患上了自闭症。尽管很多人认为二次接种的MMR疫苗比给14个月大的婴儿接种的剂量要小，但实际上剂量是一样的。丹尔没有接种二次MMR疫苗，我们认为艾米也要避免。我们不能轻易去冒这个险。

数据上显示，艾米接种一次MMR疫苗就够了。所以我们就这么做了。

就在这个时候，我们还面临着另外一个问题——丹尔的教育问题。奥弗顿的小学毕业生一般都会直接进入一所特定的中学上学，但丹尔的情况很特别，这所学校明显不适合他。我们把当地的中学都查了一遍，最后决定送他去格洛克中学，这个学校名气很大。学校专门开设有一个聋哑学生部门，这使我们觉得身心有缺陷的孩子在这里不会受到歧视。我们还是犹豫不决，因为如果真去这个学校，就意味着丹尔不能和他的好朋友汤姆和弗拉瑟一起上中学了。

鉴于在奥弗顿的成功经验，我们知道必须要住在丹尔学校附近。所以，我们又不得不搬回格洛克。还好，我们在一个小社区找到了一套新房子，社区旁边就是一个公园，这对艾米的成长大有裨益，也为丹尔和亨利散步提供了便利。

格洛克的教学条件非常好，班上还有班级助理。像往常一样，准备工作非常重要，除了参加入学介绍日，丹尔还去了学校好几趟，拜访了几位老师。看到这一切，我和杰米都很高兴。我们感觉得到，这儿的校长和奥弗顿的老师们有同样的担忧，他们担心丹尔会适应不了。值得庆幸的是，这位校长比较开明。

因为前面充满挑战，所以我们仍然努力抓住每一个机会来增强丹尔的自信，让他更好地适应这个社会。由于丹尔在艺术方面很有天分，我们在格拉斯高艺术学校给他报了个周末班，这次他的同学都和他一般大小，他也不需要特别的照顾。他生平第一次充满了安全感。记得有一次他蹦蹦跳跳地和我们走在萨赤赫尔街道上，兴奋地告诉我老师那天把他一副单色老虎画作为优秀代表作向全班展示。我们常常想，如果没有艺术给他带来的自信，他在格洛克的生活将会怎样呢。

在学校的期末表彰大会上，当看到丹尔获得了艺术大赛一等奖时，我和杰米不知道有多高兴。老师还给了我一个丹尔的期末总结报告，丹尔被评为一个乐观而勤奋的学生。伊利诺麦克马斯特校长的评价是：在大家的帮助和鼓励下，在丹尔自己的不懈努力下，丹尔一定能应对中学时期的各种挑战。

就在丹尔快要小学毕业的时候，我们意外地发现原来丹尔在学校是很受欢迎的。他班上的一个女孩问他可不可以做他女朋友，丹尔礼貌地拒绝了她，对她的青睐表示感谢。毕业那天，他兴致勃勃地回到家，自豪地向我展示他的校服——上面全写满了他同学和老师的签名。

丹尔担心自己搬到格洛克去以后，就再也见不到他在圣安东尼的好朋友瑞恩了。我跟他说如果瑞恩愿意的话，他们可以在周末去彼此家里玩耍。我们马上给瑞恩的父母打了电话，他们非常赞成我们的想法。直到今天，两个孩子还经常保持联系。

夏天很快就过去了，我们搬进格洛克的新家后，马上就得为丹尔上学做准备了。就像在奥弗顿我们得陪着他熟悉路线一样，在这个陌生的环境下，我们也得带着他熟悉一阵子。更重要的是，他现在得穿过一条繁忙的街道才能走到校车停靠点。无巧不成书，这竟然是十年前丹尔惹麻烦的那条街，当时他因丢了米奇玩具而坐在街当中嚎啕大哭。

现在阿士顿大街更繁忙了，而且这一段还没有人行道。于是我每天必做的一件事就是推着艾米的婴儿车，让亨利在前面带路，带着丹尔从家里出发走向校车停靠点。我一路会不停地给他指路，跟他讲交通规则以及安全注意事项。最后，我找到了一个路标——一个照明柱——丹尔可以从这里横穿过马路直接到达校车停靠点。

为了使丹尔更加独立，我们给他买了一个动画片《无敌掌门狗》系列的闹钟。他非常喜欢里面的一个角色：小狗格罗米。有了闹钟以后，他开始能按时起床，给自己和亨利做早餐，然后去上学。丹尔吃早餐的时候亨利总会蹲在他旁边。丹尔的早餐通常是土司，他自己一片，亨利一片。

现在的情况对我来说简直是好极了，如果清晨艾米还没醒，我就能继续赖在床上。为了让自己安心一点，我要求丹尔每天出门之前跟我打声招呼，有时他还会跟我来个吻别。丹尔从书上学到了这一套告别用语："妈妈再见！我走了啊！希望你今天过得开心哦！我爱你！"听到这些可爱的话，我心里充满了从未有过的幸福感。

丹尔在格洛克中学上学的第一天，杰米和亨利把他送到了校车停靠点。跟以前一样，丹尔不想自己搞特殊，于是他告诉杰米以后不用送他了，他不想让别人看到他还需要爸爸送。从那天起，丹尔上下学的路上完全靠他自己了，而且没有出任何差错。

一天，我去学校接他放学，打算一会儿带他去看牙医。我和其他家长一样站在学校大门外等着放学铃声想起。铃声刚响，成群结队的孩子们就向门口涌来。我一眼就看到了丹尔，他正和其他几个男孩一起有说有笑地往外走。他们快走到我跟前的时候，我发现里面有一个男孩个子很矮，看上去也很小，但他似乎是他们这群人的队长。

丹尔跟他们告别后告诉我："他们都是我的朋友。最小的那个叫斯科特，他才11岁，但他跟我是一个年级。"

丹尔13岁了，长得很高，比他的那群朋友都高，但他的心理年龄跟他们差不多。看到丹尔成为他们中间的一员，我很是欣慰。

由于丹尔比他同年级的同学都大，他想跟他们打成一片的愿望更加强烈。他不想让他的同学们知道他患有自闭症，尤其不想让他们知道他曾经在特别看护所呆了五年。虽然其他小孩可能对自闭症这东西一点概念都没有，但丹尔还是不想让他们知道。他不想让别人看出来他存在智力缺陷，极度渴望自己表现正常。但我明白，斯科特和其他小孩迟早都要知道为什么丹尔比他们年纪都大，于是善意的谎言这一招又派上了用场。

丹尔小的时候因为一种常见的胃幽门狭窄做过一个胃部手术，现在他的腹部还有一条清晰可见的疤痕。我和杰米告诉他如果别的小孩问起，为什么他才上初中这一类问题，就告诉他们因为他小时候老生病，不得不做了一个手术，因此落下了很多课程，没办法只好留级了。

这个方法很奏效，当那些小孩看到丹尔腹部疤痕的时候，毫无疑问就接受了这个故事。他的朋友要想知道这个事情真相，应该还要个五年时间吧。在斯科特和另一个男孩马休的帮助下，丹尔顺利地开始了他在格洛克中学的生活。

言语治疗师继续为丹尔提供一些特别材料，让丹尔的老师们把这些材料和学校作业结合起来。丹尔和班上另一个男孩在学校生活的各个方面都受到很好的照顾。学校的教职员工常常想我们所想，这些都让丹尔在学校感觉如鱼得水。我们跟校方沟通很顺利，让丹尔修法语课就是一个很好的例子。

我们认为，让丹尔这样一个连学英语都有问题的孩子学好另一种语言简直是无稽之谈。而法语给丹尔带来的痛苦也足以说明我们担忧的合理性。另外，也有其他小孩知难而退，放弃了法语课，所以即使丹尔退出，他也不会被视为另类。

还好，玛格丽和学生辅导处同意了我们的请求，丹尔上法语课的时间可以更好地利用起来。学生辅导处的老师给了他额外的辅导，他也可以利用这段时间做作业，这样他在家里就可以轻松一些。那时我们也没料到，后来这种教学创新竟然给丹尔的生活带来了巨大的变化。

2002年4月，丹尔该去看望他的叔叔彼得和婶婶卡罗。他们以前住在英格兰，最近搬到了斯特福德区。丹尔跟他的叔叔婶婶有过一些美好的旅行经历，比如去福罗里达的那次。更难忘的是，丹尔以前和爷爷奶奶坐飞机去看过彼得和卡罗，这次刚好赶上复活节放假，彼得决定来个惊喜。他们给丹尔寄来了一张飞往伯明翰的机票，他们会去机场接他，带他在伯明翰玩一周，然后把他送上回家的飞机，他们再回苏格兰过节。

这对丹尔来说可真是一个不小的挑战——他从来没有过这样单独旅行的经历。我们一开始也很担心，他才13岁，一个人乘坐满是陌生人的飞机，能行吗？

我们还是像往常一样做准备，和彼得一起旅行，他基本上不需要带什么。他机票上注明了"无成人陪伴的小孩"，所以乘务人员会给予他特别的照顾。但当我们在格拉斯高机场给他办乘机手续时，我还是跟他详细介绍了乘机的一整套程序，这样才放心。就像当初学骑车，他迫不及待跳上自行车一样，这次他也毫无畏惧，只想快点坐上飞机。直到现在，他都是独自愉快地乘飞机去看彼得和卡罗。

当丹尔在格洛克中学的第一个学年接近尾声时，我和丹尔好好回顾了一番，发现丹尔取得进步远远超过了我们预期的结果。丹尔不但在学习上表现良好，他还交到了不少朋友，并且同龄人能做的事情，他也能做。

我们大人的生活也不是风平浪静的。丹尔放暑假后，我们不断接到警察的电话，说他们发现格兰达·乔治经常在街上迷路。我一直都在努力支持我父亲，但他的精神失常的状态越来越严重。社区服务站上我的同事们再次给了我莫大的帮助，最后没办法，在他家安排了人来看护他。父亲自然很不乐意，但至少这样能让他继续呆在自己家里。但看护人也不可能一天二十四小时都守着他，于是，他又跟以前一样，到处游荡。我们一周会接到好几个警察打来的电话，通知我们他们又在哪里发现了他。

好像这一切还不够让我们烦，我父亲竟然把房子给点着了。他现在对他自己来说都是一个危险人物。于是我和姐姐琳达开始为他寻找疗养院。现在好的疗养院总是人满为患，要找一个合适的还真不容易。最后，我陪父亲的时间比带艾米的时间还多。

一天晚上，大概十点左右，我正在干堆积如山的家务活，电话响了，是父亲的夜间看护人，她说："乔治不见了。"

我马上给派出所打了电话，然后开着车在那些我认为他可能在的地方找他。大概一个小时后，警察给我来电话说已经找到他了。可怜的父亲几乎处于完全崩溃的状态，他们找到他时，他正在一个陡峭的山坡艰难地往上爬：母亲的坟墓就在上面。

这件事影响不小，不久以后，米里诺庭院疗养院就给父亲提供了一个床位。这个疗养院很适合父亲，因为他就是在这个地区长大的，而且对面就是以前我们生活过的德士林路。最主要的是我跟这个疗养院的许多工作人员都很熟，他们肯定会好好地照顾我父亲。这所疗养院不仅对父亲来说很特别，它本身就是一个特别的地方。

18

哈里

现在，父亲已经在米里诺疗养院安顿好，丹尔在格洛克学校表现良好，而且即将迎来暑假，我的生活终于恢复正常了。父亲精神失常的一个重要影响就是我把艾米给疏忽了，我现在非常希望能跟她在一起多呆一些时间。在她刚刚一岁的时候，我就开始带她参加当地的一个妇幼团体。尽管她年纪最小，但她和其他小孩相处得非常好。我和其中的一位叫保罗妮的妈妈关系不错，她的女儿尼娜和艾米是同月出生的。我们以前在社区公园就见过，现在我们每周都会在这儿见面，好让两个丫头在一起玩耍。

我认为抽点时间出来和跟我处于同样境况的妈妈聊天真是个不错的主意，我们在小女孩该如何在一起玩耍和学习的问题上很是一致。艾米和尼娜很快就成为了好朋友。还记得两个丫头刚过完两周岁生日时，保罗妮发现艾米能说好多话，而尼娜跟艾米相比就差远了，她显得有些担心。我就跟她说了丹尔的事情，告诉她根本就不用担心尼娜。

艾米和尼娜在一起玩得很开心，同时我也在当地一个私人托儿所给她报了名，希望她可以结识更多的朋友，为她上学做准备。我现在只希望她快点进托儿所，因为我发现她好像变得有些内向，总是一个人静静地玩耍，或是看动画片。那阵子父亲的事花了我很多精力，当时我还得值夜班，尽管我努力使各方面达到平衡，但我觉得艾米变成现在这样，或许跟我的疏忽有关系。

一天早上，艾米正在她的小卧室里自娱自乐，我通过门缝偷窥了她一小会儿，她不知道我在看她。只见她安静地躺在地板上，目不转睛地盯着旋转木马上摇摆的小人。看着我的小女儿那么满足地躺在那儿我忍不住笑了，然后，我稍微调整了下姿势，看到了她的眼睛，结果突然感到一阵冷风穿堂而过。只见她眼神迷离，但不是像我想象的那样，被小人吸引了，而是傻傻地盯着旋转的木马。她非常安静，面无表情，就那样呆呆地看着木马旋转。我的心突然被什么东西重重撞击了一下，疼痛无比。我简直不敢相信我看到的这一幕。

我以前也见过这一幕。就在丹尔的自闭症出现以前。他也是那样躺着，出神地看着他的玩具车前前后后反复移动。十几年后，我又站在这里，看着我女儿重新上演她哥哥那一幕。

我迫使自己轻轻地向艾米走过去，把她抱起来，温柔地抱着她。我用颤抖的声音问她："艾米，喜欢这个木马吗？可不可以让妈妈玩一下啊？"

我使劲让她注意我："艾米，是妈妈呀！跟妈妈打个招呼吧！"她对我的努力视而不见，只是一个劲儿傻笑。我祈求道："跟妈妈说句话吧，艾米。求求你了！"

当她终于开口说话时，我既感到解脱又感到绝望，因为她说：

"维尼熊。"

我现在是彻底迷惑了，我努力想跟她一起玩，但她就是不理我，眼里只有她的木马。我紧紧地靠在门上，就那样看着她。这跟几周前那个小女孩简直判若两人，她现在对我来说就是一个陌生人，很明显，我对她来说也是陌生人。

我又尝试跟她玩得热闹一点，就像我们以前和丹尔一起玩那样。我让艾米坐在我圣诞给她买的一个玩具狗上，这个玩具狗就像一只带有滑轮的金色小猎狗。我们教艾米叫它哈里，和亨利的名字很接近，和亨利爸爸的名字一样。我以前在哈里的项圈上拴了一条长绳子，经常牵着它在社区里转悠，艾米坐在上面不知道有多开心。

我那天非常努力，对她说："艾米，来吧，唱首狗狗曲。"

而我听到的就三个字：维尼熊。她以前是那么一个快乐可爱的小宝贝：她聪明、能说会唱，人见人爱。由于亨利和哈里的缘故，我教过她一首派对歌曲，她总会完整地唱下来，还会模仿三个不同版本的"橱窗里的那只小狗多少钱"。现在我试着给她唱这首歌，希望她能跟着我哼起来，但我一首歌都唱完了，她仍然毫无反应。她以前至少都能接上两句的。我心情沉重，深深地吸了一口气，努力在杰米回家之前保持平静。

当我告诉他我的担忧后，他说也觉得艾米变得内向了，和我一样，他认为是由于我忙于照顾我的父亲而忽略了艾米的缘故。从那天起，我们在家里尽量避免一切干扰，注意力全部集中在艾米身上。杰米一直在旁边支持我，他也想尽最大努力来帮助艾米。虽然我内心深处觉得这种方式会无济于事，但我真的希望只要我多多关注她，她就会变回以前那个活泼的小女孩。

日复一日，我无时无刻不和艾米在一起，就像以前照顾丹尔那样，陪她玩，教她说话。无论做什么，我都会让她参与其中，做早餐、做家务以及收拾她的小屋子。每次我光是往洗衣机里面放衣服就能花上半个小时，因为我一面放一面哄她，希望能哄出一个字来。有一件事可以肯定的是艾米的理解力比丹尔好得多，很多时候她还是愿意和我们交流的，而丹尔当时对我们来说简直是一个非常大的挑战。只有亨利才能让他说话。

2002年5月到8月，尽管我从未放弃过努力，但艾米还是离我越来越远了。我知道我还是无法阻挡噩梦的降临。她越来越抑郁，脾气暴躁，不是手握拳头使劲捶打她自己脑袋，就是一个劲儿地击掌，或是绝望地尖叫，看到她这样，我心如刀绞。我很清楚自己即将面临什么。不管我有多努力想阻止事情发生，但自闭症已在一步一步吞噬我的小女儿。

艾米以前会说的那些话现在都不会说了，成天咿咿呀呀不知所云。丹尔以前是迷上了诗，而艾米一直挂在嘴上的是那几个毫无意义的词汇："维尼熊，哈里，哎哟。"在其他时候，我们听她念叨的是"噢！维尼熊掉进洞里了"。随之而来的是伤心的尖叫。

有一天，我终于忍无可忍，崩溃地倒在沙发上。我不知道这一切都被丹尔看在眼里了，他突然走过来给了我一个大大的拥抱。而他接下来说的这些话是我从来都没有奢望过的："妈妈，不要怕，我知道你在担心艾米，你担心她会跟我以前一样，但你不是把我给治好了吗，你一定也可以把艾米治好的！"

做好充分的准备之后，我们首先带艾米来到了名声甚好的马德里拉私人托儿所，这里提供的戏剧和舞蹈课程对艾米的身心发展都将有好处。我第一天去接她的时候，一切都还感觉不错。两周后，我照常去接她的时候，其中一个护工说想和我聊一聊。

"我只是想知道你对艾米有没有什么担忧啊。"她说。

"这个，"我说："我想她需要更多地和别人相处。她好像性格变得有些内向了。"

她同意这一点，但她觉得问题没有这么简单。她说她感觉艾米不是那么合群，而且她在表演和语言方面的表现也不如同龄儿童。我谨慎地跟她谈了会儿，最后同意带艾米去看看言语治疗师。这位年轻姑娘突然说道："别担心，我们以前也带过有自闭症的小孩。"

尽管这些话让我感到震惊，但姑娘没有敷衍了事的态度还是给我留下了深刻的印象。我始终保持了冷静，然后带艾米回家了。

我帮艾米系好安全带后，打开音乐，把音量调得很高，想把自己淹没在这巨大的噪音里。我哭了，最可怕的事情终究还是发生了，我感到无比的痛。这种痛就像好几年前在阿希顿，我躺在家里厨房的地板上面临死亡时的那种痛。我到底做错了什么？为什么我的宝贝女儿和丹尔一样也要遭受这样的折磨？老天太不公平了！

我渐渐地平静了下来。我告诉自己应该勇敢面对，我知道命运是不公平的，但决心不让自己成为受害者。我不在乎别人会怎么想我，我会竭尽全力帮助艾米，给她所需要的一切，给她值得拥有的一切。自闭症不会摧毁我们已经拥有的一切。我决定不管怎样，都要像丹尔说的那样，把艾米治好。

那天晚上我们又开了个家庭会议来讨论目前的情形，我们让丹尔也参加了，他已经14岁，是个懂事的孩子了。但气氛有点尴尬，丹尔说："不要担心，妈妈，我可以帮上忙的——我知道这是怎么回事。"

我们谈到了艾米的言语治疗师格雷斯，她在海兰德的时候帮丹尔做了很多事情。

丹尔又给了我一个大大的拥抱，"妈妈，一切都会好起来的，"他坚定地说："格雷斯能那样帮我，她肯定也能像帮我那样帮艾米的。"

真是无巧不成书，当艾米的自闭症来袭的时候，站在我背后支持我的竟然是丹尔。杰米也支持我，但他自己也有很多另外的烦恼。我们只告诉了罗琳和布莱恩夫妇、伊利诺以及芭芭拉几个好朋友。这对我们来说就是一场灾难，我们一跟人提起就会难过。

我的所有痛苦丹尔都看在眼里，他时不时会给我关爱和信心，比如他一天会拥抱我好几次。这确实有点让人受宠若惊，但我从来不会把他推开，因为他对我的爱和他对他的小妹妹的担心让人非常感动。

一想到噩梦将重演，心里就痛苦不堪。我感到从未有过的孤独和绝望。我夜不能寐，让医生给开了安眠药，但即使和酒一起服用，我要是一晚上能睡上三个小时就是万幸了。情况越来越糟，最后我不得不单独睡在一个房间里，这样我才不会影响家里其他人休息。

11月的一天，天气阴冷、灰暗，我无法忍受房子里的空旷，于是带着亨利开车去了沙滩，想好好整理下思绪。我谁也不想见，只想一个人静静地呆着。我把亨利撒开了，让他自己闲逛，我就坐在一块大石头上呆呆地看着他，试图想弄明白我前方将面对的是什么，我到底该怎样才有力量再次应战。

我朝亨利看去，他和我一样孤单，但他看上去却很快乐。我在想如果没有他的陪伴我将如何度过这一天。孤独的我在这空旷的海滩上终于有机会好好整理整理思绪了："我怎么能让丹尔，甚至让亨利失望呢？"这个想法一下子给了我莫大的继续斗争的力量。

几个星期后，格雷斯来了，还带了另外一个言语治疗师。他将是艾米的主治医生，格雷斯主要负责观察。他们都能看到艾米的行为具有明显的自闭症特征，尤其是当格雷斯手拿一个玩具杯问她那是什么的时候，她回答："维尼熊。"

我告诉格雷斯，虽然我知道艾米是有希望的，但一个不容忽视的问题是艾米只知道简单地重复别人说的话，她根本不明白什么意思，也没有兴趣和人交流。这一问题以及我和格雷斯讨论的其他症状，都意味着必须得给艾米做一个自闭症诊断，但这在没有一个全面的评估和漫长的等候之前是不可能的。

格雷斯的评估结果让我大吃一惊：艾米在两岁8个月大的时候的语言水平只相当于一个正常的18个月大的小孩的语言水平。

第二天，我打了一上午的电话，就为了找一个可以快点做诊断的地方。我给布罗林的国家自闭症协会打了电话，但他们那儿已经排上了长长的队伍，而且他们还不接收私人病人。我又给约克山打了电话，那里的护士倒是很热心，但她照样告诉我已经有很多人在排队等候了。她说如果我不相信以前的地方诊断，他们倒是可以给艾米再看看。我再一次几近崩溃，于是给格雷斯打电话，告诉她我等不及了。她非常理解我，通过努力，终于在她们那儿给艾米定了一个12月的预约，等几周就可以了。我对她感激不尽，因为我真的觉得自己已经到了崩溃的边缘。

和丹尔以前一样，治疗过程中还同时需要一个教育心理学家的帮助。这当然非玛丽·史密斯莫属了，几年前我们也迫不及待地想早点给丹尔做诊断，当时就找到了她。我们觉得她当时并不是太赞同我们给丹尔提供的治疗方法，所以这次她要来家里给艾米做评估的时候我们深感不安。

但最后我和杰米达成一致：主要目的是想给艾米一个及时的诊断，那就不妨再次把玛丽请来。

2002年11月11日，玛丽·史密斯如期来到我们家，随行的还有一位曾经在海兰德学前语言机构治疗过丹尔的言语治疗师。尽管我已决定要为艾米而战斗，但当真的需要去会见玛丽时，我知道我还是很脆弱的，于是杰米请假回来和我一起面对这个结果。

言语治疗师在餐桌上训练并且观察艾米，玛丽用着12年前我们请她诊断丹尔时一样的口吻和我们说话。我坐在她旁边，杰米背靠着椅子。我努力想控制自己的焦急，告诉玛丽我们所观察到的艾米的异常行为，告诉她我们知道那就是自闭症。

我永远都不会忘记她告诉我结果时那轻松的表情：她说艾米和丹尔不一样，丹尔的情况是严重的。这句话竟然来自一个当初在我们确诊丹尔患有自闭症之前反复说丹尔没有此症的人嘴里。

我问玛丽在学前语言机构是否还有床位，因为我知道只有早点采取行动，早点接受有针对性的治疗，加上我在家里的不懈努力，艾米才有可能会恢复。但玛丽的回答让我非常恐慌，她说："应该要明年8月份才有位子吧。"她又补充了一句，这句话我们在过去几年里一直听到："托儿所是供不应求的。"

杰米坐在那儿一言不发，还没有从玛丽刚才说的话里缓过神来。言语治疗师也感到玛丽的话太过唐突，但我能感觉到她同意玛丽的话。最后我问玛丽：能否给她开一个证明，证明她的情况比较严重，得到的答案是：还是让一个专业人士再给她看看吧。这已经是第三次请专业人士给她诊断了，我认为她一定是患上了自闭症。

我又用颤抖的声音问玛丽，是否可以让特里回来帮助我再给艾米做一次评估。她答应她会尽力。她走之前，我忍不住又问她艾米到底是不是得了自闭症，她回答："还是等等看斯凯拉客的医生怎么说吧。"

我抱着艾米，强颜欢笑地送走了玛丽。我对言语治疗师的帮助表示感谢，言不由衷地说她的方法让艾米有了一些起色，如果她能继续帮助艾米的话，那艾米肯定能有明显的进步。然后回到客厅，放下艾米后，我对杰米嚷道："你怎么一句话也不说呢？你刚才坐在那儿屁都不放一个！"

他挣扎着说道："我无法相信刚刚看到的一切！我接受不了！"

我没意识到他整个过程都处于一个惊恐的状态。

当艾米安然无恙的在她卧室里玩耍时，我再也无法控制内心的愤怒和绝望，坐在地板上开始抽泣，我真的无法理解为什么同样的事情又发生在我们身上，我感到非常的迷茫。杰米走过来抱住了我，他也在哭。我们相拥了一会后，我推开他，直直地看着他的眼睛："够了！我们不会就这么算了！"

一杯茶后，我们平静了下来，决定继续向吉米·泰勒和基尼特·斯特林寻求帮助，他们和我们关系不错。我还给教育部门写了信，请求他们给艾米另外派一位教育心理学家。谢天谢地，以前负责丹尔的那个人又被分配到了我家。我不信真像玛丽·史密斯说的那样找不到一家托儿所，我给当地的一个莫福特学校打了电话，这个学校据说有很好的托儿所服务。当得知校长塞勒维亚·吉林邀请我去跟她谈一谈时，我备受鼓舞。她觉得我的请求合情合理，表示她会尽最大努力给艾米在托儿所找个地方。

她没有食言，艾米从2月份起一周就可以在托儿所待5个上午。我决定除此之外每周二下午把艾米送到马德拉去，这样她才有更多的机会和人相处。

特里每两周的下午就会过来看看艾米，他非常同情我的处境。同时，为了弥补艾米去莫福特上学之前的12个星期的空缺，我化悲痛为力量，拼命地利用维尼熊锻炼艾米，就像以前用米奇锻炼丹尔一样。但这次，我却不是彻底的孤单了，因为聪明的亨利也参与进来，只是以另外一种方式罢了。

丹尔白天上学不在家，亨利就向我一样频繁地出现在艾米面前，所以从某种意义上来说她是有"人"陪的。要么是亨利主动和艾米玩，要么是艾米想和他玩，而且，和丹尔以前一样，她也会帮忙照顾亨利，并从中学习，尤其是如何给亨利喂食。艾米的饮食一直都很健康，很丰富，但自从自闭症出现后，她开始变得挑食，有时一点东西都不吃。亨利饿的时候会走向食盆或是一只碗，示意艾米该怎么做，就像以前教丹尔一样。

艾米想象力比较差，于是我准备了一个过期的氧气罩，一小袋假注射液，在上面系上一根绳子看上去就像点滴液，一件很小的医生白大褂，以及其他一些医用装备。把这些东西都放在了一个从我工作的地方弄来的药箱里，还塞进去了一个很旧的听诊器。

所有道具都齐全后，我们开始玩宠物医院的游戏。由维尼熊和其他毛绒玩具充当病人，最听话最有意思的病人还是非亨利莫属。他乖乖地躺着，任凭艾米在他身上做什么，他都不反抗。艾米给他带上了耳部检查仪，还用假注射器给他打针。渐渐地，艾米开始用自己发明一些治疗方法和检查方法来给亨利"看病"。

亨利是一个很成功的老师，他教会艾米一种特殊的方式来和他交流，即使艾米坚持叫他哈里他也不介意。我试过很多遍，让她把名字纠正过来，她就是不听。她已经先入为主地认为哈里才是她的狗，而亨利只是丹尔的狗。后来我们干脆作罢，只有哈里能调动艾米的兴致，我们也没必要非得纠正她。而事实证明，哈里在帮助艾米与人沟通方面做了不少贡献。如果我们带她出去逛街，她看到狗玩具时就会

说 "给哈里买这个吧"或是"艾米想给哈里一块饼干"。她总是直呼自己的名字，丹尔以前也是这样的， 需要好几个月的耐心教导才能让她学会使用人称代词。

更可笑的是，她也开始直呼我和杰米的名字。这个毛病的出现得赖我，为了让她说话有礼貌，我告诉她在和人说话前需要先说"打扰了"，然后叫人名字，这样别人才知道你是在和他们说话。但她对这个原则的理解就是这样了。我们知道这对她来说太难了，所以我们允许她继续直呼我们的名字——在某种程度上，她没有错，因为我就是这么叫她的。为了把握平衡，我们会在恰当的时候插入"妈妈"或"爸爸"，提醒一下她我们的角色。

尽管亨利在丹尔的康复过程中起到了举足轻重的作用，我们还是不想艾米和亨利有过多的接触，因为艾米的情况没有那么糟糕。她能够轻易从孤独中走出来，而且她已经表现出了巨大的潜力。我们感觉让亨利扮演太重要的角色会阻碍艾米的发展。

现在我们有哈里的帮助，有马德拉托儿所的照料，还有我自己的努力，要给艾米找一个同龄伙伴玩不是什么难事。尼娜是她的好朋友，给了艾米很多指导甚至像妈妈那样照顾她。她好像明白艾米理解力有些差，需要她帮助，她照顾艾米的方式真的让人很感动。艾米还经常和罗琳的孙子里斯一起玩。

里斯比她小8个月，但他俩却相处甚好。里斯的妈妈丽萨知道我有多想进入艾米那封闭的世界，帮助她和其他小孩交往。有一天她突然蹦出一个想法。艾米害怕洗澡，所以如果不是十分必要，我不会给她洗澡。丽萨却建议我每周一傍晚把艾米送她家去，让她跟里斯玩会，然后给他俩一起洗个澡，或许艾米会觉得有意思。于是在离莫福特开学还有10周的时候，我每周一傍晚都要来回开车16英里去接送艾米，而每次去接时艾米都是身穿睡袍，头戴小花。

有伙伴一起洗澡给她带来的快乐，以及长久的面对面的接触，艾米终于活泼起来了。丽萨真是一个天生的好老师，艾米非常喜欢她，也很喜欢和里斯一起玩。每次我们一回到家，艾米就会把头发弄得乱七八糟，但丽萨从不放弃，每次我去接艾米时丽萨又把她打扮得像时尚杂志上的小模特，更重要的是，艾米浑身洋溢着快乐。

丽萨的计划圆满成功，艾米后来再也不怕洗澡了。就像亨利在那些年一直陪伴在丹尔身边，另一个朋友走入了我们的生活，帮助我们克服了一个同样的难题。

为了让她将来能适应莫福特学校的生活，我们倾注了巨大的心血。当看到艾米身上重新充满活力的时候，我们长吁了一口气。她的语言表达能力和理解能力都有进步，最重要的是她喜欢反复念叨的坏毛病不见了，这是对我们最棒的奖励。

在艾米3周岁生日的前一周，言语治疗师再次来给她做评估，看她是否可以去莫福特和学前语言机构上学。我们抱着艾米和言语治疗师面对面地坐在餐桌旁，对他们的各种测试，艾米都表现良好。最后，治疗师问我："你们应该费了不少心血吧？"我不是很明白她的意思，小心地看着她查看检测工具。让我震惊的是，艾米现在的语言和理解力已经达到了32个月大的小孩的水平——她在3个月里取得了14个月的进步。

我已身心俱疲，但我们努力的成果确实显而易见的。现在艾米不仅能充分享受托儿所甚至莫福特学校的教育机会，更让我放心的是，她再也不需要去学前语言机构了，她已经把这个位置让给了需要帮助的小孩。

2003年1月22日，我们第二次去拜访在格林诺克的斯凯拉克儿童发展中心，我们12月份已经去过一次，但那次他们只给做了个初步评估，看艾米是否具有自闭症的特征。结果显示是肯定的，但不幸中的万幸是，艾米的症状不算严重。医生让我们一年以后去复查，但我们决定还是不去了，有两个原因：第一，我们想尽量避免和专家不必要的见面，每次见面都给我们带来巨大的压力，而且医治丹尔的经验让我们对医生不再那么信任；第二，关于艾米的病情，我们该知道的也都知道了，不想耽误另一个焦急等待着诊断的家庭。

有所得必有所失，随着艾米情况的好转，我的身体状况却出现了问题。2003年2月，我总感到头部剧痛，胸口憋闷。我以前也有过多次类似的感觉，但这次最为严重。去医院看了看，医生让我做个心脏检测。有一个咨询师在听说我的情况后，给我开了点安定，这对稳定血压有好处。服用后我舒舒服服地睡了两个小时——好久没有这么舒服地睡一觉了。医生说我以后不能再过度操劳了，但我不后悔，只要艾米恢复正常，我付出的一切都是值得的。

艾米开始在莫福特托儿所的生活后，我和学校的教职员工保持着紧密的联系。在他们的努力下，艾米变得开朗了很多。于是她与人交往的能力也随之大大增强，她甚至都能参加托儿所组织的圣诞话剧演出了。我想这或许也应该归功于艾米在马德拉的那段日子。

每周六上午，我还把艾米送去艺术协会上戏剧课，这个喜剧培训班是开拉弗莱开办的。每学期末看到艾米在艺术协会剧院的舞台上，面对座无虚席的观众表演，是我们最开心的时候。

有一次在一个合唱结束后，艾米突然发现她多罗西奶奶也在观众席里，她又跑回舞台，大声喊道："奶奶好！"她表现得如此自然，让观众觉得这似乎是有准备的即兴表演，每个人都开怀大笑。艾米的各种搞怪让她出尽了风头，尤其是在高年级学生表演压轴节目的时候。本来艾米她们低年级学生是被安排站在舞台下面等候高年级学生上台的，但艾米可不管那一套，她径直走上台阶，站到舞台上面去了。在这以后，我又让艾米参加了其他很多活动，比如绘画和体操，这些都对她的社交能力帮助不少。

日子就这样过着，我继续着在社区卫生服务站的工作，帮助社区家庭照顾他们那些永久性患病的亲人。我们还多了一个惯例，那就是去米里诺休养院看望我的父亲。我每次都会带艾米一起去，那里的工作人员非常善解人意，每次都允许亨利跟我一起进去。在某种意义上，他对那里的病人来说成了"治疗性宠物"。

亨利总爱躺在公共休闲室，仿佛这是他的家一样。有些孤僻的病人不爱和人说话，但他们却喜欢和亨利交流。每个人都非常期待他的到访，亨利也不负众望，应该是护士给他的美食吸引了他。

工作人员也非常喜欢艾米，有她们帮我照看艾米和亨利，我就可以好好地陪陪父亲了。他们肯定没想到艾米可以成为那里理发师或是治疗师的"帮手"，在某些方面，这个疗养院对艾米来说就像当初维尔帕克对丹尔来说那么重要。

有一天，我带着亨利和父亲坐在休闲室的时候，艾米跟着理发师出去玩了。她们在一起玩了一个小时左右，中间我时不时地会去看一眼，每次都看到她们在一起玩得非常开心，理发师没有任何抱怨，但最后她把艾米带回我身边的时候，笑着对我说："她真是个可爱的小女孩，你现在可以让她消停会吗？"这是艾米"过分活跃"的一个典型例子，她喜欢和别人玩，只要对方愿意听，她就有说不完的话。

艾米和那里的几个病人非常熟，她最喜欢的是一个叫维尼的阿姨，至于理由就再明显不过了。维尼经常要艾米画画给她看，其他病人甚至员工有时也会提出这样的要求，艾米每次都会爽快地答应。但在这个特殊的环境下，有些事情是不可避免的：艾米有时会突然发现某个床位上换人了，于是她慢慢开始有了年老和死亡的概念。我们告诉她以前在那个床上躺着的人去了天堂，像玛姬奶奶，她就是去了这个地方，这是一个美好的地方，一块乐土。那天她突然说了一句话："当轮到爷爷去天堂的时候，下次我们来的时候他床上躺的就是另外一个人了吧？"看来她是真的理解了。

十几年前，丹尔的病情给我们带来了无数的挑战，我想当时如果可以选择，我们肯定宁愿选择一个超级捣蛋的孩子。虽然艾米在语言方面比丹尔强多了，但她也没少让我们操心。实际上，她对事情的快速领悟能力，以及她那种打破沙锅问到底精神，让我们更加难应付。丹尔非常听话，在家里听父母的话，在学校听老师的话，这让我们省了不少心。但艾米就不是这么回事了，让她做一件事简直比登天还难，你必须给她一些奖励去诱惑她。

我们后来明白了，你在对付的自闭症有多严重并非那么重要，而孩子所患自闭症给生活造成什么样的影响，才是真正重要的。

19
崭新的世界

2003年8月，丹尔15岁，艾米3岁半。艾米最痴迷的东西闯入了我们的生活，而我们对这些东西一无所知，必须得从零开始学习，这让我克服了巨大的恐惧。

我们再次决定，到黑池游乐海滩一家不错的酒店度过家庭假期。那天，我们在沙滩上漫步，艾米看到十多只著名的黑池驴，它们脖子上都带着刻有自己名字的项圈。艾米想要骑到其中一只驴的背上，还等不及那位女负责人多问一句："你想骑到哈里的背上来坐坐么？"艾米就已经迫不及待了。

杰米看着艾米很自然地坐在驴背上随这一队驴子慢慢远去，说："艾米这样倒很像是电影《七侠荡寇志》（又名《豪勇七蛟龙》）里民防团的团员呢！"驴队走回来的时候，艾米咧着嘴，喜气洋洋地笑着。驴队的领队说，她已经很久都没有见到一个孩子像艾米这样坐在驴背上开心成这样。

艾米还没等从亨利背上下来，就嚷着要骑另外一头叫做哈维的驴，紧接着她又骑了4头驴。我们最终还是想到了办法说服她从驴背上下来前往游乐海滩嘉年华。在那里，我们再次满足了艾米骑东西的爱好，这次不是驴而是马——她把旋转木马上所有可以骑的马都骑了一遍。

也就是从那一天起，我们的生活发生了变化，不论我们是否喜欢，就让这世界上所有像马的东西都出现在我们的生活中吧！

虽然我挺喜欢马，但是我对这种动物一无所知。事实上，马的高大体型和力量让我觉得恐惧。尽管这样，我还像给丹尔寻找亨利做伙伴时一样，满心欢喜地去满足艾米对马的痴迷。我竭力克服对马的恐惧，所以等我们从黑池回家以后，我就去了离我们不到一英里的一个马厩。那个马厩允许人和小马驹一起散步，也教人怎样管理照料马厩。我对一个女孩儿说明了艾米的情况。她是负责管理场院的。她觉得让艾米和马多接触对于艾米非常有帮助，听到这里，我很高兴，因为她们愿意尽力帮助艾米。

我做了预约，艾米每个星期天去马场牵着马走一走；每两个星期学习一次如何管理马厩——这个课程是一对一辅导的，她会学到怎样去照料一匹马。这种和外界互动的方式充分调动了艾米的兴趣，为她开启了一个与外界相连的新世界。

艾米每个星期天都会到阿德湾骑术中心上课，所以我俩成了那里的常客，而且在那里我们结识了很多朋友，包括罗斯玛丽·吉斯比和她9岁的女儿，艾欧娜。艾欧娜有一匹很可爱的马，名叫洛基。当洛基在我旁边的时候，我就感觉到一种非常舒心的氛围，虽然是马，但是他好像有黄金猎犬那样温顺的天性。

从艾欧娜和艾米带着洛基参加骑马比赛那天起，她们的友谊就发展起来了，两个人可以一起照料洛基，而艾米有时候甚至可以骑在洛基背上。

艾米身着骑马装，骑在洛基背上，看上去又可爱又纯洁。艾欧娜牵着洛基在赛场上绕着圈。评委们不知道艾米有自闭症，所以艾米就和其他参赛人员一样，没有任何特殊待遇。尽管她和艾欧娜没有跻身获奖者之列，但这对于艾米来说仍然算是一次奇妙的经历。

在罗斯玛丽和我的眼中，她们身上找不出任何瑕疵——她们两个才是这次比赛全胜而归的赢家。毫无疑问，我们即将要迎来一位四条腿的家庭成员，一位完全属于艾米的成员。

2003年12月，我们搬家到古罗克，也就是我们现在住的地方。在这里，克莱德河的美景尽收眼底，房子里仿佛有一种充满生机的感觉，尤其是对于亨利，他终于有了一面从天花板到地板的落地窗，从此他可以探索他所感兴趣的任何领域。这座老房子离市中心很远，丹尔和他的朋友们也因此而远离了，杰米和我就成了出租车司机。所以我们考虑再一次搬家，以方便丹尔培养独立的性格。

丹尔的朋友几乎成为丹尔生活中不可缺少的部分，他们不是一起住在我家，就是一起外出到某个地方过周末，打发节日。这些男孩子开始对组建乐队产生了兴趣，丹尔在乐队里担任吉他手。我们回家的时候常常发现我们的客厅已经被这群摇滚新星用作排练场。为了激发灵感，他们开始去听大型的摇滚音乐会，这也标志着丹尔生活中的又一个重要阶段——是时候给丹尔配一部手机了，应该要让我们15岁的丹尔融入到他的同伴当中。

我们仍然很重视丹尔的安全问题，虽然他慢慢独立，但还是很容易受到伤害。这也就意味着我们要做更多的努力。比如说教丹尔怎么用手机。由于我也才学会怎么用手机，教得并不好，丹尔正处于青春期，有强烈的逆反心理，导致他对我的教授非常反感。

但丹尔很喜欢我们的朋友肯尼，肯尼在一个在手机厂工作，他为丹尔挑选了一个带内置摄像头的高端手机，而且配齐了所有的配件。丹尔去肯尼家，在很短的时间内就学会了怎样熟练的使用手机。他们像朋友一样，用手机拍照，互发短消息。我们十分感激肯尼为丹尔所做的一切。

亨利的图片，毫无疑问地成了丹尔手机的屏保图像。为此，我们很感激肯尼，因为他和我们这些年遇到的其他人一样，走进了我们的生活，用他们的方式帮助我们，为丹尔和艾米创造了一个全新的世界，让他们得以体验生活的美好。

丹尔一天天长大，慢慢独立起来。他的朋友——罗伯特、瑞恩以及乐队里的朋友都明白，亨利是丹尔生命中不可缺少的一部分（他们也都很喜欢亨利）乐队在我家客厅里排练完休息时，会带着亨利一起去商店买东西。这些孩子挤坐在电脑周围的时候，亨利也会挤在他们中间。丹尔的朋友斯考特很理解亨利和丹尔之间的深厚感情，在丹尔生日的时候，送给丹尔一个金黄猎犬饰物，丹尔一直保存着，放在房间里。

这次搬家的最大好处就在于丹尔现在步行就可以找到他所有的朋友，即便他想去格林诺克购物中心，搭一趟公车就能到。瑞恩家离这里12英里，丹尔就步行去格林诺克火车站，坐火车去找他。我和杰米都非常惊喜，这样一来我们就不用开车接送丹尔了。保证丹尔单独行动的安全一直都是非常重要的，我像往常一样，和丹尔保持一定的距离，在后面看着他。

搬到这儿的另一个好处就是我们只需步行10分钟就可以到莫夫特小学。我们希望艾米在这里上托儿所和小学。

总之搬家好处很多，然而我们开始为亨利日渐恶化的行动障碍而担忧。亨利上下家门口的这30级台阶越来越困难。他已经11岁了，有时候站起来都很费力，尤其是在早晨，常常在他试图站起来的时候，我帮他慢慢减轻后面身体的负担。他有关节炎，我和丹尔常带他去看兽医奈杰尔·马丁，他给亨利开一些药物来缓解病情。

幸运的是，在亨利小时候，我们就给他买了医疗保险。奈杰尔说亨利病情恶化是难免的，我们必须小心照看。丹尔继续负责照料亨利，带他去散步，喂他吃药。因为活动变少了，亨利慢慢开始怕冷，我们给他买了一件很不错的外套。他现在已经没办法上楼去丹尔的房间了，于是我们给他特制了一张床，这样他就可以和我们一起睡在一层的房间里了。

亨利的新床是用特大号柔软漂亮的羽毛被做成的，我还在外面罩了一层软羊毛的布料。他睡在上面舒服得就好像一只小虫子。我去买外罩布料的那天很难忘，因为我带了一个"小监察员"——艾米。

我们去了一家生意很好的布料店，艾米在一块蓝色羊毛布料上发现了一个爪印，一下就兴奋起来了，店员给我们剪布料的时候，她插嘴问："阿姨，这里有马毛布料么？"

"不好意思，我们这里没有马毛布料。"店员微笑着回答。

"那么您可以帮我进一些这样的布料么？"艾米潇洒地问道，把周围的人都逗笑了。

艾米跟他哥哥一样，无论在哪里，都知道怎么把她的小偏好融入环境当中。

我们买布料的时候，丹尔正跟着彼得叔叔和卡罗婶婶在去纽约的路上。杰米把丹尔送到了格拉斯哥机场和叔叔婶婶汇合。启程前，丹尔冲着杰米挥了挥手，满心欢心道了别。他很喜欢去伦敦，所以我们知道，他会很喜欢这次纽约之行的。现在看来，任何情况下，不论去哪里，丹尔都很高兴和彼得叔叔、卡罗婶婶在一起。这次旅行一定会非常精彩。

丹尔回来的时候，一副满足的样子，说自己很喜欢这次旅行。我们问他有没有做什么特别的事情，他很平静地说："晚上九点坐上飞机时，我看到曼哈顿的高楼大厦灯火通明，在黑暗中显出非常美丽的轮廓。"

丹尔不紧不慢地走进了自己的房间。自从丹尔给我们描述在洛克斯堡大街上弄丢的那个用乐高积木拼成的小男孩时起，我们就一直在琢磨他都想些什么。生活是现实的，所以我们怎么也想象不到，这些年他是怎么在想象中把城市的轮廓同一道天际线联系起来的。

丹尔纽约之行后没多久，我看到一则消息说詹姆斯·瓦特学院的初级汽车机械课后班招收14到16岁的学生。既然丹尔在为达到成绩合格而努力，我想这门课可以帮他适应学院的学习氛围，为将来就业创造一个良机。这无疑为他以后拥有自己的车提前打下了基础。

当我看到丹尔穿着铁皮头靴子和一身肥大的工作服的时候，觉得有点可笑，但是又觉得幸福——丹尔看上去长大了。平时他和同学们都穿贴身的工作服，现在显然是这身装束让我产生了这样的错觉。

还有一件让我记忆犹新的事情，就是艾米在托儿所得了水痘，浑身都长满了小疹子。她总觉得昏昏欲睡，这让她很不习惯。水痘造成的皮肤瘙痒让她感觉很难受，艾米看到她身上和脸上到处都是水泡，就歇斯底里地哭喊："把它们都挤掉，挤掉，把它们从我身上弄走！"

我尝试各种办法来转移她的注意力，最后只能用电视上的儿童节目。幸运的是，电视节目天线宝宝里，她最喜欢的那个角色也得了水痘，这让艾米觉得舒服了一点。看完电视，吃过抗组胺药之后，她就沉沉地睡着了。

艾米心情不好，我想让亨利哄她开心，就用西红柿酱在亨利脸上耳朵上都画上红色的大斑点。亨利像往常一样安静，不反抗，纵容了我新想出来的荒唐主意。我不得不说，看上去还真像那么回事。

艾米睡醒了，我假装没有注意到亨利的"病"。艾米一看到亨利就扑哧一声笑了，对我说："妈妈，你看，亨利也得水痘了。"

我假装给亨利喂药，就是一小勺糖浆，然后假装很担心艾米把她身上的虫子传染给亨利。艾米知道她不是家里唯一得水痘的人之后，精神就好多了。她的水痘比亨利消退得早，这让她能够积极看待自己的病。

艾米的水痘痊愈之后，又发生了一件和丹尔有关的大事。自从他的自闭症被发现之后，彼得叔叔和卡罗婶婶就开始资助苏格兰自闭症协会。彼得叔叔同时也参加其他各种慈善活动。

2005年4月17日，彼得叔叔说服了丹尔和他一起从弗斯火车大桥上参加缘绳下降的活动，活动是别人赞助的。这也是彼得叔叔第一次和别人一起去参加这个活动。丹尔参加童子军活动的时候就已经做过这个了，但是那次运动量没有这么大。我鼓励他说："你尽管往下跳，我会支持你的。"

这个活动也算是个大事件，很多慈善团体都来了，大喇叭不停地为每一个参加活动的选手加油。天气晴朗，站在庞大的人群里，可以看到巨大的桥柱上有人正在下滑。我们花了好一会儿才穿过拥挤的人群，因为人们都不禁停下来拍拍亨利，亨利很喜欢这样，感觉整个活动都是特别为他举办的一样。

绳子下降的整体高度很高，选手们都小心翼翼、慢慢地走过边缘地带，我不禁开始为丹尔担心。听到刚下来的人描述他们当时有多害怕，我开始怀疑让丹尔参加这个活动到底是不是个好主意。

"你觉得做这个可以么？"我问他，"你如果不想去的话，可以不参加。"

"我有一点紧张，可和彼得叔叔一起，不会有问题的。"

他们开始顺着桥柱的台阶向上走，大概要15分钟才能走到顶上。等待丹尔时，我们带着艾米到海滩上，她造出了一只用海藻和贝壳做成的像马的独角兽。

我们在海滩上欣赏艾米做的独角兽时，听到扩音器报道下面就是丹尔和彼得叔叔了。杰米准备好他的摄录机，稳稳地站在那里。扩音器最后说："丹尔·加德纳，代表苏格兰自闭症协会。"我们看见丹尔迅速往下降，飕飕地，好像一个游绳下滑的能手。过了几分钟，彼得才跟着滑下来，相比之下速度就慢了不少。

丹尔下来之后，回到我们身边，我抱了抱他，亲了一下他的脸颊，告诉他我们都为他骄傲，笑着说："丹尔，对不起，不要怪我。"

他看着我说，"妈妈，这个真有意思。"

他现在能够体会到自闭症曾带给他的困难，当我们把他过去做过的事情拿出来当笑话的时候，他已经可以参与到我们当中，还不失幽默。比如说他曾因为我说过为他感到骄傲，就气得差点把房子拆了。

丹尔参加这次活动让他募集到730英镑，也算是为慈善事业做了相当不错的贡献。他最大的成就是为了自闭症患者而亲自参与到活动中来。

整个夏天我们都在忙着修缮房子，完了之后我们把艾米送到了一个叫莫夫特的托儿所。在托儿所员工和教育心理学家的帮助下，加上我们曾经在丹尔身上用过的方法，结果很成功。为了使艾米将来可以完全融入正常生活，她必须得接受特殊教育帮助（SEN），而且必须得让她有足够的独立性。

艾米的托儿所老师了解到丹尔在治疗自闭症过程中取得的成果，非常乐意和我一起帮助艾米充分发挥自己的潜力，顺利开始在莫夫特小学的学习。

我们目前所有的事情当中唯一的缺陷就是亨利的关节炎。他的行动能力进一步衰退，需要服用更强效的药物。这药减轻了亨利的疼痛，但我们有时不得不停用此药，因为太刺激胃部，让亨利觉得恶心和虚弱，这样就会导致恶性循环。我开始担心起来，亨利现在11岁半了，走不了几步路，需要两个人把他抱上或者抱下车。尽管如此，他的日子过得还算不错，我们也尽可能维持现状。

丹尔正在复习准备考试。在格洛克中学念高中，有时难免会遇到麻烦，但是学校老师给予他支持，并与我们保持联系，总体来说，他在健康成长着。对丹尔不断取得成绩帮助最大的要数一位叫玛吉·卡拉格的老师，以及学校学生辅导处的工作人员。

参加考试是丹尔自己的主意，他要尽自己的最大努力。杰米和我从来都没想过要督促他在学习上取得什么样的成绩，我们只希望他可以从容应对学校的环境，在与人交往方面有所进步。

玛丽·斯图尔特曾经在格兰柏学校教那些有特殊需要的儿童。她在帮助自闭症儿童方面有很多经验。她说，尽管根据丹尔的情况，他的潜能就要被开发完了，但是她还是会在学习上全力支持他。在丹尔准备考试的过程中，她还是他的导师和誊写员，以便他参考答案。虽然结果不重要，但是我还是告诉丹尔，一定要为了这些老师做到最好，为了他们这么做是值得的。

一天天过去了，丹尔参加了一场又一场考试，一共考了7场。我们没有对此指指点点，而是像往常一样给他一个宽松的环境。当他带着英语试卷回家的时候，我们看到试卷上有一道关于火车的选做题，毫无疑问，他选择了回答这个问题。我们很想知道丹尔都是怎么回答那种经常问得模棱两可的问题，还有英语考试到底难不难。我们不知道他会不会通过考试，但我们不担心他英语能力的欠缺是否会影响到他以后能否得到一份体面的工作。现在，考试已经过去了，丹尔也尽了自己的最大努力，那么我们可以好好地享受这个夏天了。连亨利也得益于渐渐转好的天气。8月中旬，我们开始为艾米入学做准备，一切都很顺利。

8月初的一天早晨，邮递员叫醒了我们，递给我们一个棕色的大信封，里面装着丹尔的考试成绩。我把这个拿给还躺在床上的杰米，丹尔已经尽力了，我们决定不论如何，哪怕是考试不及格，我们也会奖励丹尔在一家高级饭店吃一顿大餐。于是，我走进丹尔的卧室，把信封交给他打开。几分钟之后，他下楼来到我们的卧室，和往常一样，表情懒懒，但是脸上却带着一个大大的微笑。

"妈妈，我想我这次考得很不错，你想看看么？"

杰米和我坐在床上，看着成绩鉴定表格。我们着实花了点时间才看明白我们眼前的这份成绩单。成绩单上有黑白两栏——丹尔通过了所有的考试，而且他的英语成绩还是C。

丹尔似乎知道我要为此好好庆祝一番，于是便看着我，说："妈妈，这件事我不想过分引人注意，你知道我不喜欢那样。"

我在床上着实认认真真想了一会儿要怎么回应他的话。最后，我还是认为，尽管丹尔的自闭症不想这么过分引起关注，但是我还是想让他知道我是多么为他感到高兴。所以，我就像过去一样，冒了一个险，跳下床，在屋子里像疯子一样上蹿下跳，兴高采烈地尖叫着，手里摇晃着那张成绩单，好像买彩票中奖了一样，杰米和丹尔在一旁大笑。丹尔很快就意识到我马上就会跳到他面前，于是赶紧跑开了。但最终我还是抓住了他，又亲又抱的，一边还在欢天喜地的尖叫着。丹尔看到我为他高兴应该感到很开心，因为他一直在笑，至少是因为看到我在他面前表现得这么疯狂。

那天晚上，我们和丹尔一起去格拉斯哥，在那里的一家很不错的泰国餐馆吃饭，留下艾米和苏珊娜在家。苏珊娜是从巴纳多斯请来的儿童看护（巴纳多斯是英国历史悠久的儿童慈善组织）。艾米很喜欢苏珊娜，所以，她们两个一定会过一个愉快的晚上。我们送给了丹尔一份充满惊喜的礼物，以此表达我们是多么地为他感到高兴。我们在餐馆送给丹尔的礼物就是霍恩比的亨利火车模型。他一直想买这个模型，而且已经攒了一笔钱。

这么多年来，他收集了相当数量的霍恩比火车模型，我一直鼓励他把这个爱好和其他火车迷一起分享，比如可以加入格林洛克当地的铁路俱乐部。俱乐部里的大部分成员年纪都比较大，很多人都有孩子，而丹尔只要在俱乐部的时候，就由他来负责组织。这对于保持他对火车的兴趣很有帮助，而且在这个过程中还会顺带带给他许多社交方面的帮助。

接下来的那个星期，丹尔不仅把他收藏的托马斯小火车和詹姆斯火车模型都带到了俱乐部，而且还给俱乐部的大人小孩儿展示了他最新收藏的亨利火车模型，人们高兴得不得了。每个星期天的晚上，他都会去俱乐部，帮助别人组装火车模型，在众人面前展示。他最近告诉我，参加那些展示活动的时候，他可以很容易就从看火车模型表演的人当中认出那些有自闭症的儿童和大人。

学校的老师们都为丹尔取得了好成绩而感到高兴，他自己也决定要继续开始第五年的学习，并且开始思考自己将来要从事什么样的职业。最近，他和斯考特在当地的托儿所做了一些实践活动。托儿所的工作人员给予他们不错的评价，甚至没有察觉到他有自闭症 。他还在为获得爱丁堡公爵奖而努力（1956年，爱丁堡公爵创办了爱丁堡公爵青年奖励计划，目的在于训练14岁至25岁的青年，鼓励他们自我成长及服务回馈社会）。作为获奖计划中的一部分，他还在比弗斯和童子军社团做志愿者工作，在那里，他感觉自己能够很好地理解那些孩子。深思熟虑之后，丹尔觉得可发挥自己绘画和弹吉他的特长，他希望把自己在生活当中观察到的东西拿来帮助其他儿童。更重要的是，那些孩子们很喜欢他，因为他耐心，温和，而且很会关心别人。

艾米也度过了一个非常美妙的夏天。她参加了艺术和喜剧训练班，融入到了正常生活当中，还去体育中心参加了一个大型演出活动。因为我们已经有了抚养丹尔的经验，所以教育心理学家就只安排了一个过渡计划来帮助艾米更好地融入莫夫特小学。计划包括给艾米一本图册，帮助她熟悉学校、教室、体育馆、老师、甚至包括餐厅的食物。这很容易，因为和当时给丹尔制作的那本波拉的书很相似，只是这一本没有提到亲爱的亨利。

杰米和我都见识了开学第一天是多么热闹，这对我们来说还是头一次。从头到尾我们都很高兴，艾米也很高兴，毕竟她为这天的到来做了充分的准备，我们都没有掉眼泪。在教师给她拍过照之后，我们就走了。这么重要的一天该让她一个人尽情享受。我们在那一天体会到的喜悦和成就感，不亚于艾米出生那天我们的感受。

艾米在班上能很好地处理和同学的关系，而且相处得越来越好，这一切都得益于莫夫特学校的倾力支持，语言疗法的工作人员服务周到，特殊教育的老师也给予了很多帮助。

大约过了6个星期，9月中旬，开车带艾米路过瓦尔的房子时，我看到她和她母亲正在房前的花园忙碌着，我停下车和她们聊了几句。艾米打断了我们的谈话，然后开始问关于马的事情，艾米这么一打岔，瓦尔想到了一个好主意，转过头来问我："不如你带她来看看我们家刚刚出生的小狗吧？"她家有一条母狗刚刚生了8只小狗，所有的小狗崽儿都已经找到人家喂养了。我对瓦尔说，我们得走了，去接丹尔然后再一起过来。

尽管杰米认为那几只小狗都已经被卖掉了，我们还是在周末带着亨利一起去了瓦尔家。我们走到后花园的一个大棚子前面，一只小狗正追在大狗后面跑。我们满心欢喜地看着这些小狗，而杰米则带着亨利绕着花园散步。瓦尔和希娜看着他们散步，很委婉地对丹尔说，亨利的关节炎挺严重的，他已经是条老狗了。艾米在我旁边一直和小狗玩耍。瓦尔跟我说其中一条小公狗现在还没卖出去，因为之前的买家改变主意了。

在瓦尔家做客之后，我们像往常星期六晚上一样，到镇上买了光盘和比萨饼。我看到丹尔有点沮丧，就把杰米和艾米支开去商店里买东西，当车里只剩我和丹尔时，我催着他告诉我出了什么事情。他却哭了起来。

"我感觉很糟糕，"丹尔对我说，"没有亨利的生活我根本都不敢去想。"

我们之前已经告诉过丹尔很多次，亨利可能剩下的日子不多了，但是瓦尔和希娜和他的那次对话才让他真正意识到，兽医能为亨利所做的确实很有限。

我们又聊了聊，我很快做出一个决定，问道："你觉得要不要把瓦尔剩下的那条小狗领回来养呢？"

我们都知道没有任何一条狗可以代替亨利，但是丹尔想了想，对我说："我想那可能有帮助，我没办法一下子失去亨利，然后什么都没有了。"

听到丹尔的回答，我感觉欣慰一些，当即给瓦尔打了电话："把那只小狗留给我吧，我们想领养他。"接着，我打电话给在比萨店里的杰米，告诉他这个消息。

杰米在电话里沉默了很久，终于，那边传来了杰米总结式的评论："这是我买过的最贵的比萨饼了。"

下面要做的就是给这个小狗取个名字，我们顺理成章地认为这个问题应该交给丹尔。在我们家，事情永远不可能一帆风顺，丹尔告诉我们："我知道这听起来有点奇怪，但是我希望亨利可以陪伴我一生，所以我想叫它小亨利（Wee Henry）。"

我们对此持保留意见，但是我们知道丹尔有理由这么做，所以最后的结论就是，我们可以强调这个"小"字，然后给老亨利的名字改成"亨利爵士"。亨利早就习惯了人们用各种各样的称呼叫他，比如哈里、艾米的恩惠，甚至在探望父亲的时候还被叫做泰格，因为父亲把亨利误以为是他以前的宠物。我知道丹尔的选择不是最好的，但是，在过去这么多年里，我们早就不按常理办事了。我们知道总有一天，小亨利会成为第二个亨利爵士的。

和我们多年前领养亨利爵士有所不同的是，丹尔这次是在领养自己的宠物了，不是亨利的替代品，而是投入感情地养第二条狗。

我们和抱着小狗的丹尔到家的时候看到亨利躺在火炉前的小床上。我们把小狗带进屋子，想看看他和亨利相处如何。亨利爵士抬眼看到小亨利绕着他的床跑来跑去，还在边上小便——他被吓到了。小亨利意识到亨利爵士现在还不想和他玩，于是自己抱作一团睡起觉来，好像亨利爵士就是他妈妈一样。有时候，小亨利试着去咬亨利爵士。尽管亨利爵士不和他计较，但是他还是会显得不太高兴，对着这个新来的小东西大叫。

不久，他们两个就相处得很融洽了，还经常一起嬉戏——小亨利给亨利爵士的生活带来了生气。有时候，他们也会像一对没礼貌的孩子，需要把他们分开单独待着。

因为两条狗都是丹尔的，而且都是以他的名义登记和上保险，所以他要对他们负全责。小亨利长到一定年纪，丹尔就开始每周三晚上带他去参加瓦尔和她一个朋友一起办的小狗训练课程，直到现在还在参加，正如丹尔所说的，要试着去开发小亨利的大脑。

20
外公乔治

看着丹尔从小到大，我们学会了凡事都要提前谨慎地做好计划。丹尔收到自己的考试成绩之后，决定继续上学，完成第五年的学习，他还想继续读下去，一直读到大学。所以我开始研究到底需要给予他什么样的帮助，做什么样的准备才能够让他实现这个愿望。在我的计划当中，另外一件事情就是帮助他选择最适合他的学院和课程。尽管我们从官方的渠道了解到学校对残障没有歧视和偏见，但是我们知道，丹尔的自闭症对于他选择与儿童相关的职业是有潜在问题的。

我给各个大学打了电话，向对方说明了丹尔的情况，许多人都表示支持，但是也有一些人听说有自闭症的人要修习这类的课程觉得非常惊讶。谢天谢地，丹尔自己懂得，他要比那些没有自闭症的同龄人更加努力地证明自己。实际上不应该是那样的，但是我们没办法忽视这个让人难过的事实。

我们最想要避免的就是丹尔有可能在大学里面遭遇"回转门状况"——即毕业后因为发现根本没有合适的工作而走投无路，只好重新回到大学里面开始另外的专业学习。我整整一天都在打电话，最后才打给设在伦敦的国家自闭症协会，然而这里才应该是我第一个打电话咨询的地方。

协会的热线服务人员告诉我，协会为大学生提供就业服务。更重要的是，一旦就业去向决定下来，他们不光会支持新员工，还会为雇主提供服务和帮助。协会的成员遍及伦敦、曼彻斯特、利兹和格拉斯哥，于是我就和协会在格拉斯哥的分会取得了联系，向他们说明了丹尔的情况。

在协会工作人员和安娜·威廉姆森的帮助下，丹尔得到了全面的支持，获得了2006年8月开始在詹姆斯·瓦特学院学习儿童看护这一国家认证课程的机会。学院负责提供学习支持的工作人员和就业机构一起协作以保证丹尔可以顺利地过渡到学院的学习生活当中。

与此同时，丹尔非常努力，力求很好地完成作业，毫无疑问，这样一来他给自己施加了过大的压力，有点吃不消。我们和非常有爱心，经常给予别人极大帮助的玛吉·卡拉格见面后，我和丹尔最后决定：对于他来说，现在最好的选择就是离开学校。尽管他的老师一定会非常痛心地想念他，而他自己也会因为离开了学校的朋友而感到沮丧，但是玛吉细致周到地帮助一定会使丹尔很好地应对这个状况。

还有四周丹尔就要离开格洛克中学了，他希望可以充实地过完剩下的这些日子。丹尔在格洛克第四年的学习结束之前，他的画夹里面有几张相当不错的画，他的绘画老师曾经把其中的一幅画作为一幅优秀的肖像画，在家长之夜的活动上指给我们看。看到那幅画的时候，我们大为惊喜，因为我们从没发现丹尔在这方面有这样高的造诣。特别是当我们回想起丹尔5岁时，他几乎没办法握住一只铅笔，只能用姗姗学步的小孩子用来攥东西的方法毫无意义地乱画。想到这里，我们不由为他现在的进步感到震惊。我们告诉丹尔，想要一张这画的影印版，然后自豪地把它挂在家里的墙上，但是丹尔有他自己的想法："如果你们这么喜欢那幅画的话，那不如我再画一张更好的挂在家里吧？"我们问他想到了什么的时候，他回答道："我想画一幅亨利的肖像。"

玛吉见到了丹尔的绘画老师，老师也同意让丹尔在剩下的绘画课上完成这幅画。这样可以帮助他在准备离开学校、离开那些对他至关重要的老师的过程当中可以放松下来。

就这样，丹尔开始了这幅特殊而且颇具意义的肖像画的创作。他把自己最喜欢的一张亨利的照片带到学校，准备把他作为肖像画的参考图片。尽管他已经很多年都没有画过他的狗了，但是很快他就找到感觉了。经过数小时辛苦的努力，最终这幅画画得特别好，把这幅画挂在家里比起之前那幅君主画更美，也更有意义。亨利聪明和高贵的气质在画中尽显无余，并且我们还能感受到更多，这些都是丹尔从亨利的眼睛里捕捉到的精髓。他对亨利的喜爱已经转移到了这幅画上，而亨利的灵魂和精神也通过这幅画表露无遗。

离开学校的那天，很自然，丹尔显得非常沮丧，特别是一想到他再不可能和那些非常棒的老师在一起做事情。是这些老师帮助他在学习上取得了那么好的成绩，帮助他逐渐成熟起来，树立自信心。看到丹尔取得了成功，这些老师也好像看到其他学生全部拿到A一样，感到十分满意和欣慰。他们一点都不傲慢，总是耐心倾听我们的看法和意见。我们会永远感激他们所做的一切。

12月的时候，我叫上杰米和艾米，去玛丽诺街探望我的父亲。杰米已经有好几个星期没有去看我父亲了，我想听听他的意见，因为父亲身体的健康，已经让我非常担心。杰米看到我父亲衰老了很多，有些吃惊。艾米也意识到她的外公可能在不久的将来，就要进入天堂了。

她在那间她梦想的小屋里面走来走去，那间屋子是专门招待住客准备的，柔和的灯光和舒缓的音乐营造出一种轻松、安静的氛围。艾米曾经给外公画过一匹马，让他可以一进屋子就能够看到，这会儿，她把画摘下来了，好像她感觉不久的将来，他就不在这里了，也就看不到这幅画了。

我们动身离开的时候，再三叮嘱父亲的看护，不论什么时候，如果父亲的病情恶化，一定要打电话给我。在母亲去世的时候，我没有在她身边，我不希望我父亲也这样孤单地离开这个世界。我第二天早晨要做的第一件事就是去父亲那里，然后尽可能地花时间陪着他。

父亲的状况不容乐观，我担心丹尔可能没办法再见到他的外公，那天晚上我就带着他去看外公了。我让他像平常一样和外公说话，让外公能感觉到他在一直陪在他身边。父亲还没有睡醒，丹尔坐在他的床边，握着他的手，说了一些贴心的话，希望他能够听见，我们要离开的时候，丹尔对着床，弯下腰，在我父亲的额头上亲了一下，用很成熟温柔的语气说："晚安，外公。我明天还会来看你的，好好休息吧。"这是爱心和同情心的表示，丹尔通过这样方式表达了对外公的尊敬。但眼前的这些让我感到心碎，我需要控制自己才能让平静下来。

我回到家，把所有的事情安排得井井有条，这样我就可以在父亲剩下的日子里，和姐姐琳达一起陪伴着他了。我洗完了衣服，做完了最近需要做的家务，为杰米和孩子们把一切事情都安排妥当。看到一切井井有条，我这才放心了，想着父亲，我躺了很久才睡着，临睡前我上了闹钟，因为只有早起我才能尽快地到父亲身边陪着他。

早晨5点的时候，电话声把我震醒了，我的心沉下来。电话是父亲的看护从玛丽诺街打来的，告诉我父亲在几分钟前刚刚过世了。我一下子就六神无主了，主要是因为我没能在我父母任何一个人过世的时候陪伴在他们身边。丹尔无意中看到我很难过，也明白了究竟发生了什么，于是他整天都呆在家里安慰我。已经是12月21日了，我们很难在圣诞节前给父亲举行葬礼。而且因为我们还想让爱尔兰的那一家子参加葬礼，所以葬礼的日子就推到12月28日，也就是下个星期三。

我们把外公乔治过世的消息告诉了艾米，告诉她外公已经到天堂去找外婆麦琪和在玛丽诺街去世的人们了。她说感觉有些难过，因为以后回到玛丽诺街去见朋友的时候，再也见不到外公了，但最终她还是平静地接受了这个事实。

出于这个令人难过和不寻常的原因，我们勉强把这个圣诞节凑合着过了。

丹尔非常高兴收到我们送给他的一套科幻肥皂剧《神秘博士》的

光盘，光盘的礼品外包装很像塔迪斯时间机器（塔迪斯来源于英国热播的一个科幻肥皂剧《神秘博士》，塔迪斯是片子里面的一个时间机器）。杰米和我还以他外公的名义送了他另一个礼物，里面还附带了写着外公给他的话的卡片。这个礼物是一个主题闹钟，带有一个伴随着吵闹声的3-D蒸汽火车。丹尔收到这样的礼物，觉得非常感动。艾米也收到了外公乔治的卡片，还有一个芭比系列的飞马玩具。

圣诞老人送给艾米的特别礼物我们早就酝酿好几个月了。她去好朋友妮娜家的时候，对妮娜的那个巨大的洋娃娃房子着了迷，或者还不如说她非常喜欢那个房子儿童卧室里放置的一匹小石头马的复制品。因为她有自闭症，所以不像其他女孩子那样对这个房子表现出什么兴趣，而是觉得这匹马就是她想在圣诞节要的礼物。

为了开发艾米的想象力，我们决定让她一起去挑选和设计洋娃娃的房子。我们打开网站，页面上显示了各种不同风格的房子，我们让艾米浏览一下，最终指导着她选择一种风格和型号的房子。基本上来说，她选的正是我们认为最合适的！那个房子的房间要少一些，大小也更合适。这个房子的格局像试剂盒一样，需要有人来给墙面刷漆，拼装，从头开始装饰。艾米全程和我们一起装这个房子的时候，给房间刷成与我们住的房子同样的颜色。很明显，她就是在复制我们住的房子。我们抓住这一点，然后决定继续下去。

我们意识到，玩娃娃和玩具房子的方式会影响到艾米的想象力，于是我们决定亲自动手重新做一个房子。接下来的几个星期里，杰米一直忙着在阁楼上搭房子，刷漆，我们也尽可能照着家里面的各种家具和设备来收集和布置，甚至连地板上铺的都要尽可能一样，甚至还找到了与家人以及艾米的朋友相貌相似的许多娃娃，然后把每一个人的名字都标在娃娃其中的一只脚上。杰米还在房子外面做了低电压的灯光装饰，这样整个房子看起来更惹人喜欢，即便艾米想要在晚上玩的话，也完全没有问题。她特别高兴选了那匹小石头马，把它放在自己的粉色房间里面，给它取名叫英雄，以此来仿照两年前她从圣诞老人那里收到的那匹马。几乎所有的细节都照顾到了，连房子都被标上了9号，房子外面的一个小狗窝都被刻上了亨利的名字，还有一个木头花园，棚子里用来放那些不住在这栋房子里的娃娃，比如以妮娜命名的娃娃，直到她要去找艾米玩的时候才会把她从那里拿出来。

圣诞节那天，艾米收到了她非常喜欢的玩具房子。在我们的引导下，艾米沉浸在游戏的欢乐之中。唯一的问题就是，艾米去学校的时候，我的家务活就加倍了——我除了要打扫自己的房子，还得帮她照看她的房子。有一天，我决定不去收拾，让杰米看看艾米到底是怎么布置房间的。

她重新摆放了客厅的家具，结果所有的椅子，包括饭桌的椅子被加德纳一家人坐满了，所有放在花园棚子里的娃娃也都出来坐在电视机前面看电视。本来没有任何画面的电视机屏幕上，也被贴上了一幅画，上面是一匹马，好像电视节目特别吸引人一样，就连亨利也坐在客厅的炉火旁。许多朋友和其他小孩儿看到艾米的洋娃娃房子都觉得很惊讶。直到今天，她还是这样玩，有时候玩法像往常一样，有时候玩法就不太一样了，比如让杰米和外公在她的房间里骑着那匹叫做英雄的小马，或者让丹尔和亨利睡在我们的床上。

圣诞节之后就该举行我父亲的葬礼了。艾米在卡片上画了一匹马，放在给我父亲准备的鲜花上，丹尔在卡片上专门给外公写了几句话，和外公的灵柩、鲜花一起放在灵车上。出席葬礼的人不少，柏林来的那一家人把人员出席的事务安排得很妥当。丹尔穿着西装，他看上去已经是一个彬彬有礼的男孩子，处理起事情来看不出和其他成年人有什么差别，甚至还拉着用来支撑棺木的绳子，帮着一起把外公的遗体放进墓地。尽管和丹尔的外公不太熟悉，但是丹尔的那些朋友——斯考特、马修和大卫出于对丹尔的尊重，全都来参加葬礼了，因为他们知道丹尔和他的外公关系非常好。玛丽诺街也有人出席了父亲的葬礼，这让我非常感动。

丹尔已经17岁了，出乎意料的是，他的这些朋友这么多年来都不知道他有自闭症。丹尔帮着一起去埋葬外公，看着这个最早走进他世界，和他建立关系的人离开，真是令人伤心。在葬礼喝茶歇息的时候，那些很多年没有见到丹尔的亲戚朋友们都非常吃惊，眼前的丹尔已经变得这么成熟、随和、彬彬有礼，而且还有三个好朋友陪在他身边。

2006年1月，学院和就业机构所做的努力取得了成功，丹尔完满地经历了一个轻松的学习入门阶段。丹尔像个观察家一样，坐在已经组建好的儿童看护班里，那里的学生做什么，他也做什么，只是做得不太规范。最重要的是，那里的老师和工作人员可以通过这个过程了解丹尔，在正式上课之前了解他的学习需求。

现在，丹尔意识到，做志愿工作可以给其他残疾人带来好处。巴纳多斯的看护像朋友一样为我们照顾艾米，丹尔认为自己应该做点什么来回报这样的慈善之举。他参加了巴纳多斯举办的为期6个星期的集中培训课程，这样他就成为一名志愿者了。他会和那些不同年龄，有着不同残疾的儿童在一起。作为团队当中的重量级成员，他到现在仍在戏剧工作室，负责假日娱乐活动。而他也认为自己这么做确实是帮助到别人了。

2006年最开始的几个星期里，亨利一直都在吃治疗关节炎的药，这药让他越来越经常感到胃不舒服，非常难受。我们别无他法，只能在他的胃恢复前停用药物，但是却影响到了他的行动能力。他已经12岁了，这对于一条黄金猎犬来说，已经算很不错了。给动物服用的药很多都类似人们服用的药物，我很清楚亨利的病情反复的频率越来越高意味着什么。

我把我的顾虑告诉给了亨利的兽医奈杰尔·马丁。他认为我们应该做好最坏的打算，亨利的病情很可能从某个时候开始会急剧恶化。我很感激奈杰尔对我说了实话，因为他看到了丹尔是怎么样从一个自我封闭的小男孩长成现在这样，也知道亨利对丹尔有多重要。

2月初，亨利一直饱受病痛折磨，谢天谢地，尽管他一低头就很容易愣神，但他的健康状况好像稳定下来了。我们觉得挺高兴的，因为一方面我们无法忍受看到亨利痛苦难受，另一方面，2月14日快到了，那一天是艾米的生日，我们又要为她庆祝生日了。

我们还像以前一样想满足艾米对马的特别喜好，于是答应送给她一匹三英尺高，造型有点像谢德兰小型马的玩具马，她给这匹马取了名字叫奶油糖。按照我们之前送给她房子的想法，以及要帮助她巩固在阿德湾骑术中心所学的东西，我们不仅给她买了那匹马，还配了一个马厩，包括里面必须的设备和打扫马厩的一套工具。杰米又开始做木工活儿了，还真是多亏了他熟练的木工活儿手艺，我们的设计才得以实现。有一次艾米走进杰米的卧室，想看看马厩到底做得怎么样了，她问："爸爸，我真是太喜欢这个了。我晚上可以睡在里面么？"

　　如今，我们就把这个马厩放在艾米的床边，虽然看上去很不协调，但是这对她来说再合适不过了。这可以增强她照顾一匹真马的能力，也可以促进她适当的想象力，最重要的是，她和朋友们可以一起分享她这些特别的玩具。

　　艾米的生日因为这个马厩而变得有纪念意义，而另外一件事情的发生却更值得纪念。杰米和我经常和丹尔、艾米打招呼，说"你好"，就像每个人和任何一个小孩儿打招呼一样，他们不在意会不会有回应。很久以前，当丹尔第一次叫杰米"爸爸"的时候我们就相信，我们坚持不懈的努力最终是不会白白浪费的。我们会尊重他们，因为他们保持沉默并不等于说他们不懂，经过反复的学习，他们最终还是有可能学会的。

　　每天早晨，我带艾米去上学，路上会碰见另外3个孩子的妈妈，她们知道艾米的情况，但是总会高兴的试着和她打招呼，"早晨好，艾米。"6个月以来，她们从来没有犹豫这么做，而我也总是努力让艾米注意到她们。我也一直热情地和她们打招呼，希望艾米能够像我一样回应她们。一天天过去了，艾米眼里依然没有他们，突然有一天早晨，当她们走过我们，像往常一样和我们打招呼时，艾米停了下来，转过身面向她们，脸上荡漾着微笑，大声说："早晨好，姑娘们。"我想，这些可爱的妈妈们一定比我还要高兴，因为她们的坚持最终有了回报。从那天开始，艾米一直用这种方式和所有经过她的人打招呼。

3月中旬，亨利因为药物的作用经受了严重的折磨，这一次恢复时间更长了。在这段时间里，杰米和我开始担心像兽医奈杰尔曾经提到过那样亨利病情会突然恶化，而他能和我们在一起的时间可能也不长了。要让自己在脑海里为这样一种结局提前开始做准备，实在是让人觉得很不习惯。我希望那永远都不会发生。我还是会想象，在未来的日子里，我们会怎样怀念亨利，但是亨利挺过来了。我们已经有了丹尔给亨利画的肖像画了，我们不仅需要这个，还需要一张包括小亨利的全家福。

3月底，我们到格林洛克的辛普森照相馆去照全家福，我们的家庭照都是找他拍的。虽然亨利爵士因为生病很难受，艾米也像往常一样玩着她新买的玩具马，而小亨利总是在照相的过程中制造点小麻烦。但这一次，辛普森先生创造了一个小奇迹，他像变魔术一样，抓拍到一张非常温馨的全家福。

万圣节就要到了，一个天气不错的星期五，我决定带着亨利爵士在离我们家不远的地方慢慢走走。散步时，我们遇到两个小女孩儿，她们住的地方离我们只相隔几栋房子，经常跑来和艾米一起玩。其中一个女孩儿，7岁的妮可拉，她对狗有恐惧症，见到狗非常害怕，但就像另外一个住在杰斯林路的小姑娘一样，她感觉亨利和其他狗不一样，很快就和他交了朋友，也很信任他。

那天，我带着亨利往回走的时候没有领着他，而是让他自己随便走。妮可拉刚好和她爸爸出了家门，一见到亨利，她就冲亨利跑过去，嘴里还叫着他的名字。妮可拉的爸爸着实吓了一跳，因为他知道妮可拉害怕狗，便问她到底在干嘛，妮可拉回答说："爸爸，没事的，这个是亨利，他很特别，所以我不害怕他。"她的爸爸当时非常吃惊。

晚上，杰米的朋友马克和妻子海伦到我家作客聊天。大小亨利的状态都不错，垂涎着周围摆放的食物。他们施展了自己与生俱来的所有本领——流口水。他们瞪着棕色的大眼睛，眼巴巴望着我们，希望能在感情上打动我们，让我们给他们点美食尝尝。饱餐一顿之后，他们两个就在火炉前，蜷作一团，窝在专门给他们准备的床上。

真是一个愉快的夜晚，有好友相伴，两只狗狗都很温顺，老亨利的身体状况也不错。夏天将至，杰米和我都认为，接下来与亨利共度的日子会很平静踏实，就像现在这样，可以和朋友坐在一起，看着这两只狗在眼前安睡。

睡前，小亨利察觉到这么美好的夜晚时光快要结束了，于是就像往常一样上楼睡在丹尔的床头——他和丹尔已经越来越亲密了。亨利爵士还是在他自己的地盘——睡在我们床尾。夜里，药物有时会让他有呕吐感，但是我仍然希望亨利可以和我们睡在一起，至少我可以知道早晨要不要喂他吃药。除此之外，我只想多陪陪他，他和丹尔对于我，都意味着整个世界。亨利为我们做了那么多事情，能让我照料他，也会给我带来很大的满足感。

好几个晚上，我都坐在地板上，轻轻地拍打着他，抚摸着他，或者在他昏昏欲睡时，给他做一个头部按摩。这是我和这只带给人惊喜的亨利共同分享的安静时光。亨利帮着我把两个有自闭症的孩子带回到我身边，我现在能做的，就是告诉亨利我是多么爱他。

21
离去

第二天早晨，我们被亨利的呕吐声吵醒了。我过去帮他把呕吐物处理掉，然后像往常一样，在扶他站起来之前给他按摩僵硬的关节，这样他就能自己走到花园里方便了。想到他现在感到不舒服，有可能是因为昨天晚上玩耍过度了，于是我轻轻地责备他前一晚上太馋嘴贪心，然后又告诉他，让胃休息一下了。预防万一，我把药收起来不给他吃了。

即使这样，亨利还是吐了整个早晨，到下午时情况稍微好转一些。又是一个天气不错的日子，我建议丹尔可以试着带他出去散散步，也许清新的空气对他有好处。之前我们已经计划好要如何带亨利散步，按照这个计划，我和丹尔很小心地把他抬到车上，然后我开车把他们带到小山坡的山顶，在那里我们把亨利从车里抬出来，丹尔带着他从山顶往回走。这样一来，我们生病的亨利就可以做些不太剧烈的运动，然后积蓄力气爬我们房前花园的那个斜坡。以防万一，丹尔随身带了手机，这么做还是更多地为亨利着想的。丹尔也向我保证，我会看到他们两个平平安安地回来。亨利在慢慢爬坡的时候，丹尔特别耐心，他知道他的亨利现在就像一个年事已高的老人一样，身体很虚弱。

下午，杰米和我带着艾米去布莱海德买东西。艾米在蹦床上跳起了6米高，她第一次玩就很喜欢这个游戏，我们也乐于看着她玩蹦蹦床。尽管亨利总是出现在我脑海里，我们还是继续购物，试图以此缓解自己的苦恼。但我终于控制不住给丹尔打了电话，询问情况进展。还不错，亨利已经睡着了，也没有继续呕吐。

布莱海德有一个很特别的商店，孩子们可以在那里选择和制作属于他们自己的可爱玩具，全程都是他们亲自动手，店员会在一旁帮忙。艾米显然是想要一匹马。对于她来说，整个过程都非常有意思；我认为，这是一个让她和陌生人之间互动交流的机会，而且也能满足她对马的痴迷。商店还售卖各式各样的主题玩具服装，孩子们可以去买，这使得艾米总想来这个商店。我也知道，只要艾米有一点点钱，就会来这里，给她的玩具添几件新衣服。

艾米把她自己小银行里的钱都用光了，不用说都花在马厩上了。但她可以通过我们设立的"贴纸奖励机制"赚钱，因为比起直接给她零用钱，我们可以用贴纸奖励她在生活中做成的每一件小事情，每一张贴纸都可以在月底时换成一英镑，这样我们可以充分调动他生活的积极性。

那家店的店员完全被我女儿的行为给打动了。艾米对马的了解，以及在制作玩具时的专注都给她留下了极其深刻的印象。

回到家，看到亨利可以顺利喝下一点水，我们总算松了一口气。

直到现在，我仍为指责亨利贪嘴而感到有些愧疚，事实上，是药物导致了他的不适。大家都洗漱好上床睡觉了。就像往常一样，我坐在地板上抚摸亨利，和他待了一会儿。虽然我的直觉告诉我他现在的状况不太妙，但我们以为在接下来几个月，随着天气暖和，亨利会慢慢恢复。

第二天清晨，也就是在万圣节的那个星期天，艾米和我们睡在一起，躺在我们两人中间酣然入睡。我们被亨利呕吐的声音惊醒了。亨利从来没有呕吐得这么厉害，他看上去非常难受——其实是我们非常难过。我马上就想到他一定是肠胃痉挛或者阻塞了，必须立刻带他去看兽医。尽管会有副作用，但我希望至少可以带他去注射抗恶心的药物，他现在的状况，我们实在看不下去了。杰米和我试着扶他起来，亨利虽然还很机敏，意识也还清醒，但他根本站不起来，他在我们面前倒下了，看起来十分虚弱。他躺在那里，使劲喘着粗气，好像用尽了所有力气。

这天是法定节假日，于是我给格拉斯哥的宠物A&E诊所先打了电话，那里的护士建议我马上带亨利去医院。最近的医院离我们也有25英里，但那是我们唯一的选择了。我和杰米叫醒丹尔，让他跟我们一起带亨利去看病，让小亨利和艾米待在家。

我也不太清楚接下来我们要做什么，但是在紧急的环境下，我的护理经验和常识发挥作用了。亨利已经昏迷了，身体松垂下来，所以我们把他从花园的三十阶台阶抱到车里时，觉得他虽然还是那么大，但是比原来重了一倍。我们像在移动一个病人一样，把亨利卷在羽绒被里，然后让丹尔坐在后面，我和杰米坐在车的前排。这样，我们就可以拿羽绒被当做临时的吊床了。艾米还在熟睡，小亨利本来因为之前的混乱一直叫，现在也安静下来了，隔着大门的铁栅栏看着我们把亨利爵士抬下台阶。他看上去非常忧虑，那种神情，酷似多年前看到丹尔发脾气的老亨利。

在心理压力大的时候，黑色幽默可以帮人减压，我忍不住小声对杰米说，如果别人现在看到我们在大半夜这样折腾，好像包了一个人放在车的后座，他们会怎么想。我开车，尽可能快地赶到医院。丹尔坐在车的后座上，亨利的头枕在他腿上，他用手轻轻抚摸他的头，非常冷静。一路上他都在鼓励亨利："没关系，亨利。只要我们给你些帮助，你就会好起来的。"亨利表现得真不错，在丹尔的怀里睡着了。

凌晨3点的时候，我们抵达了医院，兽医和护士把吊床上的亨利抬进了急救室。虽然亨利处于半昏迷状态，在医生写病情观察记录的时候，我还是小心翼翼松了口气。"毛色正常，脉搏正常，胸部气喘得很急，膀胱半满，得做皮下注射和常规的血液检查等等。"

像我希望的那样，他们给亨利使用了抗呕吐和治疗胃溃疡的药物，帮助他稳定病情。他终于看上去舒服一点了，丹尔和我也感觉好受了些。我们在那里待了一会儿，实在帮不上什么忙，所以我们决定让他自己留在医院睡一会儿。我们在他的额头上亲了一下，然后向兽医和护士解释了一下亨利对我们有多重要，我根本找不到合适的词来告诉他们亨利的重要性，所以只说了一句毫无说服力的话："亨利是一只非常特别的狗。"我相信这里的医护人员总能听到这样的话，但对于我们来说，这么说总会起点作用的。我们离开时，那里的工作人员告诉我们，他们会给亨利提供所有他需要的东西，如果亨利的病情继续恶化，就会打电话通知我们。我们没法对现在这种感觉耸耸肩就让它过去了，因为这个情形就和我父母当时的情况完全一样，我还是试着说服自己，亨利对那些药和皮下注射的反应良好，这是一个康复的好机会。

那天早晨，兽医打电话给我，说亨利的病情很稳定，虽然还是喘得厉害，但他不觉得恶心了，还试着自己站起来。我们打算下午3点左右，全家一起去看他，连小亨利也一起带去。我们把小亨利留在车里，其余所有的人都挤进一间不大的房子，里面都是生病的猫狗，躺在他们各自的笼子里，每一个都吊着点滴，笼子上还挂着病例表。

艾米站在那里，把她的马塞在自己怀里，因为觉得眼前的情景很像《动物医院》的画面，所以她挺兴奋。周围的动物激起了她的好奇心，特别是吊着点滴的亨利，还有夹着书写板的病历表。

看着亨利躺在那里喘气，艾米问："亨利的氧气罩在哪里？他的肺需要帮助才能呼吸。"她有一个与众不同的小医疗袋，并且显然从她的各种玩法中学到了很多，现在可好，把她学到的东西应用到现实生活当中来了。

亨利醒着，耷拉着脑袋，一看到丹尔就努力想要站起来。但还没等他站起来，整个身子就瘫软下去了。丹尔特意摸了摸亨利。杰米和我去找兽医。亨利的气喘始终是一个让人担心的问题，医生决定给他的胸部照一个X光片。

我个人觉得，整个陌生的环境所导致的压力足以导致亨利的气喘了，但我们只能通过X光片来确认。把亨利一个人留在医院，实在令人无比难过，但我们明白，医院的工作人员会好好照料他。

　　那天晚上，兽医打电话告诉我，X光片显示，亨利得了肺炎。他已经接受了所有适用的抗生素和治疗。听到他可以在下午时早一点出来散步，已经吃了两勺食物，我觉得无比欣慰。对于亨利来说，这是一个充满希望的迹象。我们也在晚上睡觉时感到踏实了一点，试图让自己相信不久，他就又会出现在房间的角落里。

　　晚上11点时，电话又响了。我的心像坠了个铅锤一样沉了下来，和当时接到我父亲去世的电话同样的感觉。前一晚值班的兽医告诉我，亨利的呼吸越来越微弱了，她对此非常担心。我试着去接受这个消息，告诉医生说我会再打电话给她。

　　怀着沉重的心情，我给瓦尔打了电话。平时，我都是朋友和家人的医疗顾问，但现在，我已经完全控制不住自己的情绪，需要有个人能够帮助我恢复理智。瓦尔给了我极大的支持，循序渐进开导我，让我看清自己的内心，讲了很多深层的道理。

　　我去找杰米和丹尔，撕心裂肺地哭着，告诉他们我因为父母双双孤独去世而感到绝望，如果这样的事情再发生在亨利身上，我将是难以承受的。亨利为这个家付出了这么多，却被丢弃在那个恐怖陌生的地方。光是这些，就能让悲伤把我吞噬掉，这比失去亨利更让人难受。

　　杰米非凡的承受能力是我悲痛的一剂良药。他告诉我，现在的情形不同于我父母当时的情况，丹尔和我还可以与亨利交流，我们可以马上动身去看他，和兽医商量一下，是否是时候该让他离我们而去了。听了他的建议，大约在午夜，我和丹尔准备出发，小亨利这次又和我们一起前往格拉斯哥。

由于我们有与昨晚赶夜路时同样的担心，所以更是尽可能地加快速度，像任何一个身处此情形下的人一样，我们冷静而理性的谈论着亨利的病情。当我们到达医院时，医院里忙作一团，我们带着小亨利一起绕着那个街区走，好让自己的头脑清醒一些。我们站在外面，窗户底下，知道里面就是亨利爵士呆的地方。我知道这样给人感觉很奇怪，但我们就是希望在把小亨利放回车里之前，让他感觉到亨利爵士就在里面。

我们走进医院，同样是前一晚的工作人员，带着我们径直去找亨利。看到他的时候我的心都快碎了。和上一次见到他的情景已经不同了，亨利几乎无法再站起来。但我们仍然可以从他脸上的表情看出，他还认得我们。

看到我们前来看他，他那双美丽又带着伤感的眼神里透出一丝欣慰。他喘着粗气，静脉注射器扎在前爪。他还很清醒。他把自己弄脏了，可怜的小东西，又要人来帮他清洗干净。我知道他这样是因为已经不再吃药了。他体内的能量和水分在一点点地流失，整个治疗都毫无意义了，只会增加身体上的不适。

我想，看到亨利还能保持清醒，丹尔会很开心，但是我也能看出亨利正在自己的战役当中败下阵来，如果没有疼痛缓释的药物或者镇定剂，亨利会经历一个缓慢、吃力，但能清楚感知死亡的过程，经受着身体迅速衰弱的每一分痛苦。由于是肺炎，他不能使用镇定剂，因为这样会进一步减弱他的呼吸。

我们试着安抚亨利，兽医和护士也都站在旁边。我让丹尔一个人跪在亨利的旁边，然后告诉兽医我最担心的事情。尽管我无论如何都不想失去亨利，但是我明白，是时候和他告别了。我和丹尔讨论过这个问题，然后让他去和兽医说。他去了，而且还一再特别强调，无论在任何时候，亨利都不应该遭受痛苦。

听了兽医的建议，丹尔泪汪汪地回来找我，坚定但颤抖着对我说："妈妈，这是我这辈子以来做过的最艰难的决定了，但我知道，是时候让亨利安息了。"

丹尔表现得像一个成熟、高贵的成年人一样，他很平静地签了字，让兽医准备给亨利打针。在我的工作当中，我帮助了很多照顾病人的人，帮助他们最大程度地和自己关心的人可以做最后的告别。这次，在兽医的帮助下，我终于可以让丹尔和他的亨利见上临别前的最后一面。

我让他坐在地板上，然后把亨利的上身和两条前爪搭在他的腿上，这样就可以看到亨利的脸了。护士把一只淘气的小狗从屋子里抱了出去，让我们可以感受到周围平静的氛围，我也坐下来，坐在丹尔的旁边。我握着亨利的前爪，像往常一样轻轻摸着，给他做按摩。虽然我内心里无比悲伤，想嚎啕大哭，但是我决定忍住，让丹尔和亨利可以好好地共同度过这最后几分钟。我让他一定要好好地托着亨利的头和脖子，很自然地和他说话。

"你很快就会没事的，亨利。"丹尔对他说。

"打过这一针，你就会觉得舒服一点了。"虽然丹尔内心挣扎，但还是一遍又一遍地重复着这句话，亲吻着亨利的额头，还时不时地对他说，他很爱他。

等医生给亨利打完针，她就离开了，让我们可以好好独处。

"丹尔，要让他看到你的眼睛。"我提醒他。十五秒钟以后，亨利的眼睛慢慢地闭上，头也慢慢地垂了下来。我用了几分钟在他耳边小声说："谢谢你，亨利，谢谢你为我们做的所有事情。我爱你。"我抽泣着说完那最后三个字，转向丹尔，告诉他，亨利已经走了。

丹尔像完全没有意识到，仍然在和亨利说话。我只能带着忧伤的心情，惊讶地看着眼前这个曾饱受精神折磨的小男孩，长成了现在这样一个懂事的年轻人，和完全没有任何义务帮助他做了人生转折，却为他贡献这么多的亨利道别。

我们把亨利慢慢地放在丹尔的身边，从他的狗舍里拿了一条毯子给他盖上。他那遭受过病痛折磨的身子终于放松下来了，看上去十分安详——直到现在，他看上去依然很漂亮。我问丹尔他是不是需要和亨利独处一会儿，他说："好的，妈妈，我想这样。"

我走出房间，医生和护士都在外面等着，我看着他们，唯一能表达我内心感情的话就是："你怎么能放弃一个帮助你孩子摆脱精神痛苦的人，让他离开呢？"

大概10分钟以后，丹尔出来了，手里捧着亨利的蓝色项圈，上面标记着亨利的名字。我们向医院的工作人员表达了感激之情，感谢他们的理解和帮助，还告诉他们想要把亨利的骨灰装在盒子里带走。我们肩并肩地走出医院的时候，丹尔的悲伤再也控制不住了。我们让他宣泄情绪，尽情地哭。此刻的他看上去不像是17岁，而是我失了魂的小宝贝。

我们打开车门见到小亨利，试着去抱他，全都潸然泪下。他不明白发生了什么事情，可我想他能够体会到我们的心痛。我们开车回家，回忆着过去，无法相信再也看不到带给人欢乐的亨利了。我们到底如何才能适应没有他的生活呢？

回到家中，我还是一片麻木。我和杰米共同回忆着以前的经历，我怎么也想不到，杰米这个从来都不想养狗的人，现在也和我、丹尔一样伤心欲绝。早晨的时候，我们决定要告诉艾米，亨利爵士已经到天堂去找外婆麦琪、外公乔治还有住在玛丽诺街上的朋友们了。我们知道她会伤心，但是也知道她会用自己的方式调整过来。

我沏了茶，给丹尔拿过去，希望看到他没事。结果发现他躺在床上，正在轻轻抚摸着睡在他一旁羽绒垫上的小亨利。我们安静地坐了一会儿，丹尔不太清楚他的想法是不是不有点幼稚，所以试探性地问我："妈妈，如果我睡觉的时候把亨利的项圈放在我枕头下面会不会很愚蠢呢？"

"当然不会，"我回答他，"今天晚上，或者随便哪天晚上都可以，只要你觉得那对你有帮助，做什么都行。"

后来我知道，前一天晚上，甚至每天晚上，亨利的项圈都放在丹尔的枕头下面陪伴着丹尔进入梦乡。

丹尔的话

我一边回忆着过去种种经历，边和丹尔讨论着，我的结论是，孩子的理解能力不可低估。他们不交流的时候，不代表他们什么都没听进去。我举个实际的例子，丹尔十岁时，曾这样告诉过我："如果我们当时的交流不是通过亨利来进行的话，我很可能选择不和你们说话。"以下是丹尔最近回忆起来的点点滴滴，分布在本书的各个章节。从这些生活的点滴中我们可以发现，那个时候，他比我们所表扬的更懂事得多。

2

对水的痴迷

我喜欢水给人的感觉。好像被它们温柔的簇拥着，环抱着我，让我心里安静下来。所以我喜欢水。呆在水里时，感觉任何烦恼都不再重要。

踮脚走路

我花了很多努力练习如何正确走路，一直到熟练为止，主要原因是我受够了父母一直和我提及这个问题。那年我们搬到格洛克时，我16岁，爸爸的一个朋友萨米，注意到我在花园里是踮着脚往家走。"和丹尔谈谈这个问题，他这样暴露人前，太引人注意了。"萨米对我走路的评价，让我意识到了别人注意到我走路姿势时奇怪的表情。尽管多年来父母时刻在我耳边嘟囔这个问题，然而是萨米的这番话让我下定决心，再也不这样走路了。

火战车

是我把那栋房子的墙弄坏了。我喜欢乱跑，因为我能从后花园眺望远处，有从威尔公园和桃乐茜奶奶家那边出发的火车。我总假装自己是辆火车。这样向前跑让我开心和平静，直到12岁之前我一直都这么玩，最终我的父母说这样做非常怪异，试图说服我，让我看上去不那么孤僻。

马戏团的旋转把戏

我知道如何做这个，只要固定看一个方向就行了。我喜欢旋转后晕眩的感觉，事实上，我对发生的事情心里有数，只是觉得这样很开心。

攀爬

我记得自己经常攀爬，我喜欢从另外一个角度去看事物，比如说炊具。我喜欢在不同的地方看厨房是个什么样子，完全意识不到自己会陷入什么样的危险当中。我只是觉得能够从不同的视角看事物太美妙了。

3
树

我记得我的那棵树，它高大，有许多树枝快要够到地面了。多年来，麦琪外婆为了让我开心就会摇晃树干。那棵树现在还在威尔公园。不久前，我和妈妈、艾米去那里的时候，我们还提到了它，妈妈指着一棵树，看上去和那棵很像，实际不是，这一点我比其他人都清楚。

5
脱衣服

只要是我喜欢的衣服样式，或者质地舒服，我就喜欢穿。反之，如果是我不喜欢的样式，或者穿上觉得皮肤不舒服，我就会脱掉它。有时连穿衣服本身都会让我觉得烦躁。每当这时，我就会脱光全身的衣服。在家里，妈妈会让我自己选择要穿哪一件有米老鼠标志的衣服，感觉、触摸它们的质感，这对我帮助很大。

6
韦弗利

我现在讨厌韦弗利，因为它让我觉得很没意思。盘旋的船桨总让我想到蒸汽火车，这也是我为什么喜欢漏斗的原因。和杜劳恩渡口不一样，我喜欢事物可以没规律的出现，这样可以带给我惊喜。当妈妈和我一起分享这种喜悦时，我感觉非常好，相信她和我一样。这样共同的爱好把我们联系起来。

7

吸尘器

我不介意吸尘器的噪音，但我害怕它像个怪物一样会把我吸进去。

8

战争

我的父母被如此看待，让我觉得恐怖。提起这段日子，我真的很伤心。现在想来，我能明白他们为我所做的一切，简直不敢想象，如果没有他们为我做出的那些艰辛的努力，结果会怎样。我为那些可能与我状况相同，却没有我这么幸运的孩子感到难过。

9

非语言的交流

我不喜欢从别人的面部表情来推断他们想告诉我什么，特别是对我不了解的人。猜不到他们到底是生气还是感觉不错，让我提心吊胆。我觉得眼神交流非常难以理解，让人感觉害怕。

托马斯小火车小火车

我非常喜欢亨利，因为它是爸爸给我放的第一部影片里，我看到的第一个火车头。我喜欢听亨利森林的故事，讲述他是如何帮助和关怀别人。那个影片教会我怎样玩火车，而父母也用他们的方式帮我更好地认识了这些火车的名称。乐于助人的亨利火车头是我的最爱，我总是认为他应该用来拉火车车厢。我讨厌戈登大卡车，因为他让我觉得讨厌，总是自认为自己是对的，还夸夸其谈，说他比亨利跑得快。

在博内斯蒸汽铁路公园发脾气

我记得那天我被站台里的一声刺耳声吓坏了——是蒸汽机、汽笛的声音。我没有想到会有一辆真的蒸汽火车驶进车站。看到那辆巨大的蒸汽火车在运转，我变得特别兴奋。我从来没想过在交通博物馆里的大火车可以像这个蒸汽火车一样运转——我以为他们只是火车模型罢了。

10

丢掉亨利的被子

我特别喜欢裹着纯棉的火车毯，因为感觉很暖和，又有安全感。因为狗狗还太小，我想把自己的东西送给他，让他觉得自己被接纳。我希望亨利裹上我的火车毯，也能有和我一样的感觉。

小狗亨利

我希望有一只小狗做我的伙伴，他有一张特别友善的面孔。真的非常可爱，抱着很舒服。他就像我生活中的朋友一样，一直陪伴着我。

11

"好的"和"自豪"

我不喜欢父母总说"好的"，这类词语让我听着非常不开心，让我脑海里有一种奇怪的感觉。虽然不明白是什么意思，像"自豪"这样的词，我听着就不顺心，感到烦躁。这就是为什么我会用拳头打自己的脑袋，或者直接用脑袋撞墙，以赶走这些词带来的烦躁。

12

图画中的眼神交流

我确实懂得眼神交流这件事，因为父母还有所有人都告诉我，应该看着别人的脸，学会用眼神和别人交流。我就是一边学着和别人眼神交流，一边画火车的。但是，即便我知道了他们教给我的，我还是觉得别人的脸总给我咄咄逼人的感觉。

亨利为什么这么特别

亨利真的非常具有绅士风度，待人友善，与人和睦相处。我喜欢他长着一副充满智慧的面孔，我总是很信任他，这让我和他在一起感觉很舒服。你可以从他的眼睛里看到我刚刚所说的一切，他的眼神非常招人喜欢。看着他的眼睛和表情，我就能了解他的心情。亨利表情的变化不大，所以我可以看懂，这让我非常相信他，和他在一起有安全感。亨利习惯让别人注意他，我也非常喜欢每次别人夸奖亨利，和我聊天提到亨利时，我都会很高兴。

愤怒的一脚

我永远都不会忘记踢过我的狗，现在想起来还会觉得难过。这么多年过去了，我认为自己当时并不是真的想伤害他，只是听到那些让我伤心、伤脑筋的话才会那么生气。父母那晚所做的事情我真的无法理解，当他们用绷带的时候，我才明白我把我的狗和妈妈踢得有多严重。我真的以为亨利会永远离开我了。

14
约翰·特纳

约翰总能把我逗笑，让我放松，保持心情好，精神好，所以我喜欢和他在一起，觉得好像自己有一个活生生的查理·卓别林做朋友。他在我周围的时候总是很搞笑。

托马斯小火车花圈

托马斯小火车花圈让我明白了究竟发生了什么事情。我想让托马斯小火车为我的外婆麦琪做件事情，就像他给我做的一样。我非常喜欢托马斯小火车，因为他让我觉得安全。我单纯地认为，因为他是一辆火车，可以一直开到天堂去找外婆。我还想如果外婆和托马斯小火车在一起的话，她会永远记得我。

15
即刻骑上单车

看到弗雷泽和其他孩子在庄园里玩耍，在一起骑单车，我也想骑车了。所以那一晚我自己练习了如何骑单车，这样就可以和他们一起玩了。

17

恐吓和咒骂

站在操场上，我很想说些骂人的话，但又害怕，因为老师教我，不能骂那些不文雅的词语。但当妈妈教我如何正当责备人后，我觉得舒服多了，因为她教给我在什么情况下，我才应该使用那些词语。有几次我按照妈妈教给我的方法去责备人，结果非常有效。这让我融入到其他孩子的生活，特别是在格洛克高中，那里的学生们经常讲脏话。

19

与妈妈爸爸的朋友在一起

我喜欢和父母给我安排好的人呆在一起，感到轻松开心。在我看来他们都是专家，我可以从他们身上学到很多东西，非常有趣。过去我没有意识到和人互动也是一种学习，而且学习的过程更真实，因为他们都是精通于某个领域的人，和我一样对这个领域充满兴趣。也就是说，比起我的父母试图教我使用手机或者别的东西，这种方式不会那么无聊。

20

回去的路

我认为国家自闭症协会的工作人员给予我莫大的帮助，如果没有他们的帮助，我不可能很顺利地应付学院的事情。不论是讲习班，还是需要个人独立完成任务，他们都给了我很大的帮助，让我轻松不少，对在学院的学习也充满信心。尤其是入学前的面试，一想到这个我就十分害怕。

回想起来，很多人曾为我做了多少事情，还有苏格兰自闭症协会给予我多少支持，还包括其他人的帮助，让我体会到了他们给予我的帮助，也让我有机会拥有现在的美好生活。苏格兰组织和詹姆士·瓦特学院的工作人员在学习上对我的帮助，让我有机会拥有一个成功的未来。

对于所有那些成为我人生旅途中，起重要衔接的人们，我永远心怀感激。

21
关于亨利去世

亨利伴我度过了我的整个童年，正因为如此，我才能在他最后需要我的时候有能力去帮助他。让亨利离去，是我一生中做过的最艰难的事情。由于他，我再也不会因为任何关于长大成人的想法和责任而感到害怕。我已经决定，在未来的生活中，我不会令这么出色的爱犬为我感到失望。要让他一直以我为荣，就像我一直以他为荣一样。

丹尔·J·加德纳

2007年

后记

把自闭症当作残疾来看，我想说一点：我们是无法想象那些患者每天过得有多艰难，而且生活在社会的条条框框当中，还要努力适应。他们焦虑不安，付出了巨大的努力，却只能这样度过一生。

我知道，现在还有很多父母的遭遇，如同15年前我们所经历的那样。甚至有一些父母把生活驶向了自我了断的边缘，这让我很痛心。这正是因为他们缺少别人的支持和理解。

虽然我和我的孩子，还有亨利的经历有些不寻常，但这绝不是个例。我们生活中的挣扎，是所有日夜受到自闭症侵蚀，并且与之斗争的家庭中的一个典型。我希望，通过这本书可以让人们意识并理解这一点。

我要感谢我们的家庭、朋友，以及所有帮助我们把孩子带出自闭症阴影的人们。没有他们出色的专业能力，以及对我们，对孩子们的尊重，丹尔和艾米就不可能取得今天的成绩。由于这些人的爱心和帮助，让患有自闭症的丹尔和艾米拥有了正常的生活，我们对此永远感恩在心。

孩子取得了巨大的进步和成绩，其中最棒的，也是我们最引以为豪的，也许正是许多人习以为常的东西。当我忙碌的时候，丹尔会领着艾米去上学，兄妹二人手拉手离开家的画面，我百看不厌。艾米的老师格雷斯·麦克凯文告诉我，有一天，看到他们这样走的时候惊呆了，因为她知道那对他们而言，实属不易。

通过片子《我和托马斯小火车》以及这本书，丹尔和我都希望人们能有所领悟。我们要特别感谢林赛·希尔，因为如果她不对我们的故事抱有如此坚定的信念，这个故事可能永远都不会为世人所知。

丹尔和我曾试着找一些词来形容他那只带给人惊喜的宠物，但总感觉不贴切，直到我看到了赫敏·金戈尔德的这句话：

尽管在表面上看来，他有四条腿，一条尾巴，还会汪汪叫，确实是只狗，但是称他为狗实在是有失公平。所有熟悉他的人都知道，他就是一位无可挑剔的绅士。